### Julia Quinn

Connue sous le pseudonyme de Julia Quinn, Julie Pottinger
naît en 1970 aux États-Unis. Sa vocation trouvée, elle se voit
décerner le Rita Award pendant deux années consécutives et
le *Time Magazine* lui a consacré un article. Spécialisée dans
la Régence, cette très grande dame de la romance a écrit
une vingtaine de livres, tous des best-sellers. Sa célèbre série
*La chronique des Bridgerton* a été traduite en treize langues.
Pour en savoir plus, consultez son site : www.juliaquinn.com.

# À cause
# de Mlle Bridgerton

# JULIA
# QUINN

## LES ROKESBY – 1

# À cause
# de Mlle Bridgerton

*Traduit de l'anglais (États-Unis)*
*par Léonie Speer*

POUR elle

Si vous souhaitez être informée en avant-première
de nos parutions et tout savoir sur vos auteures préférées,
retrouvez-nous ici :

**www.jailupourelle.com**

Abonnez-vous à notre newsletter
et rejoignez-nous sur Facebook !

*Titre original*
BECAUSE OF MISS BRIDGERTON

*Éditeur original*
AVON BOOKS
*An imprint of* HarperCollins*Publishers*, New York

*Pour la traduction française*

*À Susan Cotter.*
*Tu m'impressionnes tous les jours.*

*Et à Paul, aussi.*
*Un coup de téléphone au bon moment est le signe*
*d'un excellent mari.*
*Puisses-tu toucher le ciel, cette fois.*

# 1

*Le toit d'une ferme abandonnée à mi-chemin entre Aubrey Hall et Crake House, Kent, Angleterre, 1779*

Ce n'était pas que Billie Bridgerton manquât de bon sens. Au contraire, elle se considérait comme l'une des personnes les plus raisonnables qui fût. Mais comme tout être sensé, il lui arrivait de négliger sa petite voix intérieure. Il ne s'agissait pas d'imprudence, elle en était certaine. Non, lorsqu'elle ignorait une incitation à la prudence, c'était une décision consciente, prise après une analyse (plus ou moins) approfondie de la situation. Et il est vrai que lorsque Billie prenait une décision que le reste de l'humanité aurait trouvée parfaitement absurde, elle retombait la plupart du temps sur ses pieds.

Sauf exception.

Comme en cet instant…

Elle foudroya son compagnon du regard.

— J'ai bien envie de t'étrangler.

Le compagnon en question émit un « miaou » sceptique. Billie laissa alors échapper un grognement peu distingué.

Le chat prêta l'oreille, jugea ce bruit indigne d'intérêt et entreprit de se lécher la patte.

Après avoir examiné les impératifs jumeaux de dignité et de bienséance, Billie décida qu'ils étaient tous les deux surestimés et répliqua en tirant la langue.

Elle ne se sentit pas mieux pour autant.

Avec un soupir excédé, elle leva les yeux vers le ciel pour tenter d'évaluer l'heure. Le soleil se dissimulait avec constance derrière une couche de nuages, ce qui lui compliquait la tâche. Mais il devait être au moins 4 heures. Elle avait quitté le village à 2 heures, et cela devait faire à peu près une heure qu'elle était coincée ici. Si elle ajoutait à cela le temps du trajet…

Oh, bon sang, quelle importance ? Savoir l'heure ne l'aiderait pas à descendre de ce fichu toit !

— Tout est ta faute ! lança-t-elle d'un ton accusateur.

Comme on pouvait s'y attendre, le chat ne lui prêta pas la moindre attention.

— Qu'est-ce qui t'a pris de monter dans cet arbre ? N'importe quel idiot aurait su que tu ne serais pas capable d'en redescendre.

Et n'importe quelle idiote l'aurait laissé là-haut. Mais pas Billie, qui avait entendu ses miaulements déchirants, et qui était déjà à mi-hauteur de l'arbre avant de s'avouer qu'elle n'éprouvait pas la moindre affection pour les chats.

— Vraiment, je ne t'aime pas, lui dit-elle.

Elle parlait à un chat. À quoi en était-elle réduite !

Elle changea de position et fit la grimace quand son bas s'accrocha à l'un des bardeaux délavés du toit. Son pied ripa, et sa cheville, déjà douloureuse, protesta violemment.

Plus exactement, ce fut sa bouche qui protesta. Car Billie ne put retenir un cri. Ça faisait très mal !

Ç'aurait pu être pire, supposait-elle. Elle se trouvait à environ huit pieds du toit de la ferme lorsque le chat avait craché en tendant vivement vers elle une patte aux griffes acérées, et tous deux avaient dégringolé.

Inutile de dire qu'après avoir chuté avec une grâce acrobatique, le chat était retombé sur ses quatre pattes sans une égratignure.

Billie, de son côté, ne savait pas exactement comment elle était retombée. Quoi qu'il en soit, elle avait mal au coude, sa hanche la brûlait, et sa veste était déchirée, sans doute par la branche qui avait amorti sa chute aux deux tiers de la hauteur.

Le pire cependant, c'était sa cheville, qui lui faisait un mal de chien. Si elle avait été chez elle, elle aurait surélevé son pied à l'aide de coussins. Elle avait été témoin de tant d'entorses – ses propres chevilles et, plus souvent encore, celles des autres – qu'elle connaissait la marche à suivre. Compresse froide, repos, et un frère ou une sœur auprès d'elle pour satisfaire ses moindres requêtes.

Où donc étaient ses laquais quand elle avait besoin d'eux ?

C'est alors qu'elle surprit un mouvement au loin. Et à moins que la faune locale n'eût décidé de devenir bipède, il s'agissait incontestablement d'un être humain.

— Coucouuuuu ! cria-t-elle avant de se raviser. À l'aide !

Sauf si sa vue lui jouait des tours, ce qui était exclu – même sa meilleure amie, Mary Rokesby, admettait que les yeux de Billie Bridgerton ne pouvaient être que parfaits –, l'humain en question appartenait au sexe masculin. Et aucun homme de sa connaissance n'ignorerait un appel au secours féminin.

— À l'aide ! cria-t-elle de nouveau.

Elle éprouva un soulagement non négligeable lorsque l'homme s'immobilisa. Elle n'aurait su dire s'il s'était tourné dans sa direction – la perfection de sa vision avait des limites –, aussi cria-t-elle de nouveau, cette fois à pleins poumons. Et elle faillit éclater en sanglots lorsque le gentleman – oh, pourvu que ce soit un gentleman, sinon par la naissance, du moins par le tempérament ! – se dirigea vers la vieille ferme.

Sauf que Billie n'aurait pas éclaté en sanglots, car cela ne lui arrivait jamais. Elle n'était pas ce genre de femme, et ne le serait jamais.

Elle ravala néanmoins une espèce de hoquet inattendu.

— Par ici ! appela-t-elle tout en ôtant sa veste afin de pouvoir l'agiter au-dessus de sa tête.

Il ne servait à rien d'essayer de sauvegarder sa dignité. Après tout, elle était coincée sur un toit avec une cheville foulée et un chat galeux.

— Monsieur ! Aidez-moi ! S'il vous plaît !

Après avoir légèrement corrigé sa trajectoire, l'homme leva la tête. Et même s'il était encore trop loin pour que Billie distingue ses traits, elle *sut*.

Non… Non ! N'importe qui, mais pas *lui* !

Sauf que bien sûr, c'était lui.

Qui d'autre aurait pu passer par là au pire moment qui fût, alors qu'elle se trouvait dans une situation des plus incongrues et des plus humiliantes ?

— Bonjour, George, le salua-t-elle lorsqu'il fut suffisamment près pour l'entendre.

Les mains sur les hanches, George plissa les yeux.

— Billie Bridgerton.

Elle s'attendait qu'il ajoute : « J'aurais dû m'en douter. »

Il s'en abstint, et son irritation s'en trouva accrue. Le monde ne tournait pas rond lorsqu'elle ne parvenait pas à prédire chacune des paroles pompeuses qui franchissaient les lèvres de George Rokesby.

— Tu prends le soleil ? s'enquit-il.

— Oui, je me disais que quelques taches de rousseur supplémentaires ne me feraient pas de mal, riposta-t-elle.

Au lieu de répondre, il ôta son tricorne, et la lumière accrocha un reflet auburn dans son épaisse chevelure, qu'il ne poudrait pas. Puis il observa Billie assez longuement, et enfin, après avoir posé avec soin son chapeau sur les vestiges d'un mur de pierres, il leva de nouveau les yeux et avoua :

— Je ne prétendrai pas que je suis désolé. Pas vraiment.

Un certain nombre de reparties brûlèrent la langue de Billie, mais elle se rappela que George Rokesby était le seul être humain en vue, et que si elle souhaitait rejoindre le sol avant Noël, elle allait devoir se montrer aimable avec lui.

Jusqu'à ce qu'il l'eût secourue, du moins.

— Au fait, comment t'es-tu retrouvée là-haut ? ajouta-t-il.

— À cause du chat, répondit-elle entre ses dents.

— Ah !

— Il était dans l'arbre, précisa-t-elle, Dieu sait pourquoi.

Après tout, il ne lui avait rien demandé de plus.

— Je vois.

Vraiment ? Elle en doutait.

— Il miaulait. Je pouvais difficilement l'ignorer.

— Non, tu en étais incapable, bien sûr.

Même si son ton était tout à fait cordial, Billie était convaincue qu'il se moquait d'elle.

— Certains d'entre nous sont des individus atten-
tionnés et compatissants, répliqua-t-elle en desser-
rant à peine les dents.

Il inclina la tête de côté.

— Bons envers les petits enfants et les animaux ?

— Exactement.

Il arqua le sourcil droit de cette manière exaspérante propre aux Rokesby.

— Certains d'entre nous, déclara-t-il d'une voix
traînante, sont bons envers les *grands* enfants et
les animaux.

Billie se mordit la langue. D'abord au sens figuré,
puis au sens propre. « Sois aimable, s'adjura-t-elle.
Même si cela te tue… »

George eut un sourire qui aurait pu être innocent si
un pli, à la commissure de ses lèvres, ne l'avait trahi.

— Vas-tu m'aider à descendre, bon sang ? finit-
elle par s'écrier.

— Quel langage !

— Appris de tes frères, je te signale.

— Oh, je sais ! Je n'ai jamais réussi à les
convaincre que tu étais une fille.

Billie s'assit sur ses mains. Elle s'assit *bel et bien*
sur ses mains, de crainte de céder à l'irrésistible
envie de bondir du toit pour l'étrangler.

— Je n'ai d'ailleurs jamais réussi à *me* convaincre
que tu étais vraiment humaine, ajouta-t-il d'un ton
désinvolte.

Les doigts de Billie se crispèrent, jusqu'à former
des griffes qui, tout compte fait, n'avaient rien de
confortable.

— George…

Elle entendit un millier de choses différentes
dans sa voix : supplication, douleur, résignation,
remémoration…

Car ils avaient une histoire commune, tous les deux. En dépit de leurs différences, lui était un Rokesby, elle une Bridgerton – autant dire qu'ils appartenaient presque à la même famille.

Leurs maisons, Crake House pour les Rokesby, Aubrey Hall pour les Bridgerton, étaient éloignées d'à peine une lieue. Les seconds vivaient depuis plus longtemps que les premiers dans cet endroit verdoyant du Kent. Ils s'y étaient installés au début du XVI$^e$ siècle, lorsque Henri VIII avait octroyé une terre, ainsi que le titre de vicomte, à James Bridgerton.

Les Rokesby, en revanche, avaient obtenu un titre plus prestigieux dès 1672. L'histoire raconte qu'un baron Rokesby particulièrement entreprenant avait rendu un service insigne à Charles II. Lequel, pour le remercier, l'avait nommé premier comte de Manston. Les détails de cette accession à un rang supérieur se perdaient un peu dans la nuit des temps, mais il était en général admis qu'un carrosse, un rouleau de soie turque et deux maîtresses royales y tenaient un rôle important.

Billie le croyait volontiers. Le charme était héréditaire, n'est-ce pas ? Si George Rokesby, sérieux et ennuyeux comme il l'était, incarnait parfaitement l'héritier d'un comté, Andrew, son frère cadet, possédait cette joie de vivre pleine de malice qui lui aurait certainement valu l'affection d'un libertin notoire tel que Charles II. Les autres frères Rokesby n'étaient pas d'aussi mauvais sujets, encore que Nicholas, à quatorze ans seulement, n'eût peut-être pas dit son dernier mot. Mais tous l'emportaient incontestablement sur George en matière de charme et d'amabilité.

*George.*

Billie et lui ne s'étaient jamais aimés. Pour l'heure, elle pouvait difficilement se plaindre, vu que George était le seul Rokesby disponible. Edward jouait de l'épée, du pistolet ou de Dieu sait quoi dans les colonies ; Nicholas était à Eton, jouant probablement, lui aussi, de l'épée ou du pistolet (avec beaucoup moins de dommages, fallait-il espérer) ; quant à Andrew, s'il était dans le Kent pour quelques semaines, c'était avec un bras cassé, conséquence d'un acte de bravoure dans la marine. Il ne lui aurait été d'aucun secours.

Non, il n'y avait que George, et Billie allait devoir se montrer courtoise avec lui.

Elle lui sourit donc. Enfin, elle étira les lèvres.

Il soupira, quoique sans exagération.

— Je vais voir si je peux trouver une échelle.

— Merci, dit-elle d'un ton guindé.

Mais il ne l'entendit sans doute pas. George avait toujours marché à grandes enjambées rapides, et il avait tourné l'angle de la bâtisse avant qu'elle puisse faire preuve de davantage de politesse.

Environ une minute plus tard, il réapparut, chargé d'une échelle qui n'avait pas dû servir depuis la Glorieuse Révolution.

— Que s'est-il passé, exactement ? s'enquit-il en rapprochant l'échelle du rebord du toit. Cela ne te ressemble pas, de te retrouver coincée.

Venant de lui, c'était ce qui se rapprochait le plus d'un compliment.

— Le chat ne m'a pas été aussi reconnaissant de mon aide que je m'y attendais, répondit-elle, foudroyant l'ingrat du regard.

L'échelle heurta le toit avec un bruit sec, puis George commença à grimper.

— Tu crois qu'elle va résister ? s'inquiéta Billie quand elle entendit craquer les échelons de bois.

Les craquements cessèrent un instant.

— Qu'elle résiste ou pas n'a guère d'importance, tu ne crois pas ?

Billie déglutit avec peine. Une autre qu'elle n'aurait peut-être pas su interpréter ces paroles. Mais elle connaissait cet homme depuis aussi loin que remontaient ses souvenirs, et George Rokesby possédait une qualité intrinsèque : c'était un gentleman. Jamais il ne renoncerait à voler au secours d'une demoiselle en détresse, échelle vermoulue ou pas.

Elle avait des ennuis ? Il se portait à son secours. Même s'il la trouvait exaspérante.

Ce qui était le cas, elle le savait. Il n'avait jamais fait d'efforts pour le dissimuler. Pour être honnête, elle non plus.

La tête de George apparut, et ses yeux bleus – tous les Rokesby, sans exception, avaient les yeux bleus – s'étrécirent.

— Tu portes des culottes, constata-t-il avec un profond soupir. J'aurais dû m'en douter.

— Je n'aurais pas tenté de grimper à l'arbre en robe, figure-toi.

— Non, tu es bien trop sensée pour cela.

Billie choisit de ne pas relever le sarcasme.

— Il m'a griffée, dit-elle en indiquant le chat du menton.

— Vraiment ?

— Nous sommes tombés.

George leva les yeux.

— Une jolie chute.

Billie suivit son regard. La branche la plus proche se trouvait à cinq pieds, et elle n'était pas tombée de la branche la plus proche.

— Je me suis fait mal à la cheville, admit-elle.

— C'est ce que je subodorais. Sinon, poursuivit-il comme elle lui adressait un regard interrogateur, tu te serais contentée de sauter.

Par-dessus l'épaule de George, elle jeta un coup d'œil à la terre durcie qui entourait la bâtisse. Celle-ci avait dû appartenir à un fermier prospère, car elle comportait un étage.

— Non, déclara-t-elle après avoir évalué la distance, c'est trop haut.

— Même pour toi ?

— Je ne suis pas idiote, George.

Il n'acquiesça pas aussi vite qu'il l'aurait dû. Il n'acquiesça même pas du tout, mais se contenta de dire :

— Très bien. Je vais t'aider à descendre.

Billie inspira à fond, puis expira.

— Je te remercie.

Il la dévisagea avec une curieuse expression. De l'incrédulité, peut-être, à l'entendre prononcer les mots « te » et « remercie » dans une même phrase ?

Elle contempla le ciel, le nez froncé.

— La nuit va bientôt tomber. Ç'aurait été horrible d'être bloquée... Je te remercie, répéta-t-elle après s'être raclé la gorge.

Il se contenta d'incliner brièvement la tête.

— Te sens-tu capable de descendre à l'échelle ?

— Je crois, oui, assura-t-elle, consciente que l'épreuve s'annonçait abominablement douloureuse.

— Je pourrais te porter.

— Sur l'échelle ?

— Sur mon dos.

— Il est hors de question que je monte sur ton dos.

— Ce n'est pas là que je te voudrais, marmonna-t-il.

Billie lui décocha un regard acéré, mais il grimpait déjà deux échelons supplémentaires. Ses hanches se retrouvèrent à la hauteur du rebord du toit.

— Bien. Tu peux te lever ?

Comme elle le fixait sans mot dire, il expliqua :

— Je voudrais voir quel poids ta cheville peut supporter.

— Ah ! Bien sûr.

Elle aurait sans doute dû y renoncer. La pente du toit était telle qu'il lui fallait ses deux pieds pour conserver son équilibre, or le droit était à peu près inutilisable. Elle essaya néanmoins, parce qu'elle refusait d'afficher une quelconque faiblesse devant cet homme ; ou, peut-être, parce que essayer était dans sa nature ; ou, tout simplement, parce qu'elle ne prit pas le temps de la réflexion. Quoi qu'il en soit, elle se leva, trébucha et se rassit illico.

Non sans avoir laissé échapper un cri étranglé.

Il ne fallut qu'une seconde à George pour la rejoindre.

— Espèce de petite idiote, marmonna-t-il, mais son ton était plus affectueux qu'il ne l'avait jamais été. Tu permets que je regarde ?

À contrecœur, Billie lui tendit le pied. Elle avait déjà enlevé son soulier.

Il prit son talon d'une main et fit doucement bouger son pied de l'autre.

— C'est douloureux ici ? demanda-t-il en appuyant légèrement sur l'extérieur de sa cheville.

Billie ne put retenir un sifflement de douleur et hocha la tête.

— Et là ?

De nouveau, elle hocha la tête.

— Mais pas autant.

— Et si je fais...

Un éclair de douleur lui traversa la cheville, si intense que, sans même y penser, elle lui arracha son pied des mains.

— Je suppose que cela veut dire oui, commenta-t-il, les sourcils froncés. Je ne crois toutefois pas qu'elle soit cassée.

— Évidemment, qu'elle n'est pas cassée !

C'était une exclamation ridicule, vu que la chose n'avait rien d'évident. Mais George Rokesby avait depuis toujours l'art de faire sortir Billie de ses gonds, et la douleur n'arrangeait rien.

— C'est une entorse, décréta-t-il, ignorant son éclat.

— Je sais, s'écria-t-elle avec la même véhémence.

À cet instant, elle se détestait.

— Bien sûr que tu le sais, dit-il avec un sourire neutre.

Elle aurait voulu le tuer.

— Je descendrai le premier, reprit-il. Ainsi, si tu trébuches, je pourrai te retenir.

Billie acquiesça d'un signe de tête. C'était une tactique sage. La seule possible, du reste, et elle aurait été stupide d'argumenter simplement parce que c'était lui qui l'avait proposée. Même si, en toute honnêteté, ç'avait été sa première réaction.

— Prête ?

De nouveau, elle acquiesça.

— Tu ne crains pas que je te fasse dégringoler de l'échelle ?

— Non.

Aucune justification. Un simple « non ». Comme s'il était absurde de poser la question.

Billie releva la tête pour le dévisager. Il paraissait si solide, si fort, si... fiable. Il avait toujours été fiable, à vrai dire. Sauf que jusqu'à présent, il l'exaspérait bien trop pour qu'elle s'en rende compte.

Avec précaution, il retourna vers le bord du toit, pivota afin de poser le pied sur le barreau supérieur de l'échelle.

— N'oublie pas le chat, dit Billie.

— Le chat, répéta-t-il en lui jetant un regard incrédule.

— Je ne vais pas l'abandonner après m'être donné tout ce mal.

George serra les dents, grommela quelques mots sans doute grossiers et tendit les bras pour saisir le chat.

Qui le mordit.

— Espèce de fils de...

Billie recula légèrement. George paraissait prêt à arracher la tête de quelqu'un, et elle était plus près de lui que le chat.

— Ce chat peut aller rôtir en enfer, gronda George.

— D'accord.

Sa célérité à approuver lui valut un coup d'œil stupéfait. Elle tenta de sourire, puis se contenta d'un haussement d'épaules. Elle avait deux frères de sang, plus trois quasi-frères chez les Rokesby. Quatre si elle incluait George, ce qu'elle n'était pas certaine de désirer.

Elle comprenait donc les hommes, et savait quand elle avait intérêt à se taire.

En outre, elle en avait assez de ce maudit chat. Il ne serait pas dit que Billie Bridgerton était sentimentale. Elle avait essayé une première fois de sauver cet animal pouilleux parce que c'était la chose à faire, puis elle avait réessayé, ne serait-ce que pour ne pas perdre le bénéfice de ses efforts précédents, mais là...

— Tu te débrouilles, lança-t-elle au félin.

— Je passe le premier, déclara George. Je veux que tu restes juste derrière moi durant la descente. Comme cela, si tu perds l'équilibre...

— Nous tombons tous les deux ?

— Je te rattrape, grinça-t-il.

Billie plaisantait, mais il ne lui sembla pas judicieux de le souligner.

George se prépara à descendre. Cependant, au moment où il tendait le pied vers le premier barreau, le chat, apparemment mécontent d'être ignoré, poussa un feulement à vous glacer le sang et se précipita entre les jambes de George. Ce dernier partit en arrière, les bras battant l'air.

Sans réfléchir, Billie bondit et l'agrippa par sa redingote pour le retenir.

— L'échelle ! hurla-t-elle.

Mais il était trop tard. Sous leurs yeux, l'échelle s'écarta, pivota et, avec une grâce étrange, se coucha sur le sol.

# 2

Il serait juste de dire que George Rokesby, fils aîné du duc de Manston et actuellement connu dans le monde civilisé comme le vicomte Kennard, était un gentleman de caractère égal. Il avait des gestes calmes et sûrs, un esprit d'une logique imperturbable, et une façon d'étrécir les yeux qui lui assurait de voir ses souhaits et ses désirs exaucés avec la plus grande diligence.

Il serait également juste de dire que si Mlle Sybilla Bridgerton l'avait soupçonné d'être à deux doigts de lui sauter à la gorge, elle aurait eu l'air bien plus effrayée par lui que par l'obscurité grandissante.

— Voilà qui est vraiment fâcheux, déclara-t-elle, les yeux rivés sur l'échelle.

George ne dit rien. Cela valait mieux.

— Je sais à quoi tu penses, reprit-elle.

Il ne desserra les dents que le temps de répliquer :

— Je n'en suis pas sûr.

— Tu essaies de déterminer lequel des deux tu préférerais jeter du toit. Le chat ou moi.

Elle était bien plus près de la vérité qu'on aurait pu le supposer.

— J'essayais juste d'aider, se défendit-elle.

— Je sais, dit-il d'un ton censé décourager toute conversation ultérieure.

En pure perte, car Billie continua :

— Si je ne t'avais pas rattrapé, tu serais tombé.

— Je sais !

Elle se mordilla la lèvre inférieure et, l'espace d'un instant béni, il crut qu'elle allait abandonner le sujet. Mais non.

— C'est ton pied, en fait...

George releva imperceptiblement la tête. Juste pour signifier qu'il avait entendu.

— Je te demande pardon ?

— Ton pied, répéta-t-elle en désignant d'un signe de tête le pied en question. Tu en as donné un coup dans l'échelle.

— Tu ne vas quand même pas m'accuser d'être responsable ! lança-t-il, renonçant à affecter l'indifférence.

— Non, bien sûr que non, dit-elle vivement, enfin consciente du danger. C'est juste que tu...

George plissa les yeux.

— Peu importe, marmonna-t-elle.

Elle posa le menton sur ses genoux pliés et laissa son regard errer sur la campagne. Non qu'il y eût quoi que ce soit à voir. Le seul élément mouvant était le vent, qui signalait sa présence en agitant discrètement les feuilles des arbres.

— Je pense qu'il reste une heure avant que le soleil ne se couche, risqua-t-elle. Peut-être deux.

— Nous ne serons plus là lorsqu'il fera nuit.

Elle le regarda, puis reporta les yeux sur l'échelle. Son expression, quand elle le regarda de nouveau, donna à George une furieuse envie de la laisser dans l'ignorance.

Hélas, il en fut incapable ! Vingt-sept années durant, on lui avait inculqué les règles d'un comportement chevaleresque, et il n'aurait jamais pu se montrer aussi cruel avec une femme. Même pas *elle*.

— Andrew devrait passer d'ici une trentaine de minutes, dit-il.

— Quoi ?

Billie eut d'abord l'air soulagée, puis irritée.

— Pourquoi ne m'as-tu rien dit ? Je n'arrive pas à le croire ! Tu me laissais penser que nous étions immobilisés ici pour la nuit.

Il observa le visage courroucé de Billie Bridgerton, le fléau de son existence depuis sa naissance, vingt-trois ans plus tôt. Les joues rouges, la bouche pincée, elle le fusillait du regard comme s'il lui avait fait un affront inqualifiable.

— Une minute s'est écoulée entre le moment où l'échelle a heurté le sol et le moment présent, répliqua-t-il froidement. Dis-moi, je te prie, quand, durant ton analyse de ce mouvement au cours duquel mon pied a touché l'échelle, j'étais censé te fournir cette information ?

La commissure de ses lèvres frémit, mais ce ne fut pas pour donner naissance à un sourire suffisant ou sarcastique. Chez n'importe qui d'autre, George se serait attendu à de l'embarras, peut-être même à de la contrition. Mais il s'agissait de Billie Bridgerton, et elle ne connaissait pas l'embarras. Billie Bridgerton se contentait de faire ce qui lui passait par la tête, et au diable, les conséquences. Elle avait agi ainsi toute sa vie, entraînant généralement la moitié du clan Rokesby dans son sillage.

Et le pire, c'était que tout le monde lui pardonnait toujours. À cause de sa manière d'être, qui ne relevait pas exactement du charme, mais plutôt d'une confiance en soi ahurissante et, apparemment, irrésistible. Elle était adorée de sa famille, de la famille de George et du village tout entier. Elle avait un immense sourire et un rire contagieux, mais, au nom du ciel, comment se faisait-il qu'il fût la seule personne en Angleterre à mesurer le danger qu'elle constituait pour l'humanité ?

Elle s'était foulé la cheville ? Ce n'était pas la première fois ! Elle s'était aussi cassé le bras, de manière spectaculaire, bien sûr. Elle avait alors huit ans, et était tombée de cheval. Un hongre à peine dressé qu'elle n'aurait certainement pas dû monter, et encore moins inciter à sauter une haie. L'os s'était parfaitement remis, bien entendu, Billie ayant toujours une chance invraisemblable. Quelques mois plus tard, elle reprenait ses extravagances et personne n'avait songé à la réprimander. On ne lui avait rien dit lorsqu'elle avait monté à califourchon, en culottes, ce fichu hongre auquel elle avait de nouveau fait sauter cette fichue haie. Et quand l'un des frères cadets de George avait tenté de l'imiter et s'était démis l'épaule...

Eh bien, tout le monde avait ri. Les parents de George, comme ceux de Billie. Et aucun d'entre eux n'avait jugé prudent de confisquer le cheval et d'obliger Billie à enfiler une robe. Ou, mieux encore, de l'expédier dans l'une de ces écoles pour jeunes filles qui enseignaient la broderie et les bonnes manières.

Le bras d'Edward pendait hors de sa cavité. Hors de sa cavité ! Et le bruit que cela avait fait lorsque le palefrenier en chef l'avait remis en place...

George frissonna. C'était le genre de bruit qu'on ressentait plus qu'on ne l'entendait.

— Tu as froid ? s'enquit Billie.

George secoua la tête. Elle, en revanche, avait peut-être froid. La redingote qu'il portait était bien plus épaisse que sa veste.

— Et toi ?

— Non.

George l'observa avec attention. Elle était du genre à essayer de tenir bon, et à ne pas lui permettre de se conduire en gentleman.

— Tu me le dirais si tu avais froid ?

Elle leva la main comme pour prononcer un serment.

— Je te le promets.

George s'estima satisfait. Billie ne mentait pas et ne brisait pas ses promesses.

— Andrew était au village avec toi ? demanda-t-elle, les yeux fixés sur l'horizon.

— Oui, nous devions voir le forgeron. Ensuite, il s'est arrêté pour parler au pasteur. Je n'avais pas envie d'attendre.

— Bien sûr, murmura-t-elle.

— Qu'est-ce que c'est censé signifier ?

Elle entrouvrit les lèvres, mais ce ne fut qu'au bout d'un moment qu'elle avoua :

— Je n'en sais rien, en fait.

George lui coula un regard mauvais avant de reporter son attention sur le toit. Non pas qu'il puisse faire quoi que ce soit ; ce n'était toutefois pas dans sa nature de rester assis et d'attendre. Qui sait si en réexaminant le problème, il ne...

— On ne peut rien faire sans l'échelle, lança Billie avec désinvolture.

— J'en ai bien conscience, répliqua-t-il.

— Tu regardais autour de toi, dit-elle avec un haussement d'épaules, comme si...

— Je sais ce que je faisais !

Les lèvres pincées, elle arqua les sourcils, à la façon exaspérante des Bridgerton. « Pensez ce que vous voulez, semblait-elle dire. Je ne suis pas dupe. »

Ils demeurèrent silencieux un moment. Puis, d'une petite voix qu'il ne lui connaissait pas, elle demanda :

— Tu es certain qu'Andrew passera par ici ?

George hocha la tête. Son frère et lui s'étaient rendus à pied au village. Ce n'était pas leur mode de transport habituel, mais Andrew, récemment nommé lieutenant dans la Royal Navy, s'était cassé le bras en effectuant une acrobatie quelconque au large du Portugal et avait été renvoyé chez lui en convalescence. Marcher lui était plus facile que de monter à cheval, en outre, il faisait exceptionnellement beau pour un mois de mars.

— Il est à pied, expliqua-t-il. Comment pourrait-il faire autrement que passer par ici ?

Les chemins ne manquaient pas dans les environs, mais tous ajouteraient au moins un quart de lieue au trajet de retour.

— À moins que quelqu'un ne propose de le déposer en voiture, fit remarquer Billie, qui scrutait toujours le lointain.

George se tourna lentement vers elle, stupéfait par le manque total de… de quoi que ce soit dans son ton. Pas une once de supériorité, d'agacement, ni même d'inquiétude. Juste une simple, et très bizarre, constatation : « Hum, voilà la chose désastreuse qui pourrait advenir. »

— C'est tout à fait possible, ajouta-t-elle. Tout le monde aime Andrew.

C'était la vérité. Charmeur et insouciant, Andrew séduisait tout le monde, depuis le pasteur du village jusqu'aux servantes de la taverne. N'importe qui se rendant dans la même direction que lui lui offrirait de le reconduire.

— Il marchera, assura George. Il a besoin d'exercice.

— Andrew ? fit Billie, dubitative.

George haussa les épaules.

— En tout cas, il aura envie de prendre l'air. Il grimpe aux murs depuis le début de la semaine. Notre mère a essayé de le contraindre au lit et au bouillon de légumes.

— Pour un bras cassé ? ricana Billie, avant de se laisser aller à glousser.

George lui jeta un coup d'œil oblique.

— Tu te réjouis du malheur des autres ?

— Toujours.

Il sourit malgré lui. Il lui était difficile de se formaliser, vu qu'il avait passé la semaine à s'amuser de l'agacement de son frère, voire à y contribuer.

Avec précaution, Billie changea de position.

— Attention à ton pied, ne put-il s'empêcher de dire.

Elle hocha la tête et tous deux retombèrent dans le silence. Même s'il regardait droit devant lui, George avait conscience du moindre des mouvements de la jeune femme. Elle repoussa une mèche de cheveux de ses yeux, puis tendit le bras devant elle, et son coude craqua comme le bois d'une vieille chaise. Enfin, avec la ténacité dont elle faisait preuve en toute circonstance, elle revint au sujet de leur précédente conversation.

— Il n'empêche que quelqu'un a pu le ramener.

George faillit sourire.

— Ce n'est pas à exclure.

Elle se tut quelques secondes, avant de reprendre :

— Il ne va pas pleuvoir, apparemment...

George regarda le ciel. Il y avait bien quelques nuages, mais ils ne paraissaient pas menaçants.

— ... et puis, on s'inquiétera de notre absence.

— De la mienne, au moins, dit-il, s'autorisant un sourire narquois.

Elle lui décocha un coup de coude dans les côtes, si bien envoyé qu'il ne put s'empêcher de rire.

— Vous êtes une horrible personne, George Rokesby, déclara-t-elle, quoique avec un sourire jusqu'aux oreilles.

Il rit de nouveau, surpris du plaisir qu'il prenait à ces taquineries. Il n'aurait pas prétendu que Billie et lui étaient amis – ils s'étaient affrontés trop souvent –, mais c'était une figure familière. Certes, il l'avait déploré plus d'une fois, pas à cet instant, cependant.

— Eh bien, je suppose qu'il n'y a personne d'autre avec qui je préférerais être coincée sur un toit, déclara-t-elle.

Il tourna brusquement la tête pour la regarder.

— Oh! la la, mademoiselle Bridgerton, est-ce un compliment ?

— Ce n'est pas évident ?

— De ta part ? insista-t-il.

Elle eut un adorable sourire en coin.

— Je le mérite, sans doute. Mais, tu sais, tu es très fiable.

— Fiable.

— Oui, très.

George se surprit à plisser les sourcils. Pourquoi ? Il n'en avait pas la moindre idée.

— Si je ne m'étais pas foulé la cheville, continua Billie, je suis certaine que j'aurais trouvé un moyen de descendre.

Il la regarda sans chercher à dissimuler son scepticisme. Et quel était le rapport avec sa fiabilité ?

— Ne viens-tu pas de dire que c'était trop haut pour sauter ?

— Si, en effet, admit-elle avec un petit geste désinvolte de la main. Mais j'y serais arrivée.

— Sûrement, acquiesça-t-il, en grande partie parce qu'il manquait d'énergie pour dire autre chose.

— Le fait est, continua-t-elle, que tant que je suis ici avec toi...

Elle pâlit soudain. Même ses yeux, habituellement d'un brun très sombre, parurent se voiler.

Le cœur de George cessa de battre. Il n'avait jamais, au grand jamais, vu une telle expression sur le visage de Billie Bridgerton.

Elle était terrifiée.

— Qu'y a-t-il ? demanda-t-il.

— Tu ne crois pas...

Il attendit, mais les mots refusaient apparemment de franchir ses lèvres.

— Quoi donc ?

Son visage prit une nuance verdâtre.

— Tu ne crois pas que quelqu'un pourrait penser que tu... que nous...

Elle déglutit avant d'achever :

— ... que nous avons disparu... *ensemble* ?

Le monde vacilla sur son axe.

— Grands dieux, non ! s'écria George.

— Je sais, dit-elle en hâte. Je veux dire... toi et moi. C'est ridicule.

— Absurde.

— Quiconque nous connaît...

— ... saura que jamais nous ne...

— Et pourtant...

Cette fois, sa voix mourut dans un chuchotement désespéré.

— Quoi ? demanda-t-il avec impatience.

— Si, finalement, Andrew ne passe pas par ici... Et qu'on s'aperçoit de ton absence... et de la mienne...

Elle leva vers lui un regard horrifié.

— Quelqu'un finira bien par se rendre compte que nous avons disparu tous les deux.

— Où veux-tu en venir ?

Elle pivota pour le regarder en face.

— Pourquoi ne supposerait-on pas que... ?

— Parce que les gens ont un cerveau, la coupa-t-il. Il ne viendrait jamais à l'idée de quiconque que je puisse être avec toi *exprès*.

Billie tressaillit.

— Oh, eh bien, merci !

— Es-tu en train de me dire que tu souhaiterais le contraire ?

— Non !

George leva les yeux au ciel. Ah, les femmes ! Et pourtant, il s'agissait de Billie. La femme la moins féminine qu'il connaisse.

— Indépendamment de ce que tu penses de moi, *George*...

Comment parvenait-elle à faire ainsi sonner son prénom comme une insulte ?

— ... je dois penser à ma réputation. Certes, ma famille me connaît et, ajouta-t-elle non sans réticence, elle te fait sans doute suffisamment confiance pour savoir que notre disparition simultanée ne signifie rien d'inconvenant...

Elle s'interrompit et se mordilla la lèvre, l'air préoccupée et, pour dire la vérité, vaguement indisposée.

— Mais le reste du monde pourrait ne pas se montrer aussi compréhensif, acheva-t-il à sa place.

— Voilà.

— Si on ne nous retrouve pas avant demain matin... reprit-il, s'adressant surtout à lui-même.

Ce fut Billie qui termina cette phrase effroyable.

— Tu seras obligé de m'épouser.

# 3

— Qu'est-ce que tu fais ? cria Billie.

George avait bondi sur ses pieds avec une célérité proprement dangereuse et se penchait à présent par-dessus le rebord du toit, le front plissé.

À croire qu'il résolvait des équations mathématiques compliquées.

— Je vais descendre de ce fichu toit.

— Tu vas te tuer.

— C'est possible, acquiesça-t-il, la mine sombre.

— Au moins, je me sens appréciée, riposta Billie.

Il se retourna et, la regardant d'un air supérieur :

— Tu veux peut-être m'épouser ?

— Jamais ! dit-elle avec un frisson ostensible.

Cela dit, une femme n'aimait pas penser qu'un homme préférait se jeter d'un toit simplement pour se soustraire à cette éventualité.

— Sur ce point, mademoiselle, nous sommes d'accord.

Aïe ! Cela faisait mal. Quelle ironie ! Elle se moquait bien que George ne veuille pas se marier avec elle. D'ailleurs, la plupart du temps, elle ne l'aimait pas. Et elle savait que le jour où il daignerait choisir une épouse, l'heureuse élue ne lui ressemblerait pas du tout.

Il n'empêche que cela faisait mal.

La future lady Kennard serait délicate et féminine. Elle aurait été élevée pour régner sur une luxueuse demeure, et non pour gérer un domaine. Elle serait vêtue à la dernière mode, ses cheveux seraient poudrés et coiffés avec art, et, même si elle possédait une constitution d'acier, elle dissimulerait celle-ci sous une évanescence de bon aloi.

Les hommes comme George aimaient à se considérer comme forts et virils.

Tandis que Billie l'observait, il posa les mains sur ses hanches. Bon, elle devait le reconnaître, il était fort et viril. Mais il était comme les autres hommes ; il était attiré par les coquettes qui lui faisaient les yeux doux par-dessus leur éventail.

— C'est un désastre, cracha-t-il.

— Tu ne t'en aperçois que maintenant ?

Il la foudroya du regard en guise de réponse.

— Pourquoi es-tu incapable d'être gentil ? lâcha Billie.

— Gentil ?

Seigneur, pourquoi avait-elle dit cela ? À présent, elle allait devoir s'expliquer.

— Comme le reste de ta famille.

— Gentil, répéta-t-il, puis il secoua la tête, comme s'il ne parvenait pas à croire à son effronterie.

*Gentil.*

— Moi, je suis gentille, affirma-t-elle.

Elle le regretta aussitôt, parce qu'elle n'était pas précisément « gentille ». Du moins, pas en permanence, et sans doute pas à cet instant. Mais elle avait sûrement des excuses car, après tout, il s'agissait de George Rokesby, et qu'elle ne pouvait pas se retenir.

Lui non plus, apparemment.

— As-tu jamais remarqué, commença-t-il d'une voix qui manquait singulièrement de gentillesse, que j'étais gentil avec tout le monde, sauf avec toi ?

De nouveau, Billie fut piquée au vif. Sans raison, puisqu'ils ne s'étaient jamais aimés.

Quoi qu'il en soit, elle ne le lui laisserait pas voir.

— Ce que je pense, c'est que tu essayais de m'insulter, déclara-t-elle avec dédain.

Il s'attendait manifestement qu'elle poursuive car, lorsqu'elle s'en tint là, il insista :

— Mais… ?

Haussant les épaules, elle fit mine de s'absorber dans la contemplation de ses ongles. Quand elle les regarda réellement, elle s'aperçut qu'ils étaient d'une saleté repoussante.

Encore un trait qu'elle ne partageait pas avec la future lady Kennard.

Elle compta mentalement jusqu'à cinq. George allait bien finir par exiger une explication, de ce ton tranchant qu'il avait perfectionné avant même d'avoir l'âge de se raser. Mais il ne prononça pas un mot. Finalement, ce fut elle qui perdit ce combat, aussi muet que ridicule, qui se jouait entre eux. Elle releva la tête.

En fait, George ne la regardait même pas.

Elle le maudit.

Et elle se maudit d'être incapable de tenir sa langue. N'importe quelle personne dotée d'un minimum de retenue aurait su qu'il valait mieux garder le silence. Pas elle.

— Si tu ne possèdes pas suffisamment de…

— Ne le dis pas, lui conseilla-t-il.

— … générosité d'esprit pour…

— Je te donne un avertissement, Billie.

— Vraiment ? J'ai plutôt l'impression que tu me menaces.

— C'est ce que je vais faire si tu ne fermes pas...

Il étouffa un juron et tourna abruptement la tête dans la direction opposée.

Billie tortilla un fil sur son bas, la bouche pincée en une moue tremblante. Elle aurait dû se taire. Elle l'avait su alors même qu'elle prononçait les mots. George Rokesby avait beau être pompeux et exaspérant, c'était entièrement sa faute, à elle, s'il était retenu sur ce toit. Et rien ne justifiait qu'elle se montre aussi provocatrice.

Mais il y avait quelque chose en lui – un talent particulier que lui seul possédait – qui ôtait à Billie le bénéfice de l'expérience et de la maturité, et la poussait à réagir comme une gamine de six ans. S'il s'était agi de quelqu'un d'autre, de n'importe qui d'autre, elle aurait été louée comme la plus raisonnable des femmes de toute l'histoire de la chrétienté. On aurait colporté, une fois qu'ils auraient eu quitté ce maudit toit, des récits sur sa bravoure et son ingéniosité. Et avec raison, parce que, comme tout le monde le savait, elle était raisonnable, brave et ingénieuse.

Sauf en présence de George Rokesby.

— Je suis désolée, marmonna-t-elle.

George tourna lentement la tête.

— J'ai dit que j'étais désolée, répéta Billie d'une voix plus forte.

Elle avait l'impression d'avaler une purge, mais elle n'avait pas le choix. Toutefois, que Dieu ait pitié de George s'il l'obligeait à se répéter encore une fois ! Elle pouvait en rabattre de sa fierté, quoique jusqu'à un certain point. Et il devait le savoir, puisqu'il était exactement comme elle.

Leurs regards se croisèrent, puis tous deux bais-
sèrent les yeux. Après quelques instants, George
déclara :

— Nous ne sommes pas au mieux de notre
forme, ni l'un ni l'autre.

Billie déglutit. Peut-être aurait-elle dû ajouter
quelque chose. Mais elle avait eu si peu de chance
jusqu'à présent dans ses déclarations qu'elle se
contenta de hocher la tête, se jurant de ne plus
ouvrir la bouche jusqu'à ce que...

— Andrew ? murmura George.

Billie releva brusquement la tête.

— Andrew ! hurla alors George.

Billie scruta la lisière du champ et... oui, c'était
bien lui !

— Andrew ! appela-t-elle en tentant machinale-
ment de se lever.

Avant de retomber sur les fesses avec un « aïe ! »
retentissant.

George ne lui accorda pas même un coup d'œil,
occupé qu'il était à faire des moulinets vigoureux
avec ses bras.

Andrew ne risquait pas de les manquer vu la
manière dont ils s'égosillaient, néanmoins, s'il accéléra l'allure, Billie ne s'en rendit pas compte. Mais
c'était Andrew. Sans doute devait-elle s'estimer heureuse qu'il ne se soit pas laissé aller à un fou rire
inextinguible. Elle savait déjà qu'il n'était pas près
de leur laisser oublier l'incident.

— Coucou là-haut ! cria-t-il, goguenard, dès qu'il
fut plus près.

Billie jeta un coup d'œil à George. Elle n'apercevait que son profil, mais s'il paraissait soulagé
de voir son frère, il semblait aussi curieusement
sombre. Après réflexion, ce n'était pas si curieux.

Les taquineries qu'elle s'apprêtait à subir de la part d'Andrew, George en serait victime au centuple.

Malgré son bras en écharpe, ce dernier marchait d'un pas alerte, le visage fendu d'un grand sourire.

— De toutes les surprises les plus délicieuses... Si j'avais songé...

Il s'arrêta pour lever un index élégant – geste universel pour demander un instant de silence –, puis il secoua la tête comme pour reprendre le cours de ses réflexions.

— ... et pensé encore, et pensé toujours, pendant des années, poursuivit-il avec un gloussement, jamais je ne serais parvenu à...

— Contente-toi de nous faire descendre de ce fichu toit, aboya George.

Billie ne put qu'approuver son ton.

— J'ai toujours trouvé que vous feriez un couple splendide, tous les deux, déclara Andrew d'un air narquois.

— Andrew, gronda Billie.

— Vraiment, vous n'aviez pas besoin d'en venir à de telles extrémités pour un instant d'intimité. Nous aurions tous été trop heureux de vous l'offrir.

— Arrête ! lui intima Billie.

Andrew fit mine de froncer les sourcils, mais ce fut en riant qu'il répliqua :

— Tu veux vraiment prendre ce ton, ma petite Billie ? C'est moi qui suis sur la *terra ferma*, je te rappelle.

— S'il te plaît, Andrew, dit-elle, s'efforçant de se montrer polie et raisonnable. Nous apprécierions beaucoup que tu nous aides.

— Ma foi, c'est demandé si gentiment, murmura Andrew.

— Je vais le tuer, déclara Billie entre ses dents.

— Et moi, je vais lui casser l'autre bras, grommela George.

Billie ravala un rire. Si Andrew n'avait pas pu les entendre, elle lui jeta néanmoins un coup d'œil. Et s'aperçut qu'il fronçait les sourcils, sa main valide posée sur la hanche.

— Qu'y a-t-il, maintenant ? demanda George.

— Je ne sais pas si vous vous en rendez compte, répondit son frère, les yeux fixés sur l'échelle, mais ça ne va pas être facile, avec une seule main.

— Sors ton bras de l'écharpe, suggéra George.

Son dernier mot fut couvert par le hurlement de Billie.

— Ne le sors pas de l'écharpe !

— Tu veux vraiment rester sur ce toit ? répliqua George d'une voix sifflante.

— Ou courir le risque qu'il se blesse de nouveau ?

Certes, ils avaient plaisanté sur l'éventualité de lui casser l'autre bras. Mais franchement ! Andrew était dans la marine, et il était indispensable que l'os de son bras se ressoude correctement.

— Tu serais prête à m'épouser pour épargner son bras ?

— Je ne vais pas t'épouser, rétorqua-t-elle. Andrew peut aller chercher de l'aide si besoin est.

— Le temps qu'il revienne avec un homme valide, nous aurons passé plusieurs heures seuls ici.

— Et tu as une si haute opinion de tes prouesses viriles qu'à ton avis les gens vont croire que tu as réussi à me compromettre sur un toit ?

— Crois-moi, n'importe quel homme sensé saurait que tu es définitivement impossible à compromettre.

Le front plissé par la perplexité, Billie réfléchit quelques instants. La complimentait-il sur sa rectitude morale ? Puis elle comprit...

— Tu es méprisable, siffla-t-elle.

C'était la seule réplique envisageable. Parce que « Tu ne peux pas savoir le nombre d'hommes qui aimeraient me compromettre » manquait cruellement de dignité, d'esprit et... d'honnêteté.

— Andrew, reprit George, de cette voix hautaine qui trahissait l'aîné de la fratrie, je te donne cent livres pour enlever ton bras de cette écharpe et remettre l'échelle en place.

*Cent livres ?*

Billie tourna vers lui un regard incrédule.

— Tu es fou ?

— Oh, je ne sais pas ! répondit Andrew. Peut-être que vous regarder vous entre-tuer vaut bien cent livres.

— Ne joue pas à l'imbécile, lança George en lui jetant un regard furieux.

— Tu n'hériterais même pas, souligna Billie.

Non pas qu'Andrew eût jamais souhaité succéder à son père en tant que comte de Manston. Il aimait trop sa liberté pour aspirer à ce genre de responsabilités.

— Ah oui, Edward ! dit Andrew avec un soupir exagéré, faisant allusion au second fils Rokesby, de deux ans son aîné. L'empêcheur d'hériter en rond. Ce serait suspect, non, si vous périssiez tous les deux dans des circonstances curieuses ?

Il y eut un silence gêné quand tous prirent conscience qu'Andrew avait peut-être évoqué un peu légèrement un sujet qui ne se prêtait pas à la désinvolture. En effet, Edward Rokesby avait choisi la voie la plus illustre pour un fils cadet : il était à présent capitaine dans le 54e régiment d'infanterie de Sa Majesté. Plus d'un an auparavant, il avait été envoyé dans les colonies d'Amérique et avait combattu avec vaillance lors de la bataille de Quaker Hill. Après avoir passé plusieurs mois dans le Rhodes Island, il avait été muté au quartier général britannique, à New York. Les nouvelles de lui parvenaient trop rarement à sa famille pour que celle-ci soit rassurée.

— Si Edward mourait, rétorqua George, je ne crois pas qu'on pourrait décrire les circonstances comme « curieuses ».

— Oh, franchement, arrête d'être tout le temps aussi sérieux ! dit Andrew en levant les yeux au ciel.

— Ton frère risque sa vie pour son roi et pour son pays, lui rappela George d'une voix crispée, même pour lui.

— Moi aussi, fit remarquer Andrew avec un sourire froid. Du moins, un os ou deux, ajouta-t-il en levant son bras bandé.

Billie coula un regard incertain à George. Comme il était courant pour un troisième fils, Andrew n'était pas allé à l'université, mais était entré directement dans la Royal Navy. Il avait été promu lieutenant un an plus tôt. S'il n'était pas exposé au danger aussi souvent qu'Edward, il portait néanmoins son uniforme avec fierté.

George, de son côté, n'avait pas été autorisé à s'engager. En tant qu'héritier du comté, il était jugé trop précieux pour être exposé aux balles des mousquets américains. Cela l'ennuyait-il que ses frères défendent leur pays, et pas lui ? Avait-il jamais désiré combattre ?

Billie s'étonna… Pourquoi ne s'était-elle encore jamais posé la question ? Il est vrai qu'elle n'accordait guère de pensées à George Rokesby à moins qu'il ne se tienne devant elle. Mais les vies des Rokesby et des Bridgerton étaient si étroitement liées qu'elle s'étonnait de ne pas en savoir davantage.

Elle regarda tour à tour les deux frères, qui n'avaient pas échangé un mot depuis un moment. Andrew fixait sur son aîné son regard d'un bleu glacial empreint d'une lueur de défi. George soutenait son regard avec une expression que Billie ne parvenait pas à identifier. Ce n'était pas exactement de la colère. Du moins, ce n'était plus de la colère. Mais pas non plus du regret ni de l'orgueil.

Les racines de cette conversation étaient bien plus profondes que ce qui affleurait à la surface.

— Eh bien, moi, j'ai risqué ma vie et ma cheville pour un chat ingrat, déclara-t-elle, désireuse de revenir à un sujet qui prêtait moins à la controverse.

— Vraiment ? s'étonna Andrew en se penchant sur l'échelle. Je croyais que tu n'aimais pas les chats.

L'expression de George, lorsqu'il pivota vers elle, allait au-delà de l'exaspération.

— Parce que tu n'aimes même pas les chats ?

— Tout le monde aime les chats, se hâta d'affirmer Billie.

Les yeux de George s'étrécirent, et elle comprit qu'il ne croyait pas à son sourire faussement innocent. Dieu merci, Andrew choisit cet instant pour lâcher un juron, et tous deux reportèrent leur attention sur lui.

— Ça va ? demanda Billie.

— Une écharde, répondit-il avant de sucer l'extérieur de son auriculaire. Saloperie !

— Tu ne vas pas en mourir, jeta George.

Andrew le foudroya du regard.

— Oh, pour l'amour de Dieu ! s'écria George.

— Ne le provoque pas, lui souffla Billie.

George laissa échapper une espèce de grognement, mais il se contenta de croiser les bras, les yeux rivés sur son frère.

Billie se laissa glisser un peu plus près du rebord pour voir ce que faisait Andrew. Après avoir bloqué l'un des montants avec son pied, il se pencha pour attraper un barreau et, avec un grondement sonore, il souleva l'échelle. Elle oscilla – on ne pouvait demander l'impossible à un homme privé de l'usage d'un bras.

Heureusement, c'était un homme vigoureux et, au prix d'efforts considérables et de quelques jurons bien sentis, il réussit à placer l'échelle contre le flanc du bâtiment.

— Merci, murmura George.

À son ton, Billie n'aurait su dire s'il remerciait son frère ou le Tout-Puissant.

Avec Andrew pour maintenir l'échelle, et en l'absence d'un chat qui vous file entre les jambes, la descente fut beaucoup plus facile que lors de leur première tentative.

Mais au prix de quelle douleur ! Billie en avait le souffle coupé. À chaque barreau, elle était obligée de peser plus ou moins sur sa cheville blessée. Lorsqu'elle atteignit le troisième barreau avant le sol, elle dut se mordre la lèvre pour ne pas laisser échapper un sanglot.

Des mains solides se refermèrent alors autour de sa taille.

— Je te tiens, dit George.

Et elle se laissa tomber.

# 4

Billie souffrait plus qu'elle ne laissait voir, avait deviné George. Mais il n'en prit réellement la mesure que lorsqu'ils commencèrent à descendre. Il envisagea brièvement de la prendre sur son dos, puis jugea plus prudent de la précéder. Quand il eut descendu trois échelons, il la regarda poser d'abord son pied valide sur l'échelle, puis son pied blessé. Elle resta un moment immobile, réfléchissant sans doute à la meilleure façon d'aborder les échelons suivants.

— À ta place, je descendrais sur mon bon pied, suggéra-t-il, et je m'agripperais aux montants pour soulager l'autre.

Elle acquiesça d'un bref hochement de tête et suivit son conseil. Une fois en équilibre sur son bon pied, c'est en expirant entre ses dents qu'elle leva l'autre. George comprit qu'elle avait retenu son souffle.

Il ne recula pas aussitôt, conscient qu'il devait rester le plus près possible d'elle au cas où elle tomberait. Ce qu'il n'excluait pas, car sa cheville paraissait très faible.

— Peut-être que si j'essayais le contraire... hasarda-t-elle d'une voix entrecoupée.

— J'éviterais, si j'étais toi, dit-il d'une voix unie, volontairement humble.

Billie n'appréciait que rarement qu'on lui dise ce qu'elle devait faire. Ce que George était bien placé pour comprendre.

— Mieux vaut que le pied le plus bas ne soit pas le plus faible, continua-t-il. Ta jambe pourrait céder et...

— Bien sûr.

Sa sécheresse ne devait rien à la colère. C'était le ton de quelqu'un qui a concédé un point et n'a aucune envie d'entendre davantage d'arguments.

C'était un ton dont lui-même usait souvent. Enfin, dans la mesure où il daignait concéder des points.

— Tu vas y arriver, assura-t-il. Je sais que c'est douloureux.

— Très douloureux, admit-elle.

Il esquissa un sourire. Sans trop savoir pourquoi, il fut heureux qu'elle ne puisse voir son expression.

— Je ne te laisserai pas tomber.

— Tout va bien, là-haut ? cria Andrew.

— Dis-lui de se taire, grinça Billie.

George ne put retenir un petit rire.

— Mlle Bridgerton te prie de la fermer, lança-t-il à son frère.

Andrew éclata de rire.

— C'est que tout va bien, alors.

— Je ne dirais pas cela, grommela Billie qui, avec un halètement, descendit un échelon supplémentaire.

— Tu es presque à la moitié, déclara George d'un ton encourageant.

— Tu mens, mais je te remercie sincèrement de me manifester ton soutien.

George sourit, en sachant pourquoi cette fois. Si Billie était un fléau la plupart du temps, elle conservait toujours son sens de l'humour.

— Disons que tu es à la moitié de la moitié.

— Quel optimiste tu fais, marmonna-t-elle.

L'échelon suivant fut négocié sans incident, et George s'aperçut que leur conversation distrayait utilement Billie.

— Tu vas y arriver…

— Tu l'as déjà dit.

— Cela vaut la peine de le répéter.

— Je crois que…

Elle siffla, puis retint manifestement son souffle lorsqu'elle chercha du pied le barreau inférieur. Tout son corps frémit avant qu'elle ne recouvre l'équilibre.

— Je crois, articula-t-elle, que je ne t'ai jamais vu te montrer aussi aimable avec moi.

— Je pourrais en dire autant, répliqua-t-il.

Elle était arrivée à la moitié de l'échelle.

— Touché !

— Il n'y a rien de plus revigorant qu'un adversaire digne de ce nom, poursuivit-il, se rappelant toutes les fois où ils s'étaient livrés à des joutes verbales.

Il n'était pas facile d'avoir le dessus dans une conversation avec Billie, aussi était-il toujours ravi lorsqu'il l'emportait.

— Je ne suis pas certaine que ce soit vrai sur le… Ouille !

Elle serra un instant les dents avant de reprendre :

— … sur le champ de bataille. Dieu que ça fait mal !

— Je sais, dit-il, compatissant.

— Non, tu ne sais pas.

— C'est vrai, concéda-t-il en souriant.

Un bref hochement de tête, et elle descendit un autre degré. Puis, parce qu'elle s'appelait Billie Bridgerton et était par conséquent incapable de laisser de côté un point non résolu, elle reprit :

— Sur le champ de bataille, je pense que je trouverais stimulant un adversaire digne de ce nom.

— Stimulant ? répéta-t-il, ne serait-ce que pour l'encourager à parler.

— Mais pas revigorant.

— L'un mènerait à l'autre, déclara George, quand bien même il n'avait pas d'expérience directe.

Ses seuls combats s'étaient tenus dans des salles d'armes ou sur des rings de boxe, où le risque le plus sérieux était un accroc à sa fierté. Après avoir descendu un échelon pour laisser un peu d'espace à Billie, il jeta un coup d'œil par-dessus son épaule à Andrew, qui paraissait siffloter en attendant.

— Besoin d'aide ? s'enquit ce dernier quand il croisa son regard.

George secoua la tête et reporta son attention sur Billie.

— Tu es presque en bas.

— S'il te plaît, dis-moi que tu ne mens pas cette fois.

— Je ne mens pas.

Et c'était vrai. Négligeant les deux derniers échelons, George sauta à terre et attendit qu'elle fût assez proche pour qu'il puisse la soulever dans ses bras.

— Je te tiens, murmura-t-il un instant plus tard.

Il la sentit s'amollir légèrement. Pour la première fois de sa vie sans doute, elle permettait à quelqu'un de la prendre en charge.

— Bien joué ! lança joyeusement Andrew. Ça va, ma petite Billie ?

Elle hocha la tête. Mais elle avait la mâchoire toujours contractée et, à en juger par les mouvements convulsifs de sa gorge, il était évident qu'elle luttait pour ne pas pleurer.

— Espèce de petite idiote, murmura George.

Il sut alors qu'elle n'allait pas bien car elle ne protesta pas. Pire, même, elle s'excusa, ce qui lui ressemblait si peu que c'en était presque alarmant.

— Rentrons à la maison, décréta George.

— Voyons d'abord cette cheville, suggéra Andrew d'une voix toujours incongrûment joyeuse.

Après lui avoir ôté son bas, il émit un sifflement et déclara d'un ton admiratif :

— Eh bien, Billie, tu ne t'es pas ratée !

— Tais-toi, ordonna George.

Mais son frère se contenta d'un haussement d'épaules.

— Elle n'a pas l'air cassé...

— Elle n'est pas cassée, certifia Billie.

— Il n'empêche, tu en as pour une semaine au bas mot.

— Peut-être pas aussi longtemps, intervint George.

Même s'il était plutôt d'accord avec le diagnostic d'Andrew, il ne voyait pas l'intérêt de débattre de l'état de Billie. Ils ne pouvaient rien dire qu'elle ne sût déjà.

— Nous y allons ?

Fermant les yeux, Billie hocha la tête.

— Il faudrait remettre l'échelle à sa place, murmura-t-elle.

George resserra son étreinte et prit la direction d'Aubrey Hall, où vivaient les parents et les trois jeunes frères et sœur de Billie.

— Nous nous en occuperons demain.

— Merci, dit-elle.

— Pour quoi ?

— Pour tout.

— Cela recouvre beaucoup de choses, commenta-t-il, ironique. Tu es sûre d'avoir envie d'être à ce point redevable ?

— Tu es bien trop gentleman pour me demander des comptes.

George ne put s'empêcher de rire. Elle avait sans doute raison, même s'il ne l'avait jamais traitée comme aucune femme de sa connaissance. Et il n'était pas le seul.

— Tu pourras quand même venir dîner ce soir ? s'enquit Andrew, qui leur avait emboîté le pas.

Billie tourna la tête vers lui d'un air distrait.

— Pardon ?

— Tu n'as quand même pas pu oublier ! s'exclama-t-il en plaquant la main sur son cœur. La famille Rokesby fête le retour du fils prodigue...

— Tu n'es pas le fils prodigue, le coupa George.

— *Un* fils prodigue, rectifia Andrew avec bonne humeur. Je suis resté au loin pendant des mois. Des années, même.

— Pas des années, fit remarquer George.

— Pas des années, acquiesça Andrew. Mais ça a paru long, non ?

Il se pencha vers Billie, suffisamment près pour lui donner un léger coup de coude.

— Je t'ai manqué, hein, ma biquette ? Allez, admets-le.

— Laisse-la respirer, dit George avec irritation.

— Oh, ça ne la dérange pas !

— Laisse-*moi* respirer.

— Là, c'est tout à fait différent, répliqua Andrew en riant.

George, qui commençait à froncer les sourcils, releva brusquement la tête.

— Comment l'as-tu appelée, à l'instant ?

— Il aime bien me comparer à une chèvre, expliqua Billie, du ton indifférent de celle qui a renoncé à se vexer.

George la regarda, puis regarda son frère, avant de secouer la tête. Il n'avait jamais compris leur sens de l'humour. Peut-être parce qu'il n'avait jamais eu l'occasion d'être associé à leurs jeux. Il s'était toujours senti à l'écart des autres enfants, aussi bien Rokesby que Bridgerton. En raison de son âge – il avait cinq ans de plus qu'Edward, qui venait juste après lui –, mais aussi de son statut. Il était l'aîné, l'héritier. Comme son père ne manquait jamais de le lui rappeler, il avait des responsabilités. Il était hors de question qu'il gambade dans la campagne toute la journée, qu'il grimpe aux arbres et se brise quelques os.

Il y avait à peine un an d'écart entre Edward, Mary et Andrew Rokesby. Billie ayant quasiment le même âge que Mary, tous les quatre avaient formé une petite bande d'inséparables. Comme une lieue à peine séparait les deux maisons, les enfants se retrouvaient le plus souvent à mi-chemin. Soit près du ruisseau qui délimitait les deux domaines, soit dans la cabane que lord Bridgerton avait fait construire, sur les instances de Billie, dans le vieux chêne qui se dressait près de l'étang aux truites. La plupart du temps, George ignorait à quelles polissonneries ils s'étaient livrés, mais ses frères et sa sœur revenaient à la maison sales, affamés et d'humeur joyeuse.

Il n'était pas jaloux. En toute honnêteté, il les trouvait plus agaçants qu'autre chose. Ce dont il avait envie quand il rentrait de l'école, c'était de traîner avec ces gamins débraillés dont le plus âgé n'avait pas dix ans.

Il lui était néanmoins arrivé d'éprouver une certaine nostalgie. Comment aurait-ce été si lui-même avait eu un cercle aussi étroit de camarades de jeux ? Il n'avait pas eu de véritable ami de son âge jusqu'à son départ pour Eton, à douze ans. Il n'y avait tout simplement personne dans son entourage avec qui il aurait pu se lier.

Mais cela n'avait plus guère d'importance maintenant qu'ils étaient tous adultes. Edward était dans l'armée, Andrew dans la marine, et Mary mariée à un ami de George, Felix Maynard. Billie aussi était majeure, mais elle restait Billie. Elle vagabondait toujours sur les terres de son père, montait toujours son cheval trop fougueux comme si elle avait des os d'acier et continuait d'adresser son sourire éclatant aux villageois qui l'adoraient.

Quant à lui... sans doute était-il toujours lui-même. Toujours héritier en titre, toujours soucieux de se préparer à ses responsabilités alors même que son père ne lui en confiait aucune, toujours condamné à ne rien faire pendant que ses frères prenaient les armes pour défendre l'Empire.

En s'adressant à Billie, son frère ramena l'attention de George sur la jeune femme qu'il tenait dans ses bras.

— Nous devrions t'emmener à Crake House, lui dit-il. C'est plus près, et du coup, tu pourrais rester pour le dîner.

— Elle est blessée, lui rappela George.

— Pfff... Depuis quand cela l'arrête-t-il ?

— Et elle n'est pas vêtue convenablement.

George jouait les donneurs de leçons et il le savait. Mais il se sentait inexplicablement irrité et, vu son état, il pouvait difficilement s'en prendre à Billie.

— Je suis sûr qu'elle peut trouver quelque chose à se mettre dans la garde-robe de Mary, rétorqua Andrew. Elle n'a pas tout emporté lorsqu'elle s'est mariée, je suppose ?

— Non, confirma Billie. Elle a même laissé beaucoup de choses, ajouta-t-elle, sa voix assourdie par la poitrine de George.

Il trouva curieuse cette sensation de percevoir le son par l'intermédiaire de son propre corps.

— C'est donc réglé, conclut Andrew. Tu assisteras au dîner et tu resteras pour la nuit.

George ne put s'empêcher de lui décocher un regard agacé.

— Je resterai pour le dîner, acquiesça Billie, qui tourna la tête afin que sa voix ne soit plus étouffée par le torse de George. Mais ensuite, je rentrerai chez moi. Je préfère de beaucoup dormir dans mon propre lit, si cela ne te dérange pas.

George trébucha.

— Ça va ? demanda Andrew.

— Ce n'est rien, marmonna George.

Puis, sans savoir pourquoi, il se sentit obligé d'ajouter :

— C'est juste un de ces moments où l'une de tes jambes devient brusquement faible et fléchit un peu.

Andrew lui jeta un regard empreint de curiosité.

— Juste un de ces moments, hein ?

— Ferme-la, répliqua George, ce qui ne réussit qu'à faire rire Andrew.

— Moi aussi, ça m'arrive, déclara alors Billie en le regardant, un sourire flottant sur ses lèvres.

Quand on est fatigué et qu'on ne s'en rend pas compte. Et alors, votre jambe vous prend par surprise.

— Exactement.

Elle sourit de nouveau, un sourire complice, et George nota – pas pour la première fois, constata-t-il avec étonnement – qu'elle était plutôt jolie.

Elle avait de beaux yeux d'un brun profond, toujours chaleureux, indépendamment de la colère qui pouvait s'y tapir. Et sa peau était d'une blancheur remarquable pour quelqu'un qui passait autant de temps au grand air, même si quelques taches de rousseur fleurissaient sur son nez et ses joues. George ne se rappelait pas si elle les avait plus jeune. Il n'avait jamais vraiment prêté attention aux éphélides de Billie Bridgerton.

Ni même à Billie Bridgerton. Du moins, il avait essayé. Elle était, et avait toujours été, plutôt difficile à ignorer.

— Qu'est-ce que tu regardes ? s'enquit-elle.

George ne voyait pas de raison de mentir.

— Tes taches de rousseur.

— Pourquoi ?

— Parce qu'elles sont là, répondit-il avec un haussement d'épaules.

Elle se mordit la lèvre, et il crut que la conversation s'arrêterait là. Mais elle lâcha de manière plutôt abrupte :

— Je n'en ai pas tant que cela. Soixante-six, précisa-t-elle lorsqu'il haussa les sourcils.

De surprise, il faillit s'immobiliser.

— Tu les as comptées ?

— Je n'avais rien d'autre à faire. Il faisait un temps affreux et je ne pouvais pas sortir.

George ne s'avisa pas d'évoquer la broderie, l'aquarelle ou toute autre activité d'intérieur auxquelles s'adonnaient les dames de sa connaissance.

— J'en ai probablement un peu plus maintenant, admit Billie. Le printemps a été prodigieusement ensoleillé.

Andrew, qui avait pris de l'avance et que George venait juste de rattraper, se mêla à la conversation.

— De quoi parlons-nous donc ?

— De mes taches de rousseur, répondit Billie.

— Seigneur, que tu peux être ennuyeuse !

— Peut-être que je m'ennuie, riposta Billie.

— Ou les deux.

— Ce doit être la compagnie.

— J'ai toujours pensé que George était assommant, avoua Andrew.

— C'est de toi que je parlais, rétorqua Billie alors que George levait les yeux au ciel.

Andrew eut un sourire jusqu'aux oreilles.

— Comment va cette cheville ?

— Elle me fait mal.

— Plus ? Moins ?

Après réflexion, Billie répondit :

— Pareil. Non, moins, je suppose, puisque je ne m'appuie pas dessus. Encore merci, George.

— Je t'en prie.

Malgré lui, il avait répondu d'un ton légèrement brusque. Il n'avait pas vraiment sa place dans leur conversation. Il ne l'avait jamais eue.

Ils parvinrent à un embranchement et George prit à droite, en direction de Crake House. La maison était effectivement plus proche, et avec Andrew et son bras en écharpe, il allait devoir porter Billie jusqu'au bout.

— Je ne suis pas trop lourde ? s'inquiéta-t-elle, l'air ensommeillé.

— Cela n'aurait guère d'importance si tu l'étais.

— Franchement, George, quoi d'étonnant à ce que tu manques de compagnie féminine ? gémit Andrew. C'était une invitation évidente à dire : « Bien sûr que non, tu es aussi légère qu'un pétale de rose. »

— Pas du tout, contra Billie.

— Mais si, insista Andrew. C'est juste que tu n'en étais pas consciente.

— Je ne manque pas de compagnie féminine, protesta George.

— Oh, évidemment que non ! répliqua Andrew, sarcastique. N'as-tu pas Billie dans les bras ?

— J'ai l'impression que tu viens de m'insulter, dit-elle.

— Absolument pas, ma grande. C'est une simple constatation.

— Quand reprends-tu la mer ?

Andrew lui coula un regard espiègle.

— Je te manquerai.

— Je ne crois pas.

Mais tous les trois savaient qu'elle mentait.

— De toute manière, tu auras George, déclara Andrew en se penchant pour repousser une branche basse. Vous faites la paire, tous les deux.

— Tais-toi, lui intima Billie, ce qui était bien plus courtois que ce que George laissa échapper.

Andrew pouffa, et tous trois poursuivirent leur chemin dans un silence amical. On n'entendait plus que le frissonnement des feuilles nouvellement écloses caressées par une brise légère.

— Tu n'es pas trop lourde, déclara soudain George.

Avec un bâillement, Billie remua légèrement entre ses bras pour le regarder.

— Qu'as-tu dit ?

— Que tu n'étais pas trop lourde.

Il haussa les épaules. Il ignorait pourquoi, mais il lui avait semblé important de le dire.

— Oh...

Elle battit des paupières, l'air à la fois perplexe et contente.

— Je te remercie.

Andrew s'esclaffa. Pour quelle raison ? George aurait été bien en peine de le dire.

— Oui, reprit Billie.

— Je te demande pardon ?

— Oui, il se moque de nous, expliqua-t-elle, répondant à la question que George n'avait pas posée.

— C'était bien mon impression.

— Il est bête, ajouta-t-elle avec un soupir.

C'était toutefois un soupir affectueux. Jamais les mots « il est bête » n'avaient été chargés d'autant de tendresse.

— Mais c'est bien de l'avoir à la maison, fit remarquer George.

C'était la vérité. Pendant des années, ses frères l'avaient exaspéré, et Andrew tout particulièrement. Toutefois, maintenant qu'ils vivaient au-delà des confins du Kent et de Londres, ils lui manquaient. Et il les enviait.

— Oui, c'est bien, acquiesça Billie avec un sourire nostalgique. Même si je ne le lui avouerai jamais.

— Oh non, surtout pas !

Leur complicité la fit rire, puis elle bâilla de nouveau.

— Désolée, marmonna-t-elle.

Mais elle pouvait difficilement dissimuler sa bouche derrière sa main alors qu'elle avait les bras noués autour du cou de George.

— Cela ne t'ennuie pas si je ferme les yeux ?

Une émotion étrange, inconnue, naquit dans la poitrine de George. Comme une envie de la protéger.

— Pas de problème, répondit-il.

Elle lui adressa un sourire ensommeillé.

— Je n'ai jamais eu de problème pour m'endormir.

— Jamais ?

Quand elle secoua la tête, ses cheveux, qu'aucune épingle ne parvenait jamais à dompter, chatouillèrent le menton de George.

— Je peux dormir n'importe où, affirma-t-elle.

Elle somnola le reste du chemin, et George ne s'en formalisa pas le moins du monde.

# 5

Billie était née dix-sept jours après Mary Rokesby. Et, selon leurs parents, elles étaient devenues les meilleures amies du monde à l'instant où elles avaient été placées dans le même berceau, le jour de la visite rituelle du mardi matin de lady Bridgerton à lady Manston.

Pourquoi sa mère avait-elle jugé nécessaire d'emmener son bébé d'à peine deux mois alors qu'il y avait une nourrice parfaitement capable à Aubrey Hall ? Si Billie n'en était pas certaine, elle soupçonnait que sa capacité à se retourner, à l'âge étonnamment précoce de six semaines, y était pour beaucoup.

Lady Bridgerton et lady Manston étaient des amies dévouées et loyales. Billie ne doutait pas que chacune aurait donné sa vie pour l'autre, ou pour l'un des enfants de l'autre. Il n'empêche que leur relation comportait depuis toujours un solide élément de compétition.

Pour Billie, ses prouesses étonnantes dans l'art de se retourner devaient moins, soupçonnait-elle, à son génie personnel qu'à l'extrémité de l'index de sa mère contre son épaule. Mais, comme le soulignait cette dernière, il n'y avait pas de témoins.

En revanche, ce dont les deux mères, ainsi qu'une servante, avaient bel et bien été témoins, c'est que lorsque Billie avait été déposée dans le grand berceau de Mary, elle avait aussitôt saisi la main minuscule de cette dernière. Et lorsque leurs mères avaient essayé de les séparer, toutes deux avaient poussé des cris déchirants.

Sa mère avait raconté à Billie qu'elle avait été tentée de la laisser à Crake House pour la nuit, puisque c'était la seule manière de calmer les deux nourrissons.

Cette première matinée avait auguré des années à venir. Billie et Mary, quoique différentes, étaient devenues inséparables.

Alors que Billie était intrépide, Mary était prudente. Pas timorée, juste prudente. Elle regardait toujours avant de sauter. Billie regardait, elle aussi, mais elle avait tendance à être bien plus distraite.

Après quoi elle sautait haut et loin, et l'emportait le plus souvent sur Edward et sur Andrew. Ceux-ci avaient été plus ou moins obligés de l'accepter comme amie lorsqu'ils s'étaient aperçus que : *primo*, Billie les suivrait jusqu'au bout de la terre ; sauf que, *secundo*, elle y parviendrait probablement avant eux. Et avec Mary sur ses talons – une fois que celle-ci aurait évalué avec soin les dangers potentiels.

C'est ainsi qu'ils avaient formé un quatuor composé de trois têtes brûlées et d'une tête pensante.

Car il leur arrivait d'écouter Mary. Sans doute était-ce la seule raison pour laquelle tous avaient atteint l'âge adulte sans être définitivement estropiés.

Toutes les bonnes choses ayant, hélas, une fin, Edward et Andrew avait quitté la maison quelques années plus tard. Puis Mary était tombée amoureuse, s'était mariée et était partie, elle aussi. Si Billie et elle s'écrivaient régulièrement, toutefois ce n'était pas la même chose.

Néanmoins, Billie considérait toujours Mary comme sa meilleure amie. En conséquence, lorsqu'elle se retrouva à Crake House en pantalons, chemise et veste plutôt poussiéreux, elle n'eut aucun scrupule à fouiller dans la garde-robe de Mary, afin d'y dénicher une tenue adaptée à un dîner en famille.

La plupart des robes étaient un rien démodées, mais peu lui importait. Pour dire la vérité, elle ne l'aurait même pas remarqué si la femme de chambre qui l'aidait à s'habiller ne lui avait présenté des excuses.

De toute façon, les toilettes de Mary étaient plus élégantes que tout ce qu'elle-même possédait dans sa propre garde-robe.

Le problème, selon Billie, se situait plutôt du côté de la longueur de la jupe. Mary était plus grande qu'elle, ce qui avait toujours agacé Billie et amusé son amie. Il lui avait toujours semblé qu'elle aurait dû être la plus grande des deux.

Cela dit, comme elle ne pouvait pas marcher, l'excès de tissu ne revêtait pas une importance cruciale.

Les robes de Mary étaient également trop larges au niveau de la poitrine, et Billie se contenta de glisser deux mouchoirs dans le corsage. Et s'estima heureuse d'avoir mis la main sur une robe relativement simple, d'un vert sombre qui mettait son teint en valeur, trouvait-elle.

La femme de chambre piquait les dernières épingles dans sa chevelure lorsqu'on frappa à la porte de l'ancienne chambre de Mary dans laquelle elles s'étaient installées.

— George ! s'exclama-t-elle, surprise, lorsque la haute silhouette s'encadra sur le seuil.

Il portait une élégante redingote bleu nuit, qui aurait certainement été assortie à ses yeux s'il avait fait grand jour. Les boutons dorés, qui étincelaient à la lueur des bougies, ajoutaient à son allure royale.

Il s'inclina, discrètement cérémonieux.

— Milady, je suis venu vous aider à descendre au salon.

— Ah...

Pourquoi était-elle étonnée ? Andrew pouvait difficilement lui rendre ce service, et son propre père, qui devait être arrivé, n'avait plus autant de forces qu'autrefois.

— Si tu préfères, poursuivit George, nous pouvons appeler un valet de pied.

— Non, bien sûr que non.

Ç'aurait été trop embarrassant. Au moins, elle connaissait George. Et puis, il l'avait déjà portée.

Il entra dans la chambre et s'approcha de la coiffeuse, les mains nouées dans le dos.

— Comment va ta cheville ?

— Encore assez douloureuse, admit-elle. Mais je l'ai bandée avec un large ruban, et ça semble me soulager.

— Un ruban ? répéta-t-il, une lueur amusée dans ses prunelles.

Sous le regard atterré de la servante, Billie releva sa longue jupe, dévoilant sa cheville entourée d'un pimpant ruban rose.

— Très élégant, commenta George.

— Je ne voyais pas l'utilité de réduire un drap en charpie alors que ce ruban faisait très bien l'affaire.

— L'esprit toujours pratique.

— J'aime à le penser, répliqua Billie d'un ton léger.

Puis elle fronça les sourcils. Qui sait, ce n'était peut-être pas un compliment ?

— Eh bien, dit-elle en chassant un grain de poussière invisible sur son bras, il s'agit de tes draps, de toute manière. Tu devrais me remercier.

— Ce que je fais. Oui, ajouta-t-il lorsqu'elle étrécit les yeux, je me moque de toi. Mais juste un peu.

Billie releva le menton.

— À partir du moment où ce n'est qu'un peu.

— Je n'oserais pas aller plus loin, répliqua-t-il, avant de se pencher vers elle. En tout cas, pas en ta présence.

Billie jeta un regard à la femme de chambre. Celle-ci paraissait scandalisée par cet échange.

— Plus sérieusement, Billie, reprit George, tu es certaine de te sentir assez bien pour descendre dîner ?

Billie accrochait une des boucles d'oreilles empruntées, elles aussi, à Mary.

— Il faut bien que je mange. Autant le faire en bonne compagnie.

George sourit.

— Voilà trop longtemps que nous n'avons pas réuni tout le monde – du moins, tous ceux qui seront là ce soir.

Billie hocha la tête, soudain nostalgique. Lorsqu'elle était enfant, les Rokesby et les Bridgerton dînaient ensemble plusieurs fois par mois. Avec neuf enfants au total, les dîners, les déjeuners et autres occasions festives qui les réunissaient ne pouvaient être que bruyants et tumultueux.

Puis les garçons étaient partis l'un après l'autre pour Eton. D'abord George, suivi d'Edward et d'Andrew. À présent, les deux jeunes frères de Billie, Edmund et Hugo, y étaient pensionnaires, ainsi que Nicholas, le plus jeune Rokesby. Mary vivait dans le Sussex avec son mari, et il ne restait plus sur place que Billie et sa sœur Georgiana. Laquelle, bien que tout à fait charmante, ne pouvait être, à quatorze ans, la compagne idéale d'une femme de vingt-trois.

Et il restait George, bien sûr. Mais le gentleman célibataire et convoité qu'il était partageait son temps entre le Kent et Londres.

— Un shilling pour tes pensées, dit-il.

Billie secoua la tête.

— Elles ne valent même pas un penny, je le crains. Ce ne sont que des larmoiements.

— Des larmoiements ? Toi ? Il faut que j'en sache davantage.

— Nous sommes si peu, maintenant, expliqua-t-elle après une hésitation. Alors que nous étions tellement nombreux.

— Nous le sommes toujours, fit-il remarquer.

— Je sais, mais nous nous retrouvons si rarement. Cela me rend triste.

Elle n'en revenait pas de se montrer aussi franche avec George. Cela dit, la journée avait été si bizarre, si éprouvante, peut-être était-elle un peu moins sur ses gardes.

— Nous nous retrouverons de nouveau tous ensemble, déclara-t-il hardiment. J'en suis certain.

— T'a-t-on confié pour mission de me remonter le moral ? s'enquit Billie en arquant un sourcil.

— Ta mère m'a offert trois livres.

— Quoi ?

— Je plaisante.

Elle le foudroya du regard, quoique sans conviction.

— Allez, viens, je te porte jusqu'au rez-de-chaussée.

Joignant le geste à la parole, il s'inclina pour la soulever dans ses bras. Mais alors qu'il esquissait un geste vers la droite, Billie se pencha à gauche, et leurs têtes se heurtèrent.

— Aïe ! Désolé, murmura-t-il.

— Non, c'est ma faute.

— Attends, je vais...

Il glissa un bras derrière son dos et l'autre sous ses jambes, d'une manière presque maladroite et embarrassée, ce qui était d'autant plus curieux qu'il l'avait portée sur plus d'un quart de lieue quelques heures plus tôt.

Il la souleva et la femme de chambre, qui se tenait à côté de la coiffeuse, s'écarta précipitamment quand les jambes de Billie décrivirent un large arc de cercle.

— Si tu voulais bien me serrer un peu moins le cou ? demanda George.

— Oh, excuse-moi ! C'est pourtant comme cet après-midi.

Elle desserra un peu son étreinte tandis qu'il se dirigeait vers le couloir.

— Non, pas vraiment.

Il n'avait peut-être pas tort. Elle s'était sentie tellement à l'aise lorsqu'il l'avait portée dans la forêt. Bien plus qu'elle n'en avait le droit dans les bras d'un homme qui n'était pas un membre de sa famille. Alors que ce soir, elle ressentait la situation comme épouvantablement gênante. Elle avait une conscience aiguë de la proximité de George, de la chaleur qui émanait de son corps. Le col de sa redingote était pourtant haut, mais elle fut troublée lorsqu'une boucle de ses cheveux lui frôla la main.

— Quelque chose ne va pas ? s'enquit-il comme il atteignait l'escalier.

— Non, répondit-elle, avant de s'éclaircir la voix. Pourquoi cette question ?

— Tu ne cesses de t'agiter depuis que nous sommes sortis de la chambre.

— Ma cheville me fait mal, c'est tout.

Diu merci, elle n'était pas restée en peine d'explication. Dommage que celle-ci fût tout sauf pertinente.

George s'arrêta en haut de l'escalier et la fixa d'un regard soucieux.

— Tu es sûre de vouloir assister au dîner ?

— Certaine. Pour l'amour du ciel, je suis là ! Je ne vais pas rester en quarantaine dans la chambre de Mary, ce serait ridicule.

— Ce ne serait pas vraiment une quarantaine.

— Pour moi, ce serait du pareil au même, maugréa-t-elle.

— Tu n'aimes pas rester seule ? demanda-t-il après l'avoir dévisagée avec une curieuse expression.

— Pas quand les autres s'amusent sans moi, rétorqua-t-elle.

Il demeura un moment silencieux, la tête inclinée de côté, la mine songeuse.

— Et le reste du temps ?

— Je te demande pardon ?

— Lorsque le monde ne se réunit pas sans toi, précisa-t-il d'un ton vaguement condescendant. Cela t'ennuie d'être seule ?

Déconcertée, Billie le regarda en silence. Qu'est-ce qui diable l'incitait à l'interroger ainsi ?

— Ce n'est pas une question difficile, reprit-il avec, dans la voix, une pointe de provocation.

— Non, finit-elle par répondre, cela ne m'ennuie pas d'être seule.

Elle pinça les lèvres, vaguement irritée. Et irritable, aussi. Il faut dire qu'il lui posait des questions qu'elle-même ne s'était jamais posées. Soudain, sans même avoir eu l'intention de parler, elle s'entendit dire :

— Je n'aime pas...

— Quoi ?

Elle secoua la tête, renonçant à poursuivre.

— Tu n'aimes pas quoi ? insista-t-il.

— Je n'aime pas être enfermée, admit-elle après avoir soupiré. Je peux passer toute une journée sans la moindre compagnie si je suis dehors. Ou, à la rigueur, dans le grand salon, où les fenêtres sont hautes et laissent entrer beaucoup de lumière.

Il hocha lentement la tête, comme pour acquiescer.

— Tu ressens la même chose, toi aussi ? hasarda-t-elle.

— Pas du tout.

Au temps pour elle ! Apparemment, mieux valait qu'elle s'abstienne d'interpréter les gestes de George.

— Je me plais assez en ma propre compagnie, continua-t-il.

— Ça, j'en suis certaine.

— Je croyais que ce soir, nous évitions de nous insulter, dit-il avec un demi-sourire.

— Ah bon ?

— Figure-toi que je suis en train de te porter dans un escalier. Tu serais bien inspirée de t'adresser aimablement à moi.

— Je me le tiens pour dit.

Ils étaient arrivés sur le palier intermédiaire. Alors que Billie pensait que la conversation était terminée, il reprit :

— L'autre jour, il a plu toute la journée, sans discontinuer...

Billie savait de quel jour il parlait. Ç'avait été abominable. Elle avait eu l'intention de sortir sur sa jument, Argo, afin d'aller inspecter les clôtures à l'extrémité sud du domaine Et peut-être de s'arrêter à l'endroit où poussaient des fraises des bois. Il était un peu tôt pour les fruits, mais elle était curieuse d'estimer sa future récolte.

— Je suis resté à l'intérieur, bien sûr, poursuivit George. Je n'avais pas de raison de sortir.

Même si elle ne comprenait pas très bien où il voulait en venir, Billie jugea plus aimable de lui donner la réplique.

— À quoi t'es-tu occupé ?

— J'ai lu, répondit-il, l'air satisfait. Je suis resté assis dans mon bureau et j'ai lu un livre entier, du début à la fin. Je n'avais pas passé une journée aussi agréable depuis longtemps.

— Tu devrais sortir davantage, fit-elle remarquer, pince-sans-rire.

Il l'ignora.

— Ce que je veux dire, c'est que j'ai passé la journée « enfermé » et que c'était délicieux.

— Ma foi, ça prouve simplement que j'ai raison.

— Parce que nous cherchons à prouver quelque chose ?

— Nous cherchons toujours à prouver quelque chose, George.

— Et nous comptons les points ? murmura-t-il.

*Toujours.* Billie se garda cependant de le dire à voix haute. Ç'aurait semblé puéril et mesquin. Pire, on aurait pu croire qu'elle s'efforçait d'être une autre. Ou plutôt, qu'elle était cette autre, mais que la société refuserait toujours de le reconnaître. Il était lord Kennard, elle était Sybilla Bridgerton et quand bien même elle aurait avec joie confronté sa force d'âme à la sienne, elle ne se faisait pas d'illusions. Elle savait comment marchait le monde.

Ici, dans son petit coin du Kent, elle régnait sur son domaine ; en revanche, lors de n'importe quelle confrontation se produisant hors du cercle familier de Crake House et d'Aubrey Hall... George Rokesby gagnerait. Toujours. Et dans le cas contraire, il donnerait quand même l'impression d'avoir gagné.

Et contre cela, il n'y avait rien à faire.

— Je te trouve inhabituellement sérieuse, tout à coup, fit-il remarquer comme il posait le pied sur le parquet ciré du hall.

— Je pensais à toi, avoua-t-elle.

— Un défi, ou je ne m'y connais pas.

Ils arrivaient devant la porte ouverte du salon et il approcha la bouche de l'oreille de Billie.

— Et que je ne relèverai pas.

Elle s'apprêtait à répliquer mais, sans lui en laisser le temps, George franchit le seuil du salon.

— Bonsoir à tous, lança-t-il.

Si Billie avait eu le moindre espoir de faire une entrée discrète, elle dut y renoncer. Ils étaient les derniers. Sa mère était assise à côté de lady Manston sur le grand sofa, Georgiana, perchée sur une chaise voisine, avait l'air de s'ennuyer ferme ; quant aux hommes, ils s'étaient rassemblés près de la fenêtre. Lord Bridgerton et lord Manston discutaient avec Andrew, qui prenait avec un plaisir manifeste un verre de cognac de la main de son père.

— Billie ! s'exclama sa mère, qui se leva quasiment d'un bond. Dans ton message, tu parlais d'une simple entorse.

— C'est bien une entorse, confirma Billie. Il n'y paraîtra plus à la fin de la semaine.

George émit un ricanement narquois qu'elle choisit d'ignorer.

— Ce n'est rien, maman, assura-t-elle. J'ai connu pire.

Cette fois, ce fut Andrew qui émit un ricanement narquois, qu'elle ignora également.

— Avec une canne, elle aurait pu descendre seule, expliqua George en la déposant sur le sofa, mais il lui aurait fallu trois fois plus de temps. Ni l'un ni l'autre n'avons assez de patience pour cela.

Quand son père s'esclaffa de bon cœur, Billie lui adressa un regard noir. Ce qui ne fit qu'accroître son hilarité.

— Est-ce l'une des robes de Mary ? s'enquit lady Bridgerton.

— Oui, je portais des pantalons.

Sa mère soupira, mais s'abstint de tout commentaire. Entre elles, c'était une bataille permanente, et une trêve n'avait été conclue que par la promesse de Billie de se vêtir convenablement pour dîner, quand ils recevaient des visites, ou pour se rendre à l'église. En vérité, la liste était longue des événements qui l'obligeaient à s'habiller. Mais sa mère avait accepté qu'elle porte des pantalons lorsqu'elle s'occupait des affaires du domaine.

Pour Billie, ce n'était pas une mince victoire. Comme elle l'avait expliqué maintes fois, elle demandait simplement la permission de s'habiller de manière sensée lorsqu'elle vaquait à ses occupations. Les métayers la considéraient certainement comme excentrique, voire pire, mais elle savait qu'elle était aimée et respectée.

Leur affection lui avait été acquise naturellement. À en croire sa mère, Billie était venue au monde avec le sourire, et même enfant, elle était la préférée des gens du domaine.

Le respect, en revanche, elle avait dû le conquérir, et il lui tenait d'autant plus à cœur.

Billie savait que son frère Edmund hériterait un jour d'Aubrey Hall et de ses terres. De huit ans son cadet, c'était toutefois encore un enfant qui passait la plupart de son temps au collège. Leur père ne rajeunissant pas, il avait fallu que quelqu'un apprenne à gérer le vaste domaine familial. En outre, comme tout le monde l'admettait, Billie s'était révélée douée pour cette tâche.

Elle était restée fille unique pendant longtemps. Deux enfants nés après elle étaient morts en bas âge. Durant ces années de prière, d'espoir et d'attente d'un héritier, Billie était devenue une espèce de mascotte pour les locataires des fermes – le symbole vivant et souriant de l'avenir d'Aubrey Hall.

Contrairement à la plupart des filles de bonne famille, Billie avait toujours accompagné ses parents lorsqu'ils s'acquittaient de leurs devoirs. Lorsque sa mère apportait des paniers de victuailles à ceux qui étaient dans le besoin, elle était à son côté et distribuait des pommes aux enfants. Quand son père allait dans les champs, on la trouvait le plus souvent à ses pieds, en train de déterrer des vers de terre tout en expliquant pourquoi, selon elle, il valait mieux semer du seigle plutôt que de l'orge dans cette parcelle peu ensoleillée.

On avait d'abord considéré avec amusement cette gamine de cinq ans pleine d'énergie, qui insistait pour peser le grain au moment de la collecte des loyers. Puis, peu à peu, sa présence était passée de constante à indispensable. À présent, on attendait d'elle qu'elle règle tous les problèmes du domaine. Si le toit d'un cottage fuyait, c'était elle qui s'assurait de la réparation. Si une récolte se révélait moins importante que prévu, elle s'efforçait d'en découvrir la raison.

De fait, elle tenait lieu de fils aîné à son père.

Si les autres jeunes femmes s'intéressaient à la poésie ou aux tragédies de Shakespeare, Billie lisait des manuels d'agriculture. Et elle adorait cela.

Il lui était difficile d'imaginer une vie qui lui aurait davantage convenu. Mais il fallait bien le dire, elle était plus facile à mener sans corset.

Même si cela provoquait le désespoir de sa mère.

— Il fallait que j'aille vérifier le système d'irrigation, expliqua Billie. Ça n'aurait pas été simple en robe.

— Je n'ai rien dit, se défendit lady Bridgerton.

— Sans parler de grimper dans cet arbre, intervint Andrew.

— Parce qu'elle est montée dans un arbre ? s'écria la mère de Billie.

— Pour voler au secours d'un chat, confirma Andrew.

— On peut supposer que si elle avait porté une robe, elle n'aurait pas tenté de monter dans l'arbre, observa George.

— Qu'est-il arrivé au chat ? voulut savoir Georgiana.

Billie se tourna vers sa sœur, dont elle avait presque oublié la présence.

— Je ne sais pas.

Georgiana se pencha vers elle, une lueur d'impatience dans ses yeux bleus.

— Eh bien, tu l'as sauvé ?

— Le cas échéant, c'est entièrement contre mon gré.

— Ce félin s'est révélé d'une rare ingratitude, déclara George.

S'esclaffant, le père de Billie lui asséna une claque virile dans le dos.

— George, mon garçon, nous devons t'offrir à boire. Tu l'as mérité, après toutes tes épreuves.

Billie en resta un instant bouche bée.

— *Ses* épreuves ? répéta-t-elle, ce qui lui valut un sourire suffisant de George, adressé à elle seule.

— La robe de Mary te va très bien, déclara lady Bridgerton, désireuse de ramener la conversation à des sujets plus convenables.

— Merci, répliqua Billie. J'aime assez ce vert.

Tout en parlant, elle fit courir ses doigts sur la dentelle qui soulignait le décolleté arrondi de manière très seyante.

— J'aime les jolies robes, se défendit-elle comme sa mère la fixait d'un air ébahi. C'est juste que je n'aime pas en porter lorsque ce n'est pas pratique.

— Et le chat ? insista Georgiana.

Billie lui coula un regard agacé.

— Je te l'ai dit, je ne sais pas ce qu'il est devenu. Et pour être honnête, c'était une horrible petite créature.

— Je confirme, déclara George en levant son verre.

— Je n'arrive pas à croire que vous portiez un toast à la mort d'un chat !

— Pas moi, répliqua Billie, qui jeta un coup d'œil à la ronde pour voir si quelqu'un allait lui offrir un verre. Mais j'aimerais bien.

— Le chat va sûrement comme un charme, ma chérie, murmura lady Bridgerton, avec un sourire rassurant à l'adresse de sa benjamine. Ne t'inquiète pas.

Billie reporta les yeux sur Georgiana. Si leur mère avait usé de ce ton avec elle, elle serait devenue

folle. Mais Georgiana avait été une enfant mala-
dive, et lady Bridgerton n'avait jamais réussi à la
traiter autrement qu'avec une attention pleine de
sollicitude.

— Je suis certaine que le chat a surmonté cette
épreuve, enchaîna Billie. C'était un matou bagar-
reur. Il avait l'étoffe d'un survivant, ça se voyait
dans son regard.

Andrew se pencha par-dessus l'épaule de
Georgiana.

— Lui, il retombe toujours sur ses pattes.

— Oh, arrête ! protesta Georgiana en le repous-
sant.

Mais il était évident qu'elle ne lui en voulait pas.
Personne n'était jamais fâché contre Andrew. Ou,
en tout cas, jamais longtemps.

— Avez-vous des nouvelles d'Edward ? demanda
Billie à lady Manston.

Les yeux de celle-ci s'assombrirent et elle secoua
la tête.

— Pas depuis le mois dernier.

— Je suis sûre qu'il va bien, déclara Billie. C'est
un militaire de talent.

— Je ne sais pas si être un militaire de talent
est utile quand quelqu'un braque un fusil sur votre
poitrine, observa George sombrement.

Billie le foudroya du regard avant de revenir à
lady Manston.

— Ne l'écoutez pas. Il n'a jamais été militaire.

Lady Manston lui sourit en affichant un mélange
de tristesse, de douceur et d'affection.

— Je crois qu'il aurait aimé l'être, murmura-
t-elle en scrutant son aîné. N'est-ce pas, George ?

# 6

George s'efforça d'afficher un masque impassible. Sa mère ne pensait pas à mal, au contraire. Mais c'était une femme, et en tant que telle, elle ne comprendrait jamais ce que cela signifiait de se battre pour son roi et pour son pays. Ni ce que signifiait de ne *pas* se battre.

— Peu importe ce que je voulais, dit-il d'un ton bourru.

Il avala une grande gorgée de cognac, puis une deuxième, avant d'ajouter :

— On avait besoin de moi ici.

— Ce dont je suis reconnaissante, déclara sa mère. Elle se tourna vers les autres femmes avec un sourire vaillant, mais ses yeux brillaient de manière suspecte.

— Je n'ai pas envie que tous mes garçons partent à la guerre. Si Dieu le veut, cette absurdité sera terminée avant que Nicholas ne soit en âge de s'engager.

La voix de lady Manston avait été juste un peu trop forte, son ton juste un peu trop aigu. C'était l'un de ces moments embarrassants auxquels personne ne savait comment mettre fin. Ce fut George qui rompit le silence qui avait suivi :

— Les hommes seront toujours dépourvus de bon sens.

La tension se relâcha un peu. Il ne fut pas surpris lorsque Billie se tourna vers lui, le menton haut.

— Nous, les femmes, nous nous débrouillerions beaucoup mieux si nous étions autorisées à gouverner.

Déterminé à ne pas répondre à la provocation, George se contenta d'un sourire neutre.

Le père de Billie, en revanche, mordit proprement à l'hameçon.

— J'en suis certain, dit-il d'un ton suffisamment apaisant pour que chacun comprenne qu'il n'en pensait pas un mot.

— Je vous assure, insista Billie. Il y aurait assurément moins de guerres.

— Sur ce point, je ne peux qu'être d'accord avec Billie, déclara Andrew en levant son verre dans sa direction.

— C'est discutable, intervint lord Manston. Si Dieu avait voulu que les femmes gouvernent et combattent, il les aurait faites suffisamment fortes pour qu'elles puissent manier l'épée et le mousquet.

— Je sais tirer, lâcha Billie.

Lord Manston l'observa comme il l'aurait fait d'une curiosité scientifique.

— Oui, cela ne m'étonnerait pas.

— Billie a abattu un cerf l'hiver dernier, confirma lord Bridgerton, dont le haussement d'épaules signifiait qu'il n'y avait rien là que d'ordinaire.

Andrew lui adressa un regard admiratif.

— C'est vrai ? Félicitations !

— Ce fut un grand moment, admit Billie avec un sourire.

— Je n'arrive pas à croire que vous lui ayez permis d'aller à la chasse, dit lord Manston à lord
Bridgerton.

— Vous pensez vraiment que je pouvais l'arrêter ?

— Personne ne peut arrêter Billie, marmonna
George qui, tournant les talons, traversa la pièce
pour aller remplir son verre.

De nouveau, il y eut un silence embarrassé. Cette
fois, George décida qu'il s'en moquait.

— Et alors, comment va Nicholas ? finit par
s'enquérir lady Bridgerton.

George retint un sourire. Elle avait toujours pos-
sédé l'art et la manière de détourner une conversation des sujets délicats. Son sourire était perceptible
dans sa voix lorsqu'elle ajouta :

— Il se conduit mieux qu'Edmund et Hugo, j'en
suis certaine.

— Je suis sûre du contraire, répliqua lady
Manston en riant.

— Nicholas ne ferait pas... commença Georgiana.

Mais la voix de Billie couvrit celle de la jeune
fille.

— Il est difficile d'imaginer quelqu'un mis à pied
plus souvent qu'Andrew.

Ce dernier leva la main.

— Je détiens le record.

— Parmi les Rokesby ? demanda Georgiana, les
yeux ronds.

— Le record absolu.

— Ce n'est pas vrai ! s'esclaffa Billie.

— Je t'assure que si. Si je ne me suis pas attardé
là-bas, il y a une raison, figure-toi. Je suis persuadé
que si j'essayais d'y retourner en visite, on ne me
laisserait pas franchir les grilles.

Un valet de pied venait d'apporter à Billie le verre de vin qu'elle semblait attendre avec impatience. Elle le leva vers Andrew d'un air sceptique.

— Cela prouverait simplement que le directeur possède un bon sens digne d'applaudissements.

— Andrew, cesse tes exagérations, lui dit sa mère en haussant les yeux au ciel. Il a été effectivement mis à pied plus d'une fois, expliqua-t-elle à lady Bridgerton, mais je vous assure qu'il n'a jamais été renvoyé.

— Ce n'est pas faute d'avoir essayé, insinua Billie, sarcastique.

Exhalant un soupir, George se tourna vers la fenêtre et contempla les ténèbres. Peut-être était-il un insupportable donneur de leçons, lui qui n'avait jamais été mis à pied à Eton ou à Cambridge, mais il ne se sentait vraiment pas d'humeur à écouter le badinage d'Andrew et de Billie.

C'était toujours la même chose. Billie se montrait délicieusement taquine, Andrew jouait les vauriens, puis Billie lui adressait une pique, Andrew éclatait de rire et tout le monde renchérissait.

Il en avait plus qu'assez.

Dans la vitre, il distingua le reflet de Georgiana qui, assise sur la chaise la plus inconfortable de la maison – du moins selon lui –, arborait un air morose. Personne n'avait donc remarqué qu'on la laissait en dehors de la conversation ? L'esprit et la vivacité d'Andrew et de Billie illuminaient le salon tel un feu d'artifice, et la pauvre Georgiana ne parvenait pas à placer un mot. Elle ne semblait pas du reste vouloir s'y essayer, mais, à quatorze ans, elle n'avait aucun espoir de rivaliser avec eux.

Il pivota, traversa la pièce et s'approcha d'elle.

— J'ai vu le chat, lui chuchota-t-il à l'oreille. Il s'est enfui dans les bois.

C'était un mensonge, bien sûr. Il n'avait aucune idée de ce qu'était devenu le chat. S'il y avait une justice en ce bas monde, l'animal diabolique s'était peut-être volatilisé dans un nuage de soufre.

Georgiana sursauta, puis elle se tourna vers lui avec un grand sourire, qui ressemblait étonnamment à celui de sa sœur.

— C'est vrai ? Merci, c'est gentil de me rassurer.

George se redressa et jeta un coup d'œil en direction de Billie. Elle l'observait avec attention, lui reprochant silencieusement son mensonge. En réponse, il remonta un sourcil insolent, la mettant au défi de le dénoncer.

Elle s'en abstint. Après avoir esquissé un haussement d'épaules, elle se tourna de nouveau vers Andrew, tout en charme et pétillement. George reporta son attention sur Georgiana, qui était à l'évidence bien plus fine qu'il ne l'imaginait – en effet, elle observait la scène avec une curiosité pensive, son regard allant de l'un à l'autre comme si elle suivait un jeu de balle.

Tant mieux pour elle. Mieux valait qu'elle ait une cervelle car, avec sa famille, elle en aurait besoin.

Il but une autre gorgée de cognac et se perdit dans ses pensées. Ce soir, il était agité – ce qui ne lui ressemblait pas. Il était là, entouré des gens qu'il avait connus et aimés toute sa vie, et tout ce qu'il voulait...

De nouveau, il fixa la nuit au-delà de la fenêtre, cherchant une réponse. Tout ce qu'il voulait, c'était...

C'était là le problème : il ne savait pas ce qu'il voulait – juste qu'il lui manquait quelque chose.

Sa vie, se rendit-il compte, avait descendu un nouveau degré dans la banalité.

— George ? George ?

Il cilla et se retourna.

— Lady Frederica Fortescue-Endicott s'est fiancée au comte de Northwick, lui dit sa mère. Tu étais au courant ?

Ah. C'était donc là le sujet de conversation de la soirée. Il termina son verre avant de répondre :

— Non.

— La fille aînée du duc de Westborough, expliqua sa mère à lady Bridgerton. Une jeune femme absolument charmante.

— Oui, en effet, une fille délicieuse. Brune, n'est-ce pas ?

— Avec de magnifiques yeux bleus. Et qui chante comme un rossignol.

George étouffa un soupir. Son père lui frappa alors dans le dos et en vint directement au point crucial.

— Le duc l'a coquettement dotée. Vingt mille livres *et* une propriété.

— Vu que j'ai raté ma chance, commenta George avec un sourire impassible, il n'est peut-être pas nécessaire de dresser la liste de tous ses avantages.

— Certes, admit sa mère. Il est trop tard pour cela. Mais si tu m'avais écoutée, au printemps dernier...

Dieu merci, le gong annonçant le dîner retentit. Sa mère dut comprendre l'inutilité de poursuivre sur ce sujet, car elle enchaîna sur le menu de la soirée et l'apparente pénurie de poisson correct au marché.

George retourna près de Billie.

— Prête ? murmura-t-il en tendant les bras.

Son exclamation le déconcerta. Pourquoi était-elle surprise ? Rien n'avait changé au cours du dernier quart d'heure. Qui d'autre que lui pouvait la porter dans la salle à manger ?

— Comme c'est galant de ta part, George, commenta sa mère, qui traversait la pièce au bras de son père.

Il ne put réprimer un sourire ironique.

— J'avoue que c'est une sensation enivrante d'avoir Billie Bridgerton à ma merci.

— Profites-en, mon garçon, conseilla lord Bridgerton en riant. Elle n'aime pas perdre, celle-ci.

— N'est-ce pas le cas de tout le monde ? répliqua Billie.

— Si, bien sûr, reconnut son père. La question, c'est surtout la grâce avec laquelle on s'incline.

— Je suis parfaitement graci...

— Es-tu certaine de vouloir terminer cette phrase ? la coupa George en la soulevant dans ses bras.

Parce que personne ne l'ignorait : Billie Bridgerton était rarement « gracieuse » dans la défaite.

Comme elle n'insistait pas, il ajouta :

— Deux points pour ton honnêteté.

— Que faut-il faire pour en avoir trois ? riposta-t-elle.

Alors qu'il éclatait de rire, Billie, fondamentalement incapable de laisser une conversation en suspens, se tourna vers son père.

— De toute manière, je n'ai rien perdu.

— Tu as perdu le chat, lança Georgiana d'un ton accusateur.

— Et ta dignité, renchérit Andrew.

— Voilà qui mérite trois points, déclara George.

— Je me suis foulé la cheville !

— Nous le savons, ma chérie, dit lady Bridgerton en lui tapotant le bras. Tu te sentiras mieux bientôt. Tu l'as dit toi-même.

— Quatre p... commença George, mais Billie lui adressa un regard assassin.

— Je te conseille de t'abstenir, siffla-t-elle.

— Tu rends pourtant la chose si facile.

— On se moque de Billie ? s'enquit Andrew en les rejoignant dans le hall. Parce que si c'est le cas, sachez que je suis blessé que vous ne m'ayez pas attendu.

— Andrew ! gronda Billie.

— Blessé. Je suis blessé, vous dis-je, continua-t-il, la main sur le cœur.

— Peut-on éviter de se moquer de moi ? demanda Billie d'un ton exaspéré. Juste pour une soirée ?

— Sans doute, répondit Andrew, mais George est loin d'être aussi amusant.

Au moment où il ouvrait la bouche pour répliquer, George surprit l'expression de Billie. Elle était fatiguée et elle souffrait. Ce qu'Andrew avait pris pour une badinerie était, en vérité, une demande de trêve.

Il approcha ses lèvres de son oreille et chuchota :

— Tu es sûre de vouloir assister au dîner ?

— Évidemment ! répliqua-t-elle, manifestement contrariée par sa question. Tout va bien.

— Mais toi, tu te sens bien ?

Elle pinça les lèvres. Puis celles-ci se mirent à trembler.

George ralentit le pas afin qu'Andrew les dépasse.

— Il n'y a pas de honte à avoir besoin de se reposer, Billie.

Lorsqu'elle leva les yeux vers lui, elle semblait presque implorante.

— J'ai faim.

— Je peux demander qu'on place un petit tabouret sous la table pour que tu puisses y poser la jambe.

De surprise, elle battit des paupières et, l'espace d'un instant, il crut l'entendre retenir son souffle.

— Ce serait un grand soulagement, admit-elle. Merci.

— Considère que c'est fait. Au passage, ajouta-t-il après une pause, cette robe te va très bien.

— Quoi ?

George ignorait pourquoi il avait dit cela. À en juger par la mine interdite de Billie, elle aussi.

Il haussa les épaules. Si seulement il avait eu une main libre pour ajuster sa cravate. Elle lui paraissait inexplicablement serrée.

N'était-il pas normal qu'il la complimente sur sa toilette ? N'était-ce pas ce que faisaient les gentlemen ? En outre, Billie semblait avoir besoin d'être un peu réconfortée. Et il est vrai que sa robe était particulièrement seyante.

— C'est une jolie couleur, improvisa-t-il. Elle… euh… elle met tes yeux en valeur.

— J'ai des yeux bruns.

— Il n'empêche qu'elle les met en valeur.

— Bonté divine ! George, s'exclama-t-elle, l'air vaguement alarmée. As-tu déjà adressé un compliment à une femme ?

— Et toi, en as-tu déjà *reçu* un ?

Il s'aperçut, trop tard, que cette repartie pouvait être très mal prise. Il balbutia alors quelques mots qui se voulaient des excuses, mais Billie était déjà secouée d'un grand rire.

— Oh, je suis désolée ! hoqueta-t-elle en s'essuyant les yeux sur son épaule, puisqu'elle avait les mains nouées autour du cou de George. C'était tellement drôle ! Ta tête...

Étonnamment, George se surprit à sourire.

— Ce que j'essayais de demander, c'est si tu en avais déjà *accepté* un, se sentit-il obligé de préciser. Tu en as déjà reçu, c'est évident.

— Évident, certes.

George secoua la tête.

— Vraiment, je suis désolé.

— Tu es un tel gentleman, le taquina-t-elle.

— Cela te surprend ?

— Pas du tout. Je pense que tu mourrais plutôt que de froisser une femme, même par inadvertance.

— J'ai certainement dû te froisser à un moment quelconque de notre histoire commune.

Billie chassa cette remarque d'une main désinvolte.

— Je ne suis pas sûre que cela compte.

— J'avoue que ce soir, tu ressembles davantage à une lady que d'habitude.

L'expression de Billie se fit rouée.

— Il y a une insulte quelque part, j'en suis persuadée.

— Ou un compliment.

— Non, répliqua-t-elle après avoir fait mine d'y réfléchir, je ne le pense pas.

George éclata d'un rire franc, et ce ne fut que lorsqu'il eut recouvré un peu de sérieux qu'il prit conscience de la rareté de la chose. Cela faisait longtemps qu'il ne s'était pas laissé aller à rire de bon cœur. Un rire sans commune mesure avec les petits rires mondains de mise dans les salons londoniens.

— J'ai effectivement déjà reçu des compliments, reprit Billie. Toutefois je reconnais que je ne suis pas très douée pour les accepter. Du moins, lorsqu'ils concernent la couleur de ma robe.

George ralentit de nouveau le pas, cette fois pour tourner un coin. Ils avaient presque atteint la porte de la salle à manger.

— Tu ne t'es jamais rendue à Londres pour la saison mondaine, n'est-ce pas ?

— Tu le sais bien.

Il s'interrogea. Mary et Billie faisaient tout ensemble, or sa sœur était allée à Londres. Il ne lui semblait cependant pas courtois de poser la question, du moins maintenant, alors que le dîner allait être servi.

— Je n'y tenais pas, déclara alors Billie.

George se garda de souligner qu'il n'avait pas demandé d'explication.

— Ç'aurait été une catastrophe.

— Tu aurais été une bouffée d'air frais, mentit-il.

Car ç'aurait bel et bien été une catastrophe ; après quoi, il aurait été désigné pour sauver la réputation mondaine de Billie, s'assurer que son carnet de bal était au moins à demi rempli, et défendre son honneur chaque fois qu'un jeune lord écervelé aurait supposé qu'elle était de mœurs faciles à cause de son rire sonore et de ses manières un peu trop libres.

Une tâche éreintante...

— Excuse-moi, murmura-t-il en s'arrêtant pour demander à un valet de pied d'aller chercher un tabouret. Dois-je te tenir jusqu'à ce qu'il revienne ?

— Me tenir ? répéta-t-elle, l'air de ne pas comprendre.

— Quelque chose ne va pas ? s'enquit la mère de George, qui les observait avec une curiosité non dissimulée.

Lady Bridgerton, Georgiana et elle avaient déjà pris place à table. Les messieurs attendaient que Billie fût assise.

— Asseyez-vous, je vous en prie, leur dit George. J'ai demandé qu'on apporte un tabouret afin que Billie puisse y poser la jambe.

— C'est vraiment très gentil de ta part, George, reconnut lady Bridgerton. J'aurais dû y penser.

— Je me suis déjà tordu la cheville, dit-il en entrant dans la salle à manger.

— Pas moi, convint lady Bridgerton. On pourrait néanmoins penser que je suis devenue experte en la matière. Je crois, ajouta-t-elle en se tournant vers Georgiana, que tu es la seule de mes enfants à ne pas t'être fracturé un os ou démis quelque chose.

— C'est mon talent particulier, murmura Georgiana.

Avec un sourire trompeusement placide, lady Manston déclara :

— Je dois avouer que vous faites un beau couple tous les deux.

George la foudroya du regard. *Non !* Sa mère voulait certes qu'il se marie, mais elle n'allait quand même pas aller jusque-là ?

— Ne nous taquinez pas ainsi, dit Billie, avec, dans la voix, le dosage parfait de reproche et d'affection pour couper court à toute autre remarque de ce genre. Qui d'autre que George pourrait me porter ?

— Maudit soit mon bras cassé, murmura Andrew.

— Comment est-ce arrivé ? s'enquit Georgiana.

Andrew s'inclina vers elle, l'œil pétillant.

— Je me suis battu contre un requin.

Billie ricana.

— Non, dit sa sœur, pas le moins du monde impressionnée, que s'est-il réellement passé ?

Andrew haussa les épaules.

— J'ai glissé.

Il y eut un silence. Personne ne s'attendait à un accident aussi banal.

— L'histoire du requin était meilleure, admit finalement Georgiana.

— N'est-ce pas ? La vérité est rarement aussi glorieuse qu'on le voudrait.

— Je croyais qu'au moins tu étais tombé d'un mât, intervint Billie.

— Le pont était glissant, expliqua Andrew d'un ton très prosaïque. Cela arrive. À cause de l'eau, vous comprenez ?

Sur ces entrefaites, le valet revint avec un repose-pied capitonné. Il n'était pas aussi haut que ce que George aurait souhaité, mais Billie serait néanmoins installée plus confortablement.

— J'ai été surprise que l'amiral McClellan te permette de rentrer à la maison pour ta convalescence, déclara lady Manston, alors que le valet de pied se faufilait sous la table pour mettre le tabouret en place. Non pas que je me plaigne. C'est merveilleux de t'avoir à Crake House.

Andrew décocha à sa mère un sourire en coin.

— Un marin manchot, ce n'est guère utile.

— Alors que tous les pirates ont une jambe de bois ? ironisa Billie, que George venait de déposer sur sa chaise. Je croyais qu'il était quasiment obligatoire d'avoir un membre en moins pour prendre la mer.

Andrew inclina la tête de côté, l'air songeur.

— Notre cuisinier, lui, a une oreille en moins.

— Andrew ! s'exclama sa mère.

— C'est horrible, déclara Billie, dont les yeux brillaient d'un ravissement macabre. Tu étais là quand c'est arrivé ?

— Billie ! s'écria sa mère.

— Vous ne pouvez pas vous attendre que j'entende parler d'un marin à une seule oreille et que je ne *pose* pas de questions, se défendit Billie.

— Il n'empêche, ce n'est pas une conversation convenable pour un dîner familial.

Les réunions entre les clans Rokesby et Bridgerton étaient toujours qualifiées de « familiales » alors même qu'ils n'avaient pas une goutte de sang en commun. Du moins, pas depuis une centaine d'années.

— Je ne vois pas où elle pourrait être plus convenable, fit remarquer Andrew. À moins que nous ne nous rendions tous à la taverne.

— Je ne suis, hélas, pas autorisée à sortir à une heure aussi tardive, soupira Billie.

Andrew lui adressa un sourire impertinent.

— Raison numéro 738 pour laquelle je suis heureux de n'être pas né femme.

Alors que Billie levait les yeux au ciel, Georgiana se tourna vers elle.

— Dans la journée, tu as le droit ?

— Bien sûr, répondit Billie, au grand déplaisir de sa mère.

Georgiana non plus ne parut pas ravie. Les lèvres pincées en une moue envieuse, elle se mit à tambouriner sur la nappe.

— Mme Bucket fait la plus délicieuse des tourtes au porc, continua Billie. Tous les jeudis.

— J'avais oublié, dit Andrew, qui se pourlécha au souvenir de ce délice culinaire.

— Comment est-ce possible ? Sa tourte est absolument divine.

— Je sais. Il faut que nous y retournions ensemble. Si nous disions...

— Les femmes sont sanglantes, déclara soudain Georgiana.

Lady Bridgerton en lâcha sa fourchette.

Quant à Billie, elle se tourna vers sa sœur avec une expression à la fois surprise et circonspecte.

— Je te demande pardon ?

— Les femmes aussi peuvent être sanglantes, répéta Georgiana d'un ton presque agressif.

Billie sembla totalement déconcertée. En temps ordinaire, George aurait joui de sa déconfiture. Mais la conversation venait de prendre un tour si bizarre qu'il ne parvint pas à éprouver autre chose que de la compassion.

— Ce que tu as dit tout à l'heure, précisa Georgiana. Au sujet des femmes, et du fait que nous ferions moins la guerre que les hommes. Je ne crois pas que ce soit juste.

— Oh ! fit Billie.

Son soulagement parut extrême. George respira plus librement, lui aussi, car il n'avait aucune envie d'entendre à table la seule autre explication concernant les « femmes sanglantes ».

— Regardez la reine Marie Tudor, poursuivit Georgiana. Personne ne peut la traiter de pacifiste.

— On ne l'a pas surnommée « Marie la Sanglante » pour rien, intervint Andrew.

— Exactement ! s'écria Georgiana avec un hochement de tête enthousiaste. Et la reine Élisabeth, elle a fait couler l'Invincible Armada tout entière.

— Ce sont ses hommes qui ont fait couler l'Invincible Armada, corrigea lord Bridgerton.

— C'est elle qui donnait les ordres, riposta Georgiana.

— Elle a raison, intervint George, ce qui lui valut un regard reconnaissant de la part de la jeune fille.

— Tout à fait, renchérit Billie avec un sourire. Mais je ne voulais pas dire que les femmes ne pouvaient pas se montrer violentes. Nous le pouvons, bien sûr, si nous avons une motivation suffisante.

— Je frémis rien que d'y penser, murmura Andrew.

— Si quelqu'un que j'aime était en danger, enchaîna Billie avec une calme détermination, je suis quasiment certaine que je recourrais à la violence.

Pendant des années, George s'interrogerait sur cet instant. Quelque chose changea. Trembla et se tordit. L'atmosphère parut se charger d'électricité. Dans ce temps suspendu, ce fut comme si tous les Rokesby et tous les Bridgerton rassemblés autour de la table attendaient un événement qu'aucun d'eux ne comprenait.

Pas même Billie.

George la scruta. Il n'était pas difficile de l'imaginer en guerrière farouche, protégeant ceux qu'elle aimait. Serait-il du nombre ? Il le croyait volontiers. Quiconque portant son nom se retrouvait sous sa protection.

Personne ne parlait, ni même ne respirait, semblait-il. Finalement, sa mère laissa échapper un rire qui tenait davantage du soupir.

— Quel sujet déprimant !

— Je ne suis pas d'accord, dit George à voix basse.

Lady Manston ne l'entendit pas, contrairement à Billie. Ses lèvres s'entrouvrirent, et son regard sombre croisa celui de George : curieux, surpris, et peut-être même teinté de reconnaissance.

— Je ne comprends pas pourquoi nous parlons de choses pareilles, poursuivit lady Manston, à l'évidence déterminée à ramener la conversation sur des sujets plus légers.

« Parce que c'est important », songea George. Parce que cela avait du sens. Parce que depuis des années, plus rien n'avait de sens pour ceux qui étaient restés en arrière. Il en avait assez d'être inutile et de prétendre qu'à cause de son rang de naissance il avait davantage de valeur que ses frères.

Il baissa les yeux sur son assiette, l'appétit coupé. Et bien sûr, ce fut le moment que choisit lady Bridgerton pour s'exclamer :

— Nous devrions donner une fête !

# 7

Quelque peu inquiète, Billie reposa lentement sa serviette sur la table.

— Une fête, maman ?

— Une partie de campagne.

Comme si c'était ce que Billie demandait.

— À cette époque de l'année ? s'étonna lord Bridgerton.

— Pourquoi pas à cette période de l'année ?

— Parce que nous recevons plutôt à l'automne, d'ordinaire.

Billie se retint de lever les yeux au plafond. Quel raisonnement typiquement masculin ! Non pas qu'elle ne fût pas d'accord, cela dit. La dernière chose dont elle avait envie en ce moment, c'était d'avoir des invités à Aubrey Hall. Sans parler du temps qu'elle perdrait à jouer les jeunes filles accomplies. Elle serait condamnée à porter des robes toute la journée, et empêchée d'exercer ses très réelles responsabilités dans la gestion du domaine.

Elle essaya de croiser le regard de son père. Il devait se rendre compte qu'indépendamment de la saison, c'était là une très mauvaise idée. Malheureusement, il ne prêtait attention à rien d'autre qu'à sa femme. Et à son potage.

— Andrew ne sera plus là à l'automne, argua lady Bridgerton.

— Et j'aime beaucoup les réceptions, déclara Andrew.

C'était la vérité. Billie eut toutefois le sentiment qu'il disait cela pour dissiper la tension autour de la table plus qu'autre chose. Car l'atmosphère était bel et bien tendue. Et il était manifeste que personne ne savait pourquoi.

— Donc, c'est entendu, déclara sa mère. Nous donnerons une fête. Juste une petite.

— Qu'entendez-vous par « petite » ? intervint Billie, méfiante.

— Oh, je ne sais pas ! Une douzaine d'invités. Qu'en pensez-vous, Helen ? demanda-t-elle à lady Manston.

Ce ne fut une surprise pour personne lorsque celle-ci répondit :

— Cela semble délicieux. Mais il nous faudra agir vite, avant qu'Andrew ne reparte. L'amiral a été très clair : Andrew a congé durant le temps de sa convalescence, et pas un jour de plus.

— Bien sûr, murmura lady Bridgerton. Si nous disions... dans une semaine ?

— Une semaine ? répéta Billie, effarée. La maison ne peut pas être prête en une semaine !

— Bien sûr que si, rétorqua sa mère en affichant un air de dédain amusé. Je suis née pour organiser ce genre d'événement.

— Et vous l'avez déjà prouvé, ma chère, confirma son mari d'un ton affectueux.

Billie se mordit la lèvre. Son père ne lui serait d'aucun secours. Elle n'avait d'autre solution que de mettre elle-même un terme à cette folie.

— Avez-vous pensé aux invités, maman ? Il aurait fallu les prévenir plus tôt. Les gens sont très occupés. Ils seront déjà pris.

Sa mère balaya l'argument d'un geste désinvolte de la main.

— Je n'ai pas l'intention d'envoyer des invitations dans tout le pays. Nous avons largement le temps d'avertir nos amis qui vivent dans les comtés voisins. Ou à Londres.

— Qui songez-vous à inviter ? s'enquit lady Manston.

— Vous, évidemment. Et promettez-moi de vous installer chez nous. Ce sera tellement plus amusant que tout le monde soit sous le même toit !

— Cela ne paraît pas vraiment nécessaire, intervint George.

— Pas du tout, même, renchérit Billie.

Pour l'amour du ciel, ils vivaient à une lieue les uns des autres !

— Oh, je t'en prie ! ajouta-t-elle, agacée, parce que George lui avait jeté un regard noir. Ne me dis pas que tu es vexé.

— Moi, je pourrais l'être, affirma Andrew, un sourire jusqu'aux oreilles. En fait, je vais l'être juste pour le plaisir.

— Mary et Felix, continua lady Bridgerton. Il est impossible de donner une fête sans eux.

— Je serai contente de voir Mary, admit Billie.

— Que diriez-vous des Westborough ? suggéra lady Manston.

George poussa un grognement.

— C'est peine perdue, non ? Ne venez-vous pas de dire que lady Frederica était fiancée ?

— Certes.

Sa mère prit le temps de goûter à son potage avant d'ajouter :

— Mais elle a une sœur plus jeune.

Billie laissa échapper un rire étranglé, avant de froncer les sourcils comme George lui coulait un regard furibond.

Le sourire de lady Manston se fit proprement terrifiant.

— Et une cousine.

— Forcément, grommela George.

Billie aurait été prête à compatir si sa propre mère n'avait choisi cet instant pour déclarer :

— Il nous faudra aussi trouver quelques charmants jeunes gens.

Billie écarquilla les yeux, horrifiée. Elle aurait pourtant dû savoir que son tour viendrait.

— Maman, c'est inutile, la prévint-elle.

*La prévint-elle* ? Lui ordonna-t-elle, plutôt !

Mais l'enthousiasme de lady Bridgerton ne se laissait pas aussi aisément combattre.

— Nous ne serons pas en nombre égal, sinon. En outre, tu ne rajeunis pas.

Billie ferma les yeux et compta jusqu'à cinq. C'était cela ou sauter à la gorge de sa mère.

— Felix n'a pas un frère ? hasarda lady Manston.

Billie se mordit la langue. Lady Manston savait parfaitement que Felix Maynard avait un frère ! Sa fille unique n'était-elle pas mariée avec lui ? Elle connaissait probablement les noms et les âges de tous ses cousins, jusqu'au plus lointain, avant même que l'encre n'ait séché sur le contrat de fiançailles.

— George ? insista-t-elle. Je ne me trompe pas ?

Billie observa lady Manston avec un mélange de perplexité et de fascination. Un général d'armée aurait pu être fier de posséder une telle détermination. Était-ce une disposition innée ? Les femmes venaient-elles au monde avec la volonté inébranlable d'associer hommes et femmes pour former de jolis petits couples ? Le cas échéant, comment était-il possible qu'elle-même y ait échappé ?

Parce que jouer les marieuses, pour elle-même ou pour les autres, ne l'intéressait pas. Si cela faisait d'elle une espèce de monstre étrange, dénué de féminité, tant pis. Elle préférait, et de loin, monter à cheval, pêcher dans le lac ou grimper aux arbres.

Ce n'était pas la première fois que Billie s'interrogeait : à quoi notre Père céleste pensait-il lorsqu'il l'avait fait naître fille ? Elle était manifestement le plus garçon manqué des filles de toute l'histoire de l'Angleterre. Heureusement que ses parents ne l'avaient pas obligée à faire son entrée dans le monde en même temps que Mary, car ç'aurait été une catastrophe. Un désastre.

Et personne n'aurait voulu d'elle.

— George ? reprit sa mère avec une pointe d'impatience.

Quand George sursauta, Billie se rendit compte qu'il était en train de l'observer. Que pouvait-il bien avoir vu sur son visage – ou cru y avoir vu ?

— Oui, confirma George en se tournant vers sa mère. Henry. Il a deux ans de moins que Felix, mais il est…

— Excellent ! coupa lady Manston, l'air ravi.

— Il est quoi ? demanda Billie.

Le ton était un peu impérieux, mais, après tout, c'était de son humiliation potentielle qu'ils parlaient.

— Il est presque fiancé, répondit George. Du moins, c'est ce que j'ai entendu dire.

— Cela ne compte pas tant que ce n'est pas officiel, décréta sa mère.

Billie la dévisagea, incrédule. Entendre cela de la bouche de la femme qui avait organisé le mariage de Mary à l'instant où Felix lui avait baisé la main !

— Henry Maynard est-il un jeune homme bien ? s'enquit lady Bridgerton.

— Très bien, affirma lady Manston.

— Je croyais qu'elle n'était même pas certaine de son existence, murmura Billie.

À côté d'elle, George rit tout bas, puis il se pencha vers elle.

— Dix livres qu'elle savait qu'il était quasiment fiancé avant même de prononcer son nom.

— Je ne relèverais pas ce pari.

— Tu es une fine mouche.

— Toujours.

Quand le rire de George mourut soudain sur ses lèvres, Billie suivit la direction de son regard. De l'autre côté de la table, Andrew les observait avec une expression curieuse, la tête à peine inclinée sur le côté, le front plissé.

— Qu'y a-t-il ? lui demanda-t-elle, alors que leurs mères continuaient d'affiner leurs plans.

— Rien, prétendit Andrew.

Billie ne le crut pas. Elle le connaissait comme le dos de sa main. Il mijotait quelque chose.

— Je n'aime pas son expression, murmura-t-elle.

— Je n'aime jamais son expression, rétorqua George.

Elle lui glissa un coup d'œil oblique. Cette espèce de complicité entre eux était étrange. D'ordinaire, c'était avec Andrew qu'elle échangeait des plaisanteries à mi-voix. Ou avec Edward. Mais jamais avec George.

Sans doute était-ce une bonne chose – après tout, rien ne les obligeait, George et elle, à s'opposer constamment. Elle en éprouvait néanmoins une impression bizarre. Comme si elle était en déséquilibre.

La vie était à coup sûr plus simple lorsqu'elle était dépourvue de surprises.

Bien décidée à mettre un terme à son malaise grandissant, Billie reporta son attention sur sa mère.

— Devons-nous vraiment organiser une fête ? Andrew peut certainement se sentir célébré et adoré sans un dîner de douze plats et un concours de tir à l'arc sur la pelouse.

— N'oublie pas le feu d'artifice et le défilé, ajouta Andrew. Et je demanderai peut-être à être transporté en litière.

— Parce que tu veux *encourager* cela ? rétorqua Billie avec un geste exaspéré de la main.

— J'aurai le droit de participer ? s'enquit Georgiana.

— Pas le soir, répondit sa mère. Mais tu pourras, bien sûr, prendre part aux divertissements de l'après-midi.

Georgiana s'adossa à sa chaise, l'air d'une chatte qui lèche la crème sur ses babines.

— Alors, je trouve que c'est une excellente idée.

— Georgie ! protesta Billie.

— Billie ! riposta Georgiana, moqueuse.

Billie en resta un instant bouche bée. Le monde entier avait-il basculé sur son axe ? Depuis quand sa sœur se montrait-elle si insolente avec elle ?

— C'est décidé, Sybilla, déclara sa mère d'un ton sans réplique. Nous organisons une fête et tu y assisteras. En robe.

— Maman !

— Je ne pense pas que ce soit une exigence déraisonnable, ajouta sa mère, qui jeta un coup d'œil à la ronde en quête d'approbation.

— Je sais très bien comment me conduire en présence d'invités.

Seigneur, que croyait donc sa mère ? Qu'elle allait assister au dîner avec des bottes sous sa robe ? Lâcher les chiens dans le salon ?

Elle connaissait les règles, que diable ! Et elle les acceptait même sans rechigner lorsque les circonstances l'exigeaient. Que sa propre mère la juge à ce point inepte… Et qu'elle le dise sans ambages devant les personnes auxquelles Billie tenait le plus…

C'était plus douloureux qu'elle n'aurait pu l'imaginer.

C'est alors que la chose la plus étrange se produisit. La main de George se referma sur la sienne et la serra. Sous la table, là où personne ne pouvait le voir. Billie ne put s'empêcher de tourner vivement la tête pour le regarder, mais il lui avait déjà lâché la main et discutait du prix du cognac français avec son père.

Billie se concentra sur son assiette.

Quelle journée !

Plus tard dans la soirée, lorsque les hommes se retirèrent pour boire un porto et que les femmes se rassemblèrent au salon, Billie se faufila dans la bibliothèque. Elle n'aspirait à rien d'autre qu'à un peu de paix et de silence.

Encore que « se faufiler » ne fût pas le terme le plus pertinent, vu qu'elle avait dû supplier un valet de pied de l'y porter.

Elle avait toujours aimé la bibliothèque de Crake House. Plus petite que celle d'Aubrey Hall, elle lui semblait moins imposante, presque intime. Lord Manston avait pour habitude de s'endormir dans le confortable canapé de cuir, et sitôt que Billie se fut allongée sur les coussins, elle comprit pourquoi. Avec le feu qui crépitait dans la cheminée et une couverture de laine sur les jambes, elle avait trouvé l'endroit parfait pour se reposer en attendant que ses parents se décident à rentrer.

Elle n'avait pas sommeil, cependant. Elle était juste lasse. La journée avait été longue, et son corps entier se ressentait de sa chute, et sa mère s'était montrée d'une insensibilité spectaculaire, et Andrew n'avait même pas remarqué qu'elle ne se sentait pas bien, et George, lui, l'avait remarqué, et Georgiana s'était transformée en une personne qu'elle ne reconnaissait pas, et...

Et, et, et ! Il n'y avait que des *et* ce soir, et leur somme était épuisante.

— Billie ?

Elle étouffa un cri de surprise et tenta de se redresser. George se tenait dans l'encadrement de la porte. La lueur tremblotante des bougies ne permit pas à Billie de distinguer son expression.

Elle ferma les yeux avec force, le temps d'apaiser les battements de son cœur.

— Désolée, j'ai eu peur.

— Je te présente mes excuses. Ce n'était pas mon intention. Que fais-tu là ? demanda-t-il en appuyant l'épaule au chambranle.

— J'avais besoin d'un peu de tranquillité.

Si elle ne distinguait pas nettement ses traits, elle le sentit perplexe. Aussi précisa-t-elle :

— Même moi, j'ai besoin de tranquillité de temps à autre.

— Tu ne te sens pas *enfermée* ?

Elle perçut le sourire dans sa voix.

— Pas du tout.

Après un instant de silence, il reprit :

— Veux-tu que je te laisse à ta solitude ?

— Non, ce n'est pas nécessaire.

Billie fut la première à être étonnée par sa réponse. La présence de George était curieusement apaisante, ce qui n'était pas le cas de celle d'Andrew, de sa mère ou de n'importe qui d'autre.

— Ta cheville te fait souffrir, dit-il en entrant dans la pièce.

Comment le savait-il ? Personne d'autre ne s'en était aperçu. Cela dit, George avait toujours été très observateur, au point que c'en était parfois gênant. Billie ne chercha pas à nier.

— Oui, reconnut-elle.

— Tu as très mal ?

— Non, mais plus qu'un petit peu.

— Tu aurais dû te reposer, ce soir.

— Peut-être. Mais j'ai passé un bon moment et cela en valait la peine. C'était réjouissant de voir ta mère si heureuse.

— Tu penses qu'elle était heureuse ?

— Pas toi ?

— Heureuse de voir Andrew, peut-être ; cela dit, d'une certaine façon, sa présence ne fait que lui rappeler l'absence d'Edward.

— Sans doute. Je veux dire, bien sûr qu'elle préférerait avoir ses deux fils à la maison, mais sa joie d'avoir Andrew ici surpasse certainement sa contrariété de n'avoir que lui.

George esquissa un demi-sourire ironique.

— Elle avait néanmoins deux fils à la maison.

Billie l'observa pendant un moment avant de…

— Oh, je suis désolée ! Évidemment. Je pensais juste aux fils qui ne sont pas habituellement présents. Je... Mon Dieu, je suis vraiment désolée.

Elle avait les joues en feu. Heureusement que la semi-pénombre dissimulait sa rougeur.

— Ce n'est pas grave, assura-t-il avec un haussement d'épaules.

Billie n'en fut pas rassérénée pour autant. Il avait beau dire, elle ne pouvait se défaire de l'idée qu'elle l'avait blessé. Ce qui était ridicule : George Rokesby n'accordait pas assez d'importance à ce qu'elle pensait de lui pour être affecté par ses propos.

Il n'empêche qu'elle avait surpris quelque chose dans son expression...

— Cela t'ennuie ? demanda-t-elle.

George, qui s'était arrêté devant une console sur laquelle était posée une carafe de cognac, se tourna vers elle.

— Qu'est-ce qui m'ennuie ?

— D'être resté derrière.

Billie se mordit la lèvre. Il devait y avoir une meilleure formulation.

— D'être resté chez toi, rectifia-t-elle, alors que tous les autres sont partis.

— Tu es là, fit-il remarquer.

— Oui, mais je ne suis pas vraiment un réconfort. Pour toi, je veux dire.

Il s'esclaffa. Enfin, pas vraiment ; il souffla juste par les narines, l'air amusé.

— Même Mary est partie dans le Sussex, continua Billie, qui changea de position afin de pouvoir le regarder par-dessus le dossier du canapé.

Après avoir versé du cognac dans un verre, il remit le bouchon sur la carafe.

— Je ne peux pas reprocher à ma sœur un mariage heureux. Pas plus qu'à l'un de mes meilleurs amis.

— Bien sûr que non. Moi non plus. Mais elle me manque toujours. Et tu es toujours le seul Rokesby à résider ici.

Il porta le verre à ses lèvres, mais ne but pas immédiatement.

— Tu as vraiment le don d'aller droit au cœur du sujet.

Billie gardant le silence, il reprit :

— Et toi, cela t'ennuie ?

Elle ne feignit pas d'avoir mal compris sa question.

— Tout le monde n'est pas parti, chez moi. Georgiana est encore à la maison.

— Et tu as tellement en commun avec elle, ironisa-t-il.

— Plus que je ne le croyais autrefois.

C'était vrai. Georgiana avait été une enfant fragile, couvée par ses parents et confinée à l'intérieur tandis que les autres enfants vagabondaient dans la campagne.

Non que Billie n'aimât pas sa sœur ; elle ne la trouvait simplement pas très intéressante. La plupart du temps, elle oubliait son existence. Avec neuf ans d'écart, comment auraient-elles pu avoir des centres d'intérêt communs ?

Puis tout le monde était parti. Et à mesure que Georgiana se rapprochait de l'âge adulte, elle commençait à devenir plus intéressante.

C'était au tour de George de prendre la parole. Mais il ne semblait pas s'en être aperçu, et le silence se prolongea si longtemps qu'il en devint vaguement dérangeant.

— George ? murmura Billie.

Il la regardait d'une manière étrange, un peu comme si elle était une énigme. Ou plutôt, comme s'il était plongé dans ses pensées, et qu'elle se trouvait là, dans la direction prise par son regard.

— George ? répéta-t-elle. Tu...

— Tu devrais être plus gentille avec elle, dit-il abruptement.

Puis, comme s'il ne venait pas de faire une remarque épouvantable, il désigna la carafe de cognac.

— Tu en veux un verre ?

Consciente que la plupart des femmes auraient refusé, Billie accepta néanmoins d'un signe de tête.

— Je devrais être plus gentille avec elle ? Que diable veux-tu dire ? Quand ai-je été méchante ?

— Jamais, admit-il en versant du cognac dans un verre. Mais tu l'ignores.

— Ce n'est pas vrai.

— Disons que tu l'oublies. Ce qui revient au même.

— Comme si tu accordais beaucoup d'attention à Nicholas !

— Nicholas est à Eton. Je peux difficilement l'accabler d'attentions, compte tenu de la distance.

Quand il lui tendit son verre, elle remarqua qu'il l'avait considérablement moins rempli que le sien.

— Je ne l'ignore pas, marmonna Billie.

Elle n'aimait pas être réprimandée, surtout par George Rokesby. Et surtout lorsqu'il avait raison.

— Ce n'est pas grave, assura-t-il avec une soudaine et surprenante bienveillance. Je suis sûr que c'est différent lorsque Andrew n'est pas là.

— Que vient faire Andrew là-dedans ?

George eut l'air mi-surpris, mi-amusé.

— Tu le demandes ?

— Je ne vois pas de quoi tu parles.

George but une longue gorgée puis, sans même se tourner complètement vers elle, il se débrouilla pour lui adresser un regard condescendant.

— Il devrait t'épouser, et nous serions tranquilles.

— Pardon ?

La surprise de Billie n'était pas feinte. Non à cause de la suggestion d'un mariage avec Andrew – elle avait toujours pensé qu'elle l'épouserait un jour. Lui ou Edward, d'ailleurs. Elle n'y accordait pas vraiment d'importance. Mais que George en parle d'une telle manière... cela la choquait.

— Tu as quand même conscience, je suppose, qu'il n'y a rien entre Andrew et moi.

Il leva les yeux au ciel, façon de balayer sa remarque.

— Tu pourrais trouver pire.

— Lui aussi, riposta Billie.

— C'est vrai, reconnut-il.

— Je ne vais pas épouser Andrew.

Pas tout de suite, en tout cas. Mais s'il lui demandait sa main...

Elle accepterait, probablement. C'était ce que tout le monde attendait d'elle.

George l'observait par-dessus le bord de son verre avec une expression indéchiffrable. Incapable de laisser le silence se prolonger, elle reprit :

— La dernière chose que je souhaite, c'est d'être fiancée à quelqu'un qui va partir.

— La plupart des femmes de militaires suivent leur mari. Et tu as l'esprit plutôt aventureux.

— J'aime cet endroit.

— La bibliothèque de mon père ? plaisanta-t-il.

— Le Kent ! Aubrey Hall. Et on a besoin de moi ici.

— Certes...

— Parfaitement !

— Oh, mais je n'en doute pas !

Sans sa fichue cheville, Billie aurait probablement bondi sur ses pieds.

— Tu n'as aucune idée de tout ce que je fais !

— Je t'en prie, ne me le dis pas.

— Pardon ?

Il eut un geste dédaigneux de la main.

— Tu as cette expression.

— Quelle expres… ?

— Celle qui annonce que tu vas te lancer dans un très long discours.

Billie en resta interdite. Jamais elle n'avait été témoin d'une telle condescendance, d'une telle arrogance…

C'est alors qu'elle comprit. Il se moquait d'elle !

Elle n'aurait pas dû en être étonnée. Il ne vivait que pour la piquer au vif. Pire qu'une aiguille.

En riant, il s'adossa à l'une des bibliothèques.

— Oh, pour l'amour du ciel, Billie… Ce n'est qu'une taquinerie. Je sais que tu aides ton père de temps à autre.

De temps à autre ? C'était elle qui gérait le domaine ! Aubrey Hall se serait effondré si elle n'avait pas veillé à son entretien. Son père lui avait délégué jusqu'à la comptabilité, et l'intendant avait depuis longtemps renoncé à protester de devoir rendre des comptes à une femme.

De fait, Billie avait quasiment été élevée en fils aîné. Sauf qu'elle n'hériterait de rien du tout. Un jour ou l'autre, Edmund serait assez mûr pour occuper la place qui lui revenait. N'étant pas stupide, il apprendrait vite, et il deviendrait le maître reconnu et apprécié d'Aubrey Hall. Tout le monde pousserait alors un soupir de soulagement et se féliciterait du retour à l'ordre naturel des choses.

La présence de Billie serait superflue. Elle n'aurait plus à veiller à la tenue des comptes, et plus personne ne lui demanderait d'aller inspecter les cottages ou d'arbitrer les conflits. Elle ne serait plus que la sœur aînée du seigneur des lieux, celle que les gens considéreraient avec une pitié vaguement moqueuse.

Bonté divine, peut-être serait-elle bien inspirée d'épouser Andrew !

— Tu es sûre que ça va ? demanda George.

— Ça va très bien, répliqua-t-elle sèchement.

— Tu as l'air un peu malade, tout à coup.

Elle se sentait bel et bien un peu malade, tout à coup. Son avenir lui était apparu brusquement, et il n'avait rien de radieux.

Elle avala son cognac d'un trait.

— Doucement, la prévint George.

Trop tard, elle toussait déjà, la gorge en feu.

— Mieux vaut le siroter…

— Je sais, siffla-t-elle, consciente d'agir comme une idiote.

— Oui, bien sûr, murmura-t-il.

Cela suffit pour qu'elle se sente mieux. George Rokesby s'exprimait comme un crétin pompeux. Tout redevenait normal. Ou presque normal.

Suffisamment normal.

# 8

Lady Bridgerton lança son assaut mondain dès le lendemain matin. Lorsque Billie entra en boitillant dans la salle du petit déjeuner, elle s'attendait à être recrutée sur-le-champ. Quels ne furent pas son soulagement et son étonnement lorsque sa mère déclara qu'elle n'avait pas besoin d'elle pour les préparatifs. Tout ce qu'elle lui demandait, c'était d'écrire un mot à Mary et à Felix pour les inviter. Billie s'empressa d'acquiescer. Cela n'avait rien d'une corvée.

— Georgiana m'a proposé son aide, expliqua lady Bridgerton tout en faisant signe à un valet de préparer une assiette.

Si Billie se débrouillait bien avec ses béquilles, elle était incapable de remplir une assiette en équilibre instable sur un pied.

Elle se tourna vers Georgiana, qui paraissait plutôt satisfaite.

— Ça va être très amusant, alla jusqu'à déclarer sa sœur.

Billie ravala la réplique qui lui montait aux lèvres. Elle voyait difficilement ce qui aurait pu être *moins* amusant, mais si Georgiana voulait passer l'après-midi à rédiger des invitations et à établir des menus, elle ne pouvait que s'en féliciter.

— Qu'as-tu l'intention de faire aujourd'hui ? s'enquit sa mère après lui avoir versé une tasse de thé.

— Je ne sais pas exactement.

D'un signe de tête, Billie remercia le valet de pied qui avait posé une assiette devant elle. Puis elle regarda par la fenêtre avec mélancolie. Le soleil venait d'apparaître derrière les nuages, et dans une heure la rosée se serait évaporée. La journée s'annonçait parfaite pour monter à cheval et se rendre utile.

Et elle avait beaucoup à faire. L'un des métayers remplaçait le chaume sur le toit de son cottage, et même si ses voisins savaient qu'on comptait sur leur aide, Billie soupçonnait John et Harry Williamson d'essayer de se soustraire à ce devoir. Il fallait que quelqu'un s'assure de leur présence, de même qu'il fallait que quelqu'un s'assure que les champs à l'ouest avaient été correctement ensemencés et que la roseraie avait été taillée selon les indications de sa mère.

Et Billie ne voyait pas qui pourrait effectuer ces tâches à part elle-même.

Hélas, elle était condamnée à rester confinée à l'intérieur à cause de cette maudite cheville, et ce n'était même pas sa faute ! Enfin... peut-être un peu, mais surtout celle du chat. D'ailleurs, elle avait l'esprit assez mesquin pour espérer que cette misérable créature avait, elle aussi, une raison de boiter !

Une pensée troublante lui vint. Lorsqu'on y réfléchissait bien...

— Billie ? murmura sa mère, qui l'observait par-dessus le rebord de sa tasse en porcelaine.

— Je crois que je ne suis pas une personne très gentille.

Lady Bridgerton s'étrangla si fort que du thé lui sortit par les narines. Un spectacle dont Billie n'imaginait pas être un jour témoin.

— Ça, j'aurais pu te le dire, lança Georgiana.

Billie la foudroya du regard. Finalement, sa sœur était plutôt immature.

— Sybilla Bridgerton, tu es une personne tout à fait gentille, déclara sa mère, péremptoire.

Billie ouvrit la bouche, mais ne trouva rien d'intelligent à répliquer.

— Si tu ne l'étais pas, continua sa mère d'un ton qui ne souffrait pas la contradiction, cela rejaillirait sur moi, et je me refuse à croire que je puisse être une mère indigne.

— Bien sûr, se hâta de dire Billie.

— En conséquence, je vais répéter ma question.

Sa mère but une gorgée de thé et fixa sur elle un regard remarquablement impassible.

— Qu'as-tu l'intention de faire aujourd'hui ?

— Eh bien…

Billie jeta un coup d'œil à sa sœur, mais celle-ci se contenta de hausser les épaules d'un air qui pouvait signifier tout aussi bien « Je ne sais pas quelle mouche l'a piquée » que « Bien fait pour toi ».

Billie pinça les lèvres. La vie ne serait-elle pas plus facile si les gens disaient ce qu'ils pensaient ?

Elle reporta son attention sur sa mère, qui la regardait toujours avec une placidité trompeuse.

— Eh bien… je pourrais lire un livre ?

— Un livre, répéta sa mère, avant de se tamponner délicatement la commissure des lèvres avec sa serviette. Quelle bonne idée.

Billie l'observa d'un œil circonspect. Un certain nombre de répliques sarcastiques lui vinrent à l'esprit, mais si sereine fût sa mère, il y avait dans son regard un éclat qui l'incita à se taire.

Lady Bridgerton s'empara de la théière. Elle buvait toujours plus de thé au petit déjeuner que l'ensemble de la famille réunie.

— Je peux te recommander quelques titres, si tu veux, proposa-t-elle, car elle lisait aussi davantage que le reste de la famille réunie.

— Non, ça ira, répondit Billie, qui entreprit de couper sa saucisse. Père a acheté le dernier volume de l'*Encyclopédie de l'agriculture* de Prescott lorsqu'il est allé à Londres, le mois dernier. J'aurais déjà dû commencer à le lire, mais il a fait si beau que je n'ai pas eu le temps.

— Et si tu lisais dehors ? suggéra Georgiana. Nous pourrions mettre une couverture sur la pelouse. Ou sortir un fauteuil.

Billie hocha la tête distraitement tout en piquant une rondelle de saucisse.

— Ce serait plus agréable que de rester à l'intérieur, j'imagine.

— Tu pourrais m'aider à organiser les divertissements pour la fête, continua Georgiana.

— Non, je ne crois pas, répliqua Billie avec un regard condescendant.

— Pourquoi pas, ma chérie ? intervint lady Bridgerton. Cela pourrait être amusant.

— Vous venez juste de me dire que je n'étais pas obligée de participer aux préparatifs.

— Uniquement parce que je pensais que tu n'en avais pas envie.

— Je n'en ai pas envie.

— Oui, bien sûr, acquiesça sa mère. Mais tu as envie de passer du temps avec ta sœur, n'est-ce pas ?

Enfer et damnation ! Sa mère savait s'y prendre. Billie plaqua un sourire sur son visage.

— Est-ce que Georgie et moi ne pourrions pas faire autre chose ?

— Si tu peux la convaincre de lire ton traité agricole par-dessus ton épaule... répliqua sa mère avec un geste aérien de la main.

Aussi aérien qu'une balle de pistolet, songea Billie.

— Je l'aiderai un peu dans les préparatifs, concéda-t-elle.

— Oh, ce sera merveilleux ! s'exclama Georgiana. Et très utile. Tu as tellement plus l'expérience de ce genre de choses que moi.

— Pas vraiment, non.

— Pourtant, tu es déjà allée à des parties de campagne ?

— Oui, mais...

Billie n'eut pas le courage d'achever sa phrase. Georgiana paraissait si heureuse. Lui avouer qu'elle avait détesté être traînée dans ce genre de festivités par leur mère, ç'aurait été comme de donner un coup de pied à un chiot. Si « détesté » était un peu fort, disons qu'elle n'y avait pris aucun plaisir.

Elle avait toutefois appris deux choses sur elle-même : elle n'aimait pas voyager et elle n'appréciait pas la compagnie d'inconnus. Non pas qu'elle fût timide. Elle préférait simplement se trouver parmi des gens qu'elle connaissait. Et qui la connaissaient.

La vie était bien plus simple ainsi.

— Et si tu voyais les choses autrement ? lui suggéra sa mère. Tu ne veux pas de réception. Tu n'aimes pas les réceptions. Mais je suis ta mère et j'ai décidé d'en organiser une. En conséquence, tu n'as d'autre choix que d'y assister.

Pourquoi ne pas en profiter pour organiser les choses de manière à en tirer du plaisir ?

— Je ne vais pas en tirer de plaisir de toute façon.

— Avec ce genre d'attitude, c'est certain.

Billie garda le silence quelques instants, le temps de ravaler son envie d'argumenter, de se défendre et de dire à sa mère qu'elle n'appréciait pas qu'on lui parle comme à une enfant.

— Je serai ravie d'aider Georgiana, finit-elle par déclarer d'un ton crispé, dès lors qu'on me laisse un peu de temps pour lire mon livre.

— Loin de moi l'idée de te priver de Prescott, murmura sa mère.

— Vous ne devriez pas vous moquer, rétorqua Billie. C'est exactement le genre d'ouvrage qui m'a permis d'accroître la productivité des terres d'Aubrey Hall de plus de dix pour cent. Sans parler des améliorations apportées aux fermes des métayers. Ils se nourrissent mieux maintenant que...

Billie s'arrêta net. Puis elle déglutit. Elle venait de faire exactement ce qu'elle voulait s'interdire.

C'est-à-dire argumenter. Se défendre. Agir comme une enfant.

Elle enfourna le plus de nourriture possible dans les trente secondes qui suivirent, puis se leva et empoigna ses béquilles, appuyées contre la table.

— Je serai dans la bibliothèque, si quelqu'un a besoin de moi. Georgiana, fais-moi savoir lorsque le sol sera assez sec pour étendre une couverture.

Sa sœur acquiesça en silence.

— Mère, dit Billie en hochant la tête.

D'ordinaire, elle esquissait une révérence lorsqu'elle prenait congé. Encore une chose impossible à faire avec des béquilles.

— Billie, répondit sa mère d'un ton conciliant – quoique avec peut-être une pointe de contrariété –, si seulement tu ne...

Billie attendit qu'elle termine sa phrase, mais lady Bridgerton se contenta de secouer la tête.

— Peu importe.

Après avoir de nouveau hoché la tête, Billie pivota sur son bon pied, puis, le dos droit et les épaules rigides, elle gagna la porte cahin-caha.

C'était diablement difficile de sortir avec dignité appuyée sur des béquilles.


George ne savait trop comment Andrew avait réussi à le persuader de l'accompagner à Aubrey Hall en cette fin de matinée. Quoi qu'il en soit, il se tenait dans le grand hall et tendait son chapeau à Thamesly, majordome chez les Bridgerton depuis avant sa naissance.

— Tu fais une bonne action, mon vieux, lui dit Andrew en lui assénant sur l'épaule une claque plus forte qu'il n'était nécessaire.

— Je ne suis pas ton « vieux ».

Il avait horreur de cette expression. Évidemment, Andrew se contenta de rire.

— Vieux ou pas, tu fais une bonne action. Billie doit être folle d'ennui.

— Un peu d'ennui ne peut pas lui faire de mal, marmonna George.

— Je suis d'accord. Mais c'est pour sa famille que je m'inquiète. Dieu sait ce qu'elle va lui infliger si personne ne vient la divertir.

— Tu parles d'elle comme d'une enfant.

— Une enfant ?

Andrew se tourna vers lui avec, sur le visage, cette expression de sérénité énigmatique dont George avait appris à se méfier.

— Pas du tout, assura-t-il.

— Mlle Bridgerton est dans la bibliothèque, les informa Thamesly. Si vous voulez bien attendre dans le salon, je vais l'avertir de votre présence.

— Inutile, décréta Andrew, nous allons la rejoindre dans la bibliothèque. Il est hors de question d'obliger Mlle Bridgerton à clopiner plus qu'il n'est nécessaire.

— C'est très gentil de votre part, monsieur, murmura Thamesly.

— Elle souffre beaucoup ? s'enquit George.

— Je ne saurais dire, répondit le majordome avec diplomatie. Mais il est intéressant de constater qu'il fait très beau et que Mlle Bridgerton est dans la bibliothèque.

— J'en déduis qu'elle est d'humeur sombre.

— D'humeur très sombre, milord.

Sans doute était-ce la raison pour laquelle George s'était laissé détourner de son rendez-vous hebdomadaire avec l'intendant de leur père. Il savait que l'état de Billie n'avait pas dû beaucoup évoluer. Sa cheville lui était apparue terriblement enflée, la veille au soir, en dépit de ce ridicule ruban rose dont elle l'avait entourée. Une blessure pareille ne guérissait pas en une nuit.

Curieusement, alors que Billie et lui n'avaient jamais été vraiment amis, il se sentait responsable de son bien-être, du moins en ce qui concernait sa situation actuelle. Quel était ce vieux proverbe chinois, déjà ? Si vous sauvez une vie, vous en êtes responsable à jamais ? Certes, il n'avait pas sauvé la vie de Billie, mais il avait été coincé sur ce toit avec elle et...

Et il ne savait pas ce que cela signifiait, bon sang ! Simplement qu'il lui semblait devoir s'assurer qu'elle allait un peu mieux. Et cela, même si c'était la femme la plus exaspérante du monde et qu'elle lui faisait grincer des dents la moitié du temps.

Cela lui paraissait être la chose à faire. Un point c'est tout.

— Billie ! appela Andrew tandis qu'ils se dirigeaient vers l'arrière de la maison. Nous sommes venus à ton secours...

George secoua la tête. Comment son frère pouvait-il être dans la marine ? Il ne possédait pas une once de sérieux.

— Billie... appela-t-il de nouveau d'une voix chantante. Où eeeeeeees-tu ?

— Dans la bibliothèque, lui rappela George.

— Bien sûr, répliqua Andrew avec un sourire jusqu'aux oreilles, mais c'est quand même plus drôle, non ?

Comme George s'y attendait, il n'espérait pas de réponse.

— Billie ! Hou, hou, Billiebilliebilliebil...

— Pour l'amour du ciel !

La tête de Billie jaillit dans l'entrebâillement de la porte de la bibliothèque. Ses cheveux châtains étaient simplement attachés sur la nuque, comme font les femmes lorsqu'elles restent dans l'intimité de leur domicile.

— Tu cries assez fort pour réveiller les morts. Que fais-tu là ?

— Est-ce ainsi qu'on accueille un vieil ami ?

— Je t'ai vu hier soir.

— En effet, reconnut Andrew, qui s'inclina pour déposer un baiser fraternel sur sa joue. Mais tu as

116

été privée de moi si longtemps. Il faut que tu fasses des provisions.

— Des provisions de ta compagnie ? demanda Billie, dubitative.

Andrew lui tapota le bras.

— Nous avons tellement de chance que tu aies cette occasion.

George se pencha à droite pour mieux voir Billie, que son frère lui dissimulait à demi.

— Tu veux que je l'étrangle ou tu t'en charges ?

Elle le gratifia d'un sourire retors.

— Oh, il faut que ce soit une opération conjointe, tu ne crois pas ?

— Afin que vous puissiez partager la faute ? demanda Andrew.

— Afin que nous puissions partager la joie, corrigea-t-elle.

— Je suis blessé.

— Je l'espère bien !

Elle se déplaça un peu à gauche et s'adressa à George :

— Qu'est-ce qui vous amène par cette belle matinée, lord Kennard ?

Il haussa les sourcils en l'entendant user de son titre. Lorsqu'ils étaient entre eux, les Bridgerton et les Rokesby ne faisaient pas de cérémonies. À cet instant, par exemple, personne ne se serait offusqué de savoir Billie seule dans la bibliothèque avec deux hommes célibataires. En revanche, ce genre de chose ne serait pas autorisé lorsque la maison serait pleine d'invités. Tous avaient conscience que leurs manières libres étaient réservées au cercle intime.

— J'ai été traîné ici par mon frère, admit George. Nous avions quelques craintes concernant la survie de ta famille.

— Vraiment, murmura-t-elle, les yeux étrécis.

— Allons, Billie, dit Andrew. Nous savons tous que tu ne supportes pas d'être coincée à l'intérieur.

— En fait, je suis venu pour sa survie à lui, corrigea George en indiquant son frère du menton. Encore que, selon moi, toute blessure que tu pourrais lui infliger serait entièrement justifiée.

Billie éclata de rire.

— Venez, vous me tiendrez compagnie dans la bibliothèque. Il faut que je me rassoie.

Quel spectacle aussi merveilleux qu'inattendu de voir Billie rire à gorge déployée. George la suivit du regard tandis qu'elle sautillait en soulevant légèrement ses jupes.

— Tu devrais utiliser des béquilles, fit-il remarquer.

— Ça ne vaut pas la peine pour une aussi courte distance, répliqua-t-elle en s'asseyant dans un fauteuil, près de la table. Et puis, elles sont tombées, et c'était trop pénible de les ramasser.

George vit qu'en effet les béquilles gisaient par terre. Il se baissa pour les récupérer et les appuya contre la table.

— Si tu as besoin d'aide, il faut en demander.

— Je n'avais pas besoin d'aide.

George s'apprêtait à lui dire de ne pas être ainsi sur la défensive, lorsqu'il s'aperçut qu'il se trompait. Elle n'était pas sur la défensive, elle énonçait juste un fait. Un fait tel qu'elle le voyait.

Il secoua la tête. Billie avait parfois tendance à prendre les choses au pied de la lettre.

— Qu'y a-t-il ? demanda-t-elle.

George la fixa sans comprendre.

— Qu'est-ce que tu t'apprêtais à dire ? insista-t-elle.

— Rien.

— Faux. Je suis sûre et certaine que tu allais dire quelque chose.

Non seulement elle prenait les choses au pied de la lettre, mais elle était tenace. Une combinaison effrayante.

— As-tu bien dormi ? s'enquit-il poliment.

Elle arqua les sourcils, juste assez pour lui faire savoir qu'elle n'était pas dupe.

— Bien sûr. Comme je te l'ai dit hier, je n'ai jamais de problèmes pour dormir.

— Tu as dit que tu n'avais jamais de problèmes pour t'endormir, rectifia-t-il, surpris de se souvenir de cette distinction.

— C'est plus ou moins la même chose.

— La douleur ne t'a pas réveillée ?

— Apparemment pas.

— Si je peux me permettre de vous interrompre, dit Andrew en s'inclinant devant Billie avec de ridicules moulinets de son bras valide, nous sommes ici pour t'offrir toute aide ou assistance que tu jugerais nécessaire.

Elle décocha à Andrew le genre de regard que George réservait d'ordinaire aux enfants récalcitrants.

— Êtes-vous sûrs de vouloir faire une promesse aussi considérable ? demanda-t-elle.

George s'inclina de manière à amener ses lèvres près de son oreille.

— Rappelle-toi, s'il te plaît, qu'il utilise le « nous » comme un pluriel de majesté.

— En d'autres termes, tu ne veux pas être inclus ?

— Exactement.

— Tu insultes la demoiselle, déclara Andrew, sans la plus petite pointe de désapprobation dans la voix.

Sur ce, il s'affala dans l'un des confortables fauteuils à oreilles, ses longues jambes étendues devant lui.

Billie lui lança un regard exaspéré avant de revenir à George.

— Pourquoi diantre êtes-vous là ?

George s'assit en face d'elle, de l'autre côté de la table.

— Pour la raison qu'il a dite, mais sans l'hyperbole. Nous avons pensé que tu pourrais avoir besoin de compagnie.

— Oh...

Elle recula légèrement, visiblement surprise par sa franchise.

— Merci. C'est vraiment très gentil de votre part.

— *Merci. C'est vraiment très gentil de votre part* ? répéta Andrew. Franchement, tu pourrais faire mieux.

— J'étais censée faire la révérence ?

— Ç'aurait été bien.

— C'est impossible avec des béquilles.

— Bon, dans ce cas...

— Il est idiot, déclara Billie, s'adressant à George.

Celui-ci leva les mains.

— Ce n'est pas moi qui te contredirai.

— Le drame du fils cadet, soupira Andrew.

Billie leva les yeux au ciel, puis indiquant Andrew du menton, elle dit à George :

— Ne l'encourage pas.

— On se ligue contre lui, poursuivit Andrew, on ne le respecte jamais...

George se tordit le cou pour essayer de déchiffrer le titre du livre que Billie avait laissé sur la table.

— Que lis-tu ?

— ... et on l'ignore, aussi, apparemment.

Billie fit pivoter le livre afin que le titre, gravé en lettres d'or, se retrouve face à George.

— L'*Encyclopédie de l'agriculture*, de Prescott, annonça-t-elle en même temps.

— Tome quatre, constata George avec intérêt.

Lui-même possédait les trois premiers tomes dans sa bibliothèque personnelle.

— Oui. Il vient juste d'être publié.

— Très récemment, alors, sinon, je l'aurais acheté lorsque je suis allé à Londres.

— Mon père l'a rapporté de son dernier voyage. Tu pourras le lire quand j'aurai fini, si tu veux.

— Je te remercie, mais j'aurai besoin d'avoir mon propre exemplaire.

— C'est peut-être la conversation la plus ennuyeuse à laquelle j'aie jamais assisté, lança Andrew derrière eux.

Ils ne lui prêtèrent aucune attention.

— Tu lis souvent ce genre d'ouvrage ? demanda George.

Il avait toujours pensé que les femmes préféraient les minces volumes de poésie ou les pièces de Shakespeare et de Marlowe. C'était en tout cas le genre de lecture que sa mère et sa sœur semblaient apprécier.

— Évidemment, répondit Billie en se rembrunissant, comme si poser la question était une insulte en soi.

— Billie aide son père à administrer ses terres, intervint Andrew, qui en avait apparemment assez de se moquer d'eux.

Il se leva, s'approcha d'une des étagères et prit un livre au hasard.

— En effet, tu as fait allusion à l'aide que tu lui apportais, dit George à Billie. C'est vraiment singulier.

Comme elle plissait les yeux, il se hâta d'ajouter :

— Ce n'était pas censé être une insulte, juste une remarque.

Elle ne parut pas convaincue.

— Tu admettras, poursuivit-il d'un ton conciliant, que la plupart des jeunes femmes n'aident pas leur père de cette manière. D'où ta singularité.

Andrew leva les yeux du livre qu'il parcourait.

— Franchement, George, même un compliment, il faut que tu le délivres comme un crétin suffisant.

— Je vais le tuer, maugréa George.

— Il faudra que tu prennes ton tour dans la file, l'avertit Billie.

Avant d'ajouter à voix basse :

— C'est néanmoins un petit peu vrai.

George ne put s'empêcher de tressaillir.

— Je te demande pardon ?

— J'avoue que tu semblais légèrement...

Au lieu de terminer sa phrase, elle agita la main.

— ... crétin ?

— Non ! s'écria-t-elle avec suffisamment de hâte et de conviction pour que George la croie. Juste un petit peu...

— C'est de moi que vous parlez ? demanda Andrew, qui s'était rassis avec son livre.

— Non, répondirent-ils à l'unisson.

— Cela m'est égal, mais uniquement s'il s'agit de compliments, murmura-t-il.

Ignorant son frère, George garda les yeux rivés sur Billie. Elle avait les sourcils froncés, et ses lèvres formaient une moue curieuse, comme si elle s'attendait à un baiser.

Il se rendit compte qu'il ne l'avait jamais regardée alors qu'elle réfléchissait.

Puis il mesura l'étrangeté inimaginable d'une telle observation.

— Le ton que tu as employé avait effectivement quelque chose un tantinet suffisant, finit-elle par murmurer. Mais c'est sans doute compréhensible ?

*Compréhensible ?*

— Pourquoi dis-tu cela comme si c'était une question ?

— Je ne sais pas.

George croisa les bras, lui signifiant ainsi qu'il attendait qu'elle développe.

— Bon, dit-elle de mauvaise grâce. Tu es l'aîné, l'héritier. Le brillant et séduisant comte de Kennard – un beau parti, ne l'oublions pas.

George ne put réprimer un sourire.

— Tu me trouves séduisant ?

— Voilà exactement ce dont je parle !

— Et brillant, aussi, murmura-t-il. Jamais je n'aurais imaginé cela.

— On dirait Andrew, marmonna Billie.

Il gloussa, sans trop savoir pourquoi. Billie le fusilla du regard.

Cette fois, il se sentit sourire jusqu'aux oreilles. Bonté divine, que c'était amusant de l'asticoter !

Elle s'inclina vers lui et, à cet instant, il comprit comment quelqu'un pouvait arriver à parler les dents serrées.

— J'essayais de me montrer attentionnée, grinça-t-elle.

— Je suis désolé, dit-il aussitôt.

— Tu m'as posé une question. Je voulais te donner une réponse honnête et réfléchie, parce que je pensais que tu la méritais.

À cet instant, George eut bel et bien l'impression d'être un crétin.

— Je suis désolé, répéta-t-il.

Et, cette fois, ce fut plus qu'un réflexe dû aux bonnes manières.

Billie soupira, puis elle se mordilla la lèvre inférieure. C'était vraiment étonnant de scruter une personne en train de penser. Tout le monde avait-il une physionomie aussi expressive ?

— C'est à cause de ton éducation, finit-elle par reconnaître. Tu n'es pas plus à blâmer que... C'est-à-dire, tu as été élevé...

— Pour être suffisant ? suggéra-t-il.

— Pour être sûr de toi, corrigea-t-elle.

Mais sa déclaration à lui était bien plus proche, il en eut l'intuition, de ce qu'elle avait failli dire. Elle ajouta alors :

— Ce n'est pas ta faute.

— Qui se montre condescendant, à présent ?

— Moi, j'en suis sûre, répondit-elle avec un sourire ironique. Mais c'est la vérité. Tu ne peux pas t'en empêcher, pas plus que je ne peux m'empêcher d'être une...

De nouveau, elle agita les mains. Ce geste suppléait apparemment à toutes les choses trop gênantes pour être proférées à voix haute.

— ... d'être ce que je suis, conclut-elle.

— Ce que tu es, répéta-t-il doucement.

Même s'il ignorait pourquoi, il lui avait fallu le dire.

Elle leva les yeux vers lui. Uniquement les yeux, en gardant le visage légèrement incliné. Et George eut le sentiment très étrange que s'il ne croisait pas son regard, s'il ne le soutenait pas, elle reporterait le sien sur ses mains étroitement serrées, et le moment serait perdu à jamais.

— Qu'es-tu, Billie ? chuchota-t-il.

— Je n'en ai aucune idée.

— Est-ce que quelqu'un a faim ? demanda soudain Andrew.

George cligna des yeux, peinant à sortir du sortilège qu'on semblait lui avoir jeté.

— Parce que moi, oui, continua Andrew. Je suis affamé ! Je n'ai mangé qu'un seul petit déjeuner ce matin.

— Un seul petit déj... ? commença Billie.

Mais, déjà, Andrew avait sauté sur ses pieds. S'appuyant d'une main sur la table, il s'inclina vers elle pour murmurer :

— J'espérais qu'on m'offrirait du thé.

— Oui, bien sûr, je pensais te proposer du thé, assura Billie – qui semblait néanmoins aussi troublée que George.

Puis elle fronça les sourcils.

— Mais il n'est pas un peu tôt ?

— Il n'est jamais trop tôt pour un thé, affirma Andrew. Surtout si ta cuisinière a fait des sablés. Je ne sais pas ce qu'elle met dedans, ajouta-t-il à l'intention de George, mais ils sont divins.

— Du beurre, répondit Billie d'un air distrait. Beaucoup de beurre.

Andrew pencha la tête de côté.

— Cela ne m'étonne pas. Tout est meilleur avec beaucoup de beurre.

— Nous devrions demander à Georgiana de nous rejoindre, suggéra Billie.

Tout en parlant, elle s'était penchée pour attraper ses béquilles.

— Je suis censée l'aider à organiser les divertissements pour la partie de campagne, continua-t-elle, avant de lever les yeux au ciel. Ordre de ma mère.

Andrew s'esclaffa.

— Est-ce que ta mère te connaît seulement ? Sérieusement, ma biquette, que pouvons-nous faire pour toi ? demanda-t-il lorsque Billie lui jeta un regard irrité. Veux-tu qu'on aille planter de l'orge sur la pelouse sud ?

— Arrête, dit George.

Andrew pivota brusquement.

— Pardon ?

— Laisse-la tranquille.

Andrew le dévisagea si longuement que George en vint à se demander s'il avait parlé une langue étrangère.

— Mais enfin… C'est Billie.

— Je sais. Et tu devrais la laisser tranquille.

— Je suis capable de me défendre toute seule, George, rappela Billie.

— Oui, bien sûr.

Elle ouvrit la bouche, mais ne trouva pas quoi répondre à cela.

Après les avoir regardés tour à tour, Andrew s'inclina brièvement devant Billie.

— Je te présente mes excuses.

Elle hocha la tête de manière un peu contrainte.

— Peut-être que je pourrais proposer mon aide pour l'organisation ? suggéra Andrew.

— Tu serais certainement plus doué que moi, reconnut-elle.

— Cela va sans dire !

Billie lui donna un petit coup de béquille dans la jambe.

Et soudain, tout redevint normal, constata George.

Pour tout le monde, mais pas pour lui.

# 9

*Quatre jours plus tard*

Billie jugea remarquable la facilité avec laquelle elle réussit à se dispenser de ses béquilles. De toute évidence, tout se passait dans la tête. C'était une question de force morale, de courage et de détermination.

La capacité à ignorer la douleur était aussi utile.

Après tout, ce n'était pas aussi douloureux que cela. Juste un élancement. Ou, plutôt, quelque chose comme un clou qu'on lui enfoncerait dans la cheville à un intervalle étroitement lié à la vitesse de ses déplacements.

Oh, pas un clou énorme ! Juste un petit. Autant dire une aiguille.

Elle était faite d'un bois solide. Tout le monde le disait.

De toute manière, la douleur dans sa cheville était, de loin, moins pénible que l'irritation provoquée par les béquilles sous les aisselles.

Ce n'était pas comme si elle envisageait de parcourir plusieurs lieues. Elle voulait juste être capable de se déplacer dans la maison sur ses deux jambes.

Il n'empêche que lorsqu'elle se dirigea vers le salon, quelques heures après le petit déjeuner, ce fut d'un pas considérablement plus lent qu'à l'accoutumée. Thamesly l'avait informée qu'Andrew l'y attendait. Elle n'en fut pas surprise car il lui avait rendu visite chaque jour depuis sa chute, ce qui était très gentil de sa part.

Ils passaient beaucoup de temps à construire des châteaux de cartes. Un choix particulièrement pervers pour Andrew, vu qu'il avait encore le bras droit en écharpe. Quitte à lui tenir compagnie, disait-il, il préférait faire quelque chose d'utile.

Billie s'était abstenue de souligner que construire un château de cartes était d'une absolue inutilité.

Avec son unique bras valide, il avait besoin d'aide pour installer les premières cartes. Ensuite, toutefois, il était capable de continuer l'assemblage aussi bien qu'elle.

Et même mieux. Billie avait oublié à quel point il était monstrueusement doué pour bâtir des châteaux de cartes – et monstrueusement obsédé une fois la construction lancée. Le pire avait été atteint la veille. Dès qu'ils avaient eu terminé les fondations, il l'avait bannie du chantier. Puis il l'avait bannie de ses abords sous prétexte qu'elle respirait trop fort.

Évidemment, cela n'avait laissé d'autre choix à Billie que d'éternuer. Encore qu'elle aurait pu heurter la table.

Elle avait éprouvé un regret fugitif devant l'écroulement spectaculaire de l'édifice. L'expression d'Andrew en valait toutefois la peine – même si ce dernier était retourné chez lui sur-le-champ.

Mais c'était la veille et, connaissant Andrew, il allait vouloir recommencer, plus haut, plus grand, plus beau. Aussi Billie avait-elle récupéré deux autres jeux de cartes avant de le rejoindre. Ce devrait être suffisant pour qu'il puisse ajouter un ou deux étages supplémentaires à son cinquième chef-d'œuvre architectural.

Quand elle pénétra dans le salon, il se penchait sur une assiette de biscuits que quelqu'un avait laissée sur le guéridon en bout de canapé. Une servante, probablement. L'une de ces jeunes sottes qui ne cessaient de glousser à cause de lui.

— Tu as jeté tes béquilles par-dessus bord, commenta-t-il avec un hochement de tête approbateur. Félicitations.

— Merci.

Billie jeta un coup d'œil circulaire. Toujours pas de George. Il ne lui avait plus rendu visite depuis cette première matinée, dans la bibliothèque. Non pas qu'elle s'attendît à le voir. George et elle n'étaient pas amis, après tout.

Pas ennemis non plus, bien sûr. Pas amis, c'est tout. Même s'ils l'étaient un petit peu plus... à présent.

— Qu'est-ce qui ne va pas ? demanda Andrew.

Billie cligna des yeux.

— Rien.

— Tu as l'air renfrogné.

— Pas du tout.

La mine d'Andrew se fit condescendante.

— Parce que tu peux voir ton propre visage ?

— Je me trompe ou tu es ici pour me remonter le moral ?

— Seigneur, non, je suis ici pour les sablés ! Et peut-être, poursuivit-il en lui retirant un jeu de cartes des mains, pour bâtir un château.

— Enfin, un peu d'honnêteté.

Avec un éclat de rire, Andrew se laissa tomber sur le canapé.

— Tu ne peux pas prétendre que je t'ai dissimulé mes motifs.

Billie l'admit d'un simple battement de paupières. Andrew avait mangé une quantité prodigieuse de sablés au cours des derniers jours.

— Tu serais plus gentille avec moi si tu savais à quel point la nourriture est horrible sur un bateau.

— Sur une échelle de un à dix ?

— Douze.

— Je suis désolée, compatit-elle avec une grimace.

Elle connaissait la gourmandise d'Andrew.

— Je savais à quoi je m'exposais, dit-il. Non, en fait, peut-être pas, ajouta-t-il après réflexion.

— Tu ne serais pas entré dans la marine si tu avais su qu'il n'y aurait pas de biscuits ?

Andrew poussa un soupir théâtral.

— Parfois, un homme doit forger ses propres biscuits.

Billie laissa échapper quelques cartes.

— Quoi ?

— Je crois qu'il met « biscuits » à la place de « destin », déclara une voix masculine depuis la porte.

— George ! s'exclama Billie.

Avec surprise ? Ravissement ? Qu'est-ce que c'était que ce ton ? Et pourquoi était-elle incapable de répondre à cette question ?

— Billie, murmura-t-il en s'inclinant.

— Que fais-tu là ?

Ses lèvres esquissèrent un mouvement ironique qu'en toute honnêteté on ne pouvait qualifier de sourire.

— Toujours le savoir-vivre incarné.

— C'est que… tu ne m'as pas rendu visite depuis quatre jours.

Elle se pencha pour ramasser les cartes tombées à terre en veillant à ne pas trébucher sur la dentelle qui bordait sa jupe.

— Je t'ai donc manqué ?

Cette fois, il souriait franchement.

— Non !

Elle prit le temps de le foudroyer du regard avant de tendre la main vers le valet de cœur qui, l'exaspérant petit fripon, avait quasiment disparu sous le canapé.

— Ne sois pas ridicule. Thamesly n'a pas dit que tu étais là. Il n'a fait allusion qu'à Andrew.

— Je m'occupais des chevaux, dit George.

Surprise, Billie se tourna vers Andrew.

— Tu es venu à cheval ?

— Eh bien, j'ai essayé, admit-il.

— Nous sommes allés très lentement, assura George, avant de plisser les yeux. Où sont tes béquilles ?

— Parties ! répliqua Billie, non sans fierté.

— Je le vois bien. Qui t'a autorisée à t'en passer ?

— Personne, répliqua-t-elle en se hérissant.

Pour qui se prenait-il, franchement ? Son père ? Non, définitivement pas son père. Ce serait vraiment…

— Je me suis levée ce matin, enchaîna-t-elle sur un ton exagérément patient, j'ai fait un pas, et j'ai pris la décision moi-même.

Quand George ricana, elle eut un tressaillement.

— Qu'est-ce que c'est censé signifier ?

— Permets-moi de traduire, intervint Andrew, qui était plus ou moins vautré sur le canapé.

— Je sais très bien ce que cela signifie ! aboya-t-elle.

— Oh, Billie ! soupira Andrew, ce qui lui valut un regard noir. De toute évidence, tu as besoin de sortir de cette maison.

Comme si elle ne le savait pas !

— Je te prie d'excuser mon impolitesse, répondit-elle en reportant son attention sur George. Je ne m'attendais pas à te voir.

Il haussa les sourcils, mais accepta ses excuses d'un signe de tête et prit un siège dès qu'elle se fut assise.

— Il faut qu'on lui donne à manger, dit-elle en indiquant Andrew d'un signe de tête.

— Et à boire, aussi ? murmura George comme si son frère était un cheval.

— Hé, je suis là ! protesta Andrew.

George désigna l'exemplaire du *London Times*, fraîchement repassé, posé sur la table à côté de lui.

— Cela ne t'ennuie pas que j'y jette un coup d'œil ?

— Pas du tout, assura Billie.

Loin d'elle l'idée d'attendre de lui qu'il la distraie. Même si, a priori, ce devait être son intention en lui rendant visite. Elle se pencha vers Andrew pour lui donner une petite tape sur l'épaule.

— Veux-tu que je pose les bases ?

— S'il te plaît. Et ensuite, tu n'y touches plus.

Elle coula un regard vers George ; celui-ci les observait avec une curiosité amusée, le journal tou-jours plié sur les genoux.

— Au centre de la table, précisa Andrew.

— Despotique, comme d'habitude, constata Billie.

— Je suis un artiste.

— Un architecte, rectifia George.

Andrew releva la tête comme s'il avait oublié la présence de son frère.

— Oui, murmura-t-il. C'est cela.

Billie se laissa glisser de sa chaise et s'agenouilla devant la table basse en veillant à épargner tout mouvement brusque à sa cheville douloureuse. Après avoir choisi deux cartes dans le tas en désordre, elle forma un *V* à l'envers. Puis elle écarta les mains avec précaution.

— Bien joué, murmura George.

Billie sourit, absurdement contente du compliment.

— Merci.

Andrew leva les yeux au ciel.

— Franchement, lui dit Billie en s'emparant d'une troisième carte, tu es très pénible quand tu fais cela.

— Il n'empêche que j'obtiens ce que je veux.

Billie entendit le rire bas de George, suivi par le froissement du journal qu'il ouvrait, puis pliait à la bonne page. Elle secoua la tête. Andrew avait vraiment beaucoup de chance qu'elle soit son amie.

— C'est suffisant pour que tu commences ? lui demanda-t-elle après avoir posé quelques cartes supplémentaires.

— Oui, merci. Fais attention à la table en te relevant.

Billie se redressa et traversa la pièce en boitillant pour aller chercher son livre.

— Tu es comme cela, en mer ? lui lança-t-elle. C'est un miracle que les gens te supportent.

Les yeux étrécis, fixés non pas sur elle mais sur son futur château, Andrew plaça une nouvelle carte.

— J'obtiens ce que je veux, répéta-t-il.

Billie reporta son attention sur George. Il observait son frère avec une expression particulière. Même s'il plissait le front, son regard était trop brillant et intéressé pour être réprobateur. Elle remarqua que chaque fois qu'il clignait des yeux, ses cils balayaient gracieusement sa...

— Billie ?

Sapristi, il l'avait surprise en train de le regarder !

— Désolée, marmonna-t-elle. J'étais perdue dans mes pensées.

— J'espère qu'elles étaient intéressantes.

Elle dut se racler la gorge avant de répondre :

— Non, pas vraiment.

Elle se sentit alors très mal de l'avoir insulté sans même qu'il le sache. Et sans en avoir eu l'intention.

— On dirait une personne différente, enchaîna-t-elle en désignant Andrew. Je trouve cela déconcertant.

— Tu ne l'avais jamais vu ainsi ?

— Si, si...

Après avoir hésité entre le fauteuil et le canapé, elle se décida pour ce dernier. Andrew était à présent sur le sol et ne réclamerait sans doute pas sa place de sitôt. Elle s'installa le dos contre l'accoudoir et, sans même y penser, elle attrapa la couverture pliée sur le dossier et l'étendit sur ses jambes.

— ... mais je continue de trouver cela déconcertant.

— Il est d'une précision inattendue, déclara George.

Après un instant de réflexion, Billie demanda :

— Pourquoi « inattendue » ?

Avec un haussement d'épaules, George répondit :

— Qui aurait pensé cela de lui ?

— Oui, en un sens, tu n'as pas tort, admit Billie, songeuse.

— Je vous entends toujours, vous savez, intervint Andrew.

Après avoir ajouté une douzaine de cartes, il s'était légèrement reculé pour examiner sa construction sous différents angles.

— Je ne crois pas que nous visions la discrétion, fit remarquer George.

Réprimant un sourire, Billie ouvrit son livre à la page marquée d'un ruban.

— Je vous préviens charitablement, déclara Andrew après être passé de l'autre côté de la table, je vous tue s'il s'écroule à cause de vous.

— Mon cher frère, c'est à peine si je respire, répliqua George avec une gravité impressionnante.

Billie ravala un gloussement. Il était rare qu'elle voie cette facette narquoise de George. En général, il les trouvait si exaspérants, les uns et les autres, qu'il en perdait tout humour.

— C'est l'ouvrage de Prescott ? lui demanda-t-il. Le cas échéant, tu as bien avancé dans ta lecture.

— En dépit de moi-même, sois-en sûr. C'est vraiment aride.

— Tu lis une encyclopédie de l'agriculture et tu te plains que ce soit aride ? ironisa Andrew sans lever les yeux.

— Le dernier volume était passionnant, se défendit Billie. J'avais du mal à m'arrêter.

Même s'il lui tournait le dos, Billie devina qu'il levait les yeux au ciel. Elle regarda George qui, il fallait le reconnaître, n'avait pas une seule fois critiqué ses choix de lecture.

— Ce doit être à cause du sujet, reprit-elle. Prescott semble avoir énormément privilégié le paillage, cette fois.

— Le paillage, c'est important, assura George.

Ses yeux pétillaient, alors même qu'il affichait une expression extrêmement sérieuse.

Elle croisa son regard en se retenant de rire.

— Le paillage et les paillis, renchérit-elle d'un ton pénétré.

— Seigneur, maugréa Andrew, vous me donnez envie de m'arracher les cheveux, tous les deux.

Billie lui tapota l'épaule.

— Mais tu nous aimes.

— Ne me touche pas !

— Il est vraiment touchant, déclara-t-elle à l'intention de George.

— Mauvais jeu de mots, Billie, grommela Andrew.

Avec un petit rire, elle reporta les yeux sur son livre.

— Revenons au paillage…

En toute honnêteté, elle essaya de lire. Les articles de Prescott lui paraissaient cependant terriblement ennuyeux, et chaque fois que George bougeait, le froissement de son journal l'obligeait à lever la tête.

Lui aussi levait alors la tête. Et elle devait donc feindre de regarder Andrew. Puis elle regardait bel et bien ce dernier car, bizarrement, observer un manchot en train de construire un château de cartes était fascinant.

« Concentre-toi sur Prescott ! » s'intima-t-elle. Si ennuyeuse que fût la question du paillage, elle devait avancer. Elle y parvint, du reste. Une heure s'écoula dans un silence agréable. Une heure durant laquelle elle apprit tout sur le paillis… de paille, comme de juste. Elle découvrit ensuite le paillis de tourbe, mais quand elle en vint au paillis de bois, elle ne put en supporter davantage.

— Je n'en peux plus d'ennui, avoua-t-elle avec un énorme soupir.

136

— C'est tout à fait le genre de chose à dire en société, ironisa Andrew.

Elle lui glissa un regard de biais.

— Tu ne comptes pas comme société.

— Et George ?

— Non plus, je suppose, répondit-elle avec un haussement d'épaules.

George leva les yeux de son journal.

— Je compte.

Elle fut prise de court car elle ne s'attendait pas qu'il les ait écoutés.

— Je compte, répéta-t-il.

Si Billie ne l'avait pas regardé à cet instant, elle n'aurait pas surpris l'éclat intense et brûlant, quoique fugitif, qui flamba dans ses yeux avant qu'il ne les rabaisse sur son journal.

— Tu traites Andrew comme un frère, dit-il en tournant une page avec une lenteur délibérée.

— Et je te traite...

Il releva la tête.

— Pas comme un frère.

Les lèvres de Billie s'entrouvrirent. Elle était incapable de détourner le regard. Elle y fut néanmoins contrainte lorsqu'elle commença à se sentir bizarre, et qu'il lui parut impératif de revenir à son paillis de bois.

C'est alors que George émit un son ou, peut-être, se contenta-t-il de respirer, toujours est-il que, de nouveau, elle se retrouva à le regarder.

Il avait de beaux cheveux, constata-t-elle. Qu'il ne poudrait pas, heureusement. Du moins pas en temps ordinaire. Ils étaient épais, et leur légère ondulation laissait supposer qu'ils boucleraient s'il les portait plus longs.

Billie laissa échapper un imperceptible soupir. Sa femme de chambre aurait rêvé qu'elle ait une chevelure identique. La plupart du temps, elle se contentait d'attacher ses cheveux en catogan. Mais parfois, il lui fallait une coiffure plus apprêtée. Elles avaient tout essayé, depuis les fers chauffants jusqu'aux rubans mouillés, rien n'y faisait : ses cheveux refusaient de boucler.

Elle aimait aussi la couleur des cheveux de George. Un caramel chaud et profond, avec quelques mèches dorées. Elle aurait parié qu'il oubliait parfois de porter un chapeau au soleil. Ce qui lui arrivait, à elle aussi.

Curieusement, tous les Rokesby avaient des yeux de la même couleur, exactement, alors que leurs cheveux présentaient toute la gamme des châtains. Aucun d'eux n'était vraiment blond, ni roux ni brun, et tous étaient différents.

— Billie ? fit George avec un mélange de perplexité et d'amusement.

Oh, bonté divine, cela faisait deux fois qu'il la surprenait à le regarder !

Le sourire qu'elle esquissa devait tenir de la grimace.

— Je pensais simplement à votre ressemblance étonnante, à Andrew et à toi.

Après tout, c'était plus ou moins la vérité.

Sa déclaration fit relever la tête à Andrew.

— Tu trouves vraiment ?

— Eh bien... vous avez tous les deux les yeux bleus.

— Comme la moitié des gens en Angleterre, observa Andrew, pince-sans-rire.

Il revint à son œuvre.

— Notre mère a toujours prétendu que nous avions les mêmes oreilles, déclara George.

— Les mêmes oreilles ? s'exclama Billie, abasourdie. Je n'ai jamais entendu quiconque comparer des oreilles.

— Pour autant que je le sache, personne ne le fait, hormis notre mère.

— Des lobes libres, expliqua Andrew qui, sans se tourner vers Billie, titilla de sa main valide le lobe de son oreille. Ceux de notre mère sont attachés.

Billie porta la main à sa propre oreille.

— J'ignorais que tous les lobes n'étaient pas identiques, avoua-t-elle.

— Les tiens aussi sont attachés, fit remarquer Andrew, toujours sans la regarder.

— Tu sais cela ?

— Je fais attention aux oreilles. Je ne peux pas m'en empêcher.

— Moi non plus, reconnut George. La faute de notre mère.

Billie cilla à plusieurs reprises, les doigts toujours refermés sur le lobe de son oreille.

— Je ne comprends toujours...

Les sourcils froncés, elle se redressa, puis pivota brusquement pour reposer les pieds sur le sol.

— Attention ! s'écria Andrew.

Elle lui jeta un regard exaspéré, dont il n'eut cure car il lui tournait toujours le dos. Puis elle se pencha vers lui.

Il se retourna alors lentement.

— Tu es en train d'examiner mes oreilles ?

— J'essaie juste de voir la différence. Je te l'ai dit, je ne savais pas qu'il en existait de différentes sortes.

Il agita la main en direction de son frère.

— Va voir celles de George, s'il te plaît. Là, tu es trop près de la table.

Billie avança avec précaution dans l'espace entre le canapé et la table.

— Je t'assure, Andrew, ça ressemble à un vice, chez toi.

— Certains se tournent vers la boisson, riposta-t-il.

Voyant que Billie était debout, George se leva à son tour.

— Ou les cartes, dit-il avec un sourire en coin.

Billie ne put s'empêcher de pouffer.

— Il en est à combien d'étages, à ton avis ? s'enquit George.

Elle dut se pencher à droite car Andrew lui cachait son chef-d'œuvre. Un, deux, trois, quatre...

— Six, répondit-elle.

— Remarquable.

— C'est ce qu'il faut pour t'impressionner ?

— Peut-être bien.

— Cessez de parler, leur ordonna Andrew.

— Nous faisons bouger l'air avec notre souffle, expliqua Billie d'un air grave.

— Je comprends.

— Hier, j'ai éternué.

George lui adressa un regard admiratif.

— Bien joué.

— Il me faut des cartes supplémentaires, annonça Andrew.

Après s'être écarté très lentement de la table, il rampa sur le tapis, jusqu'à être suffisamment loin pour pouvoir se relever sans risque.

— Je n'en ai plus, avoua Billie. Je veux dire... Il y en a sans doute d'autres dans la maison, mais j'ignore où. Je t'ai apporté les deux derniers jeux qui restaient dans la salle de jeux.

— Ça ne suffira pas, marmonna Andrew.

— Demande à Thamesly, suggéra-t-elle. Si quelqu'un sait où en trouver, ce sera lui.

Andrew hocha la tête d'un air songeur, comme si le sujet méritait plus ample réflexion. Puis il fit face à Billie.

— Il faut que tu te déplaces.

— Je te demande pardon ? dit-elle, interloquée.

— Tu ne peux pas rester là. Tu es trop près.

— Andrew, tu deviens fou.

— Tu vas le faire s'effondrer.

— Va interroger Thamesly, répliqua Billie.

— Si tu...

— Va-t'en ! crièrent George et elle d'une même voix.

Après leur avoir jeté un regard menaçant, Andrew se décida enfin à quitter le salon.

Billie regarda George, qui la regarda. Et ils éclatèrent de rire.

— Tu fais ce que tu veux, déclara Billie, mais pour ma part, je vais à l'autre bout de la pièce.

— Dans ce cas, tu admets la défaite.

Tout en s'éloignant, elle lui jeta un coup d'œil par-dessus son épaule.

— Je parlerais plutôt d'instinct de conservation.

Avec un petit rire, George la suivit jusqu'à l'une des fenêtres.

— L'ironie de la chose, c'est qu'il est nul aux cartes.

— Ah bon ?

Billie fronça le nez. C'était curieux, vraiment, mais elle ne se rappelait pas avoir jamais joué aux cartes avec Andrew.

— En fait, il est très mauvais à tous les jeux de hasard, poursuivit George. Si jamais tu as besoin d'argent, c'est l'homme qu'il te faut.

— Hélas, je ne joue pas !

— Aux cartes, précisa-t-il.

Sans doute avait-il voulu se montrer drôle. Pourtant Billie trouva sa réplique extrêmement condescendante. Elle se rembrunit.

— Que veux-tu dire par là ?

Il la regarda, l'air quelque peu surpris.

— Simplement que tu prends plaisir à jouer tout le temps avec ta vie.

Elle demeura un instant bouche bée.

— C'est absurde !

— Billie, tu es tombée d'un arbre.

— Sur un *toit*.

— C'est censé m'empêcher de demander comment ?

— Tu aurais fait exactement la même chose à ma place, s'entêta-t-elle. D'ailleurs, tu l'as fait.

— Ah, vraiment ?

— J'ai grimpé dans l'arbre pour secourir un chat. Et toi, ajouta-t-elle en lui frappant l'épaule de son index, tu as grimpé sur le toit pour me secourir.

— D'abord, je n'ai pas grimpé dans l'arbre. Et ensuite, tu te compares à un chat ?

— Oui. Non !

Pour la première fois, elle se félicita de s'être blessée à la cheville. Sinon, elle aurait tapé du pied.

— Qu'aurais-tu fait si je n'étais pas passé par là ? demanda-t-il. Franchement, Billie, qu'aurais-tu fait ?

— Je m'en serais sortie.

— Sûrement, parce que tu as une chance de tous les diables. Mais ta famille aurait été folle d'angoisse, et il est probable que le village entier aurait été appelé à la rescousse pour se lancer à ta recherche.

Il avait raison, hélas, ce qui rendait la chose encore pire.

— Parce que tu crois que je n'en ai pas conscience ?

Il la dévisagea juste assez longtemps pour qu'elle se sente mal à l'aise.

— Non, je ne le crois pas.

Elle prit une brève inspiration.

— Tout ce que je fais, je le fais pour les gens d'ici, se défendit-elle. Ma vie tout entière... Je suis en train de lire cette maudite *Encyclopédie de l'agriculture*, argua-t-elle avec un geste de la main en direction du livre en question. Tome *quatre* ! Connais-tu d'autres personnes qui...

Les mots s'étranglèrent dans sa gorge, et elle dut prendre quelques secondes avant de pouvoir poursuivre :

— Tu me trouves donc à ce point insensible ?

— Non, répondit-il d'une voix abominablement basse et calme. Je te considère comme irréfléchie.

Billie eut un mouvement de recul.

— Je n'arrive pas à croire que j'aie pu envisager un instant que nous puissions devenir amis. Tu es une personne terrible, George Rokesby, poursuivit-elle devant son silence. Tu es impatient, tu es intolérant, tu es...

Il l'attrapa par le bras.

— Arrête.

Billie tenta de se dégager, en vain.

— D'ailleurs, pourquoi es-tu venu ce matin ? Tu ne me regardes que pour me trouver des défauts.

— Ne sois pas absurde.

— C'est la vérité, répliqua-t-elle. Tu ne te vois pas quand tu es avec moi ! Tu ne fais que froncer les sourcils et... et critiquer. Dans tes manières, dans tes expressions, il n'y a que de la réprobation !

— Tu es ridicule.

Billie secoua la tête, avec l'impression soudaine d'avoir eu une révélation.

— Tu désapprouves tout de moi.

Il resserra son étreinte sur son bras et s'approcha d'un pas.

— C'est si éloigné de la vérité que c'en est risible.

Billie en resta interdite.

Puis elle s'aperçut que George paraissait aussi choqué par ses propres paroles qu'elle-même. Et qu'il se tenait très près d'elle.

Elle leva le menton, plongea son regard dans le sien. Le souffle lui manqua.

— Billie, chuchota-t-il.

Et il leva la main.

Comme pour lui caresser la joue.

# 10

George faillit l'embrasser.

Bonté divine, il faillit embrasser Billie Bridgerton !

Il devait sortir d'ici sans plus attendre.

— Il est tard, déclara-t-il abruptement.

— Pardon ?

— Il est tard. Je dois m'en aller.

— Il n'est pas tard, rétorqua-t-elle, déconcertée. Que racontes-tu ?

« Je ne sais pas », manqua-t-il de répondre.

Il l'avait presque embrassée. Son regard s'était fixé sur sa bouche, il avait perçu son haleine entre ses lèvres entrouvertes, et il s'était surpris à s'incliner, à désirer...

À brûler.

Pourvu qu'elle ne s'en soit pas rendu compte ! On ne l'avait sûrement jamais embrassée. Sans doute n'avait-elle pas compris ce qui se passait.

Mais Dieu qu'il l'avait désirée ! Ç'avait été comme une vague qui l'avait frappé, se gonflant subrepticement puis déferlant sur lui à une telle vitesse et avec une telle force qu'elle avait quasiment balayé sa raison.

Et il la désirait encore.

— George ? Quelque chose ne va pas ?

Il ouvrit la bouche, mais aucun son n'en sortit. Il avait besoin d'air.

Billie l'observait avec une curiosité teintée de méfiance.

— Tu étais en train de me réprimander, lui rappela-t-elle.

Il était presque certain que son cerveau n'avait pas retrouvé son fonctionnement normal. Il cilla, s'efforçant de donner un sens à ce qu'elle disait.

— Tu veux que je continue ? répliqua-t-il.

— Non, pas particulièrement.

Il se passa la main dans les cheveux, puis tenta un sourire. Il était incapable de faire mieux.

Le front de Billie se plissa d'inquiétude.

— Tu es sûr que ça va ? Tu es tout pâle.

Pâle, lui ? Il avait l'impression d'être en feu.

— Pardonne-moi, dit-il. Je crois que je suis un peu...

Un peu quoi ? Fatigué ? Affamé ? Après s'être raclé la gorge, il se décida pour :

— ... étourdi.

— Étourdi ? répéta-t-elle avec incrédulité.

— Cela m'est venu brusquement.

Sur ce point, au moins, il disait vrai.

Elle esquissa un geste vers le cordon de sonnette.

— Veux-tu que je demande quelque chose à manger ? Veux-tu t'asseoir ?

— Non, non, ça va, assura-t-il stupidement.

— Ça va... Tu n'es plus étourdi ?

Le scepticisme de Billie sautait aux yeux. Mais quand il confirma d'un signe de tête, elle le regarda comme s'il était devenu fou. Ce qui n'était peut-être pas à exclure. Il ne voyait pas d'autre explication.

— Je dois m'en aller, déclara-t-il.

Il pivota sur ses talons et se dirigea vers la porte à grands pas, pressé qu'il était de sortir de cette pièce.

— George, attends !

Un peu plus, il réussissait à s'échapper. Il s'arrêta. Il ne pouvait pas plus quitter une pièce lorsqu'une dame l'appelait que cracher à la figure du roi. Les bonnes manières étaient inscrites dans sa chair.

Lorsqu'il se retourna, Billie s'était rapprochée de lui.

— Tu ne crois pas que tu devrais attendre Andrew ?

Il exhala lentement. Andrew. Bien sûr.

— Il va avoir besoin d'aide, non ? Avec son cheval ?

— Je vais l'attendre, oui, dit-il après avoir juré en son for intérieur.

Billie se mordilla la lèvre. Du côté droit. Elle se mordillait toujours le côté droit, se rendit-il compte.

Elle jeta un regard en direction de la porte

— Je ne comprends pas pourquoi il met autant de temps.

George haussa les épaules.

— Peut-être qu'il n'a pas réussi à trouver Thamesly, continua-t-elle.

Il haussa de nouveau les épaules.

— Ou peut-être que ma mère l'a intercepté. Elle peut être pénible parfois.

Au moment de hausser les épaules pour la troisième fois, George prit conscience de l'ineptie de son geste et choisit de lui adresser un vague sourire.

— Ma foi, dit Billie, apparemment à court de suggestions. Hum...

George croisa les mains dans son dos. Il regarda la fenêtre, puis le mur, mais pas Billie. Surtout pas Billie.

Il avait toujours envie de l'embrasser.

Elle toussota. À défaut de la regarder, il fixa les yeux sur le bas de sa robe.

Le silence s'éternisa, absurdement embarrassé.

— Mary et Felix arrivent dans deux jours, finit-elle par dire.

George tenta de ranimer la partie de son cerveau qui savait comment faire la conversation.

— Est-ce que tout le monde n'arrive pas dans deux jours ?

— Si, bien sûr, répondit Billie, l'air soulagée d'avoir à répondre à une vraie question. Mais ce sont les seuls qui m'intéressent.

Malgré lui, George sourit. C'était du Billie tout craché d'organiser une fête et d'en détester à l'avance chaque instant. Il est vrai qu'elle n'avait guère eu le choix. Tout le monde savait que l'idée de la fête venait de lady Bridgerton.

— La liste des invités a-t-elle été arrêtée, finalement ?

La question était de pure forme, bien sûr. Cela faisait plusieurs jours que la liste était close, et que des messagers avaient été dépêchés pour transmettre les invitations, avec ordre d'attendre la réponse.

Mais ce silence était de ceux qui exigeaient d'être rompus. Billie n'était plus sur le canapé avec son livre, ni lui dans son fauteuil avec le journal. Ils ne disposaient plus du moindre accessoire sur lequel s'appuyer. Rien, hormis eux-mêmes. Et chaque fois qu'il la regardait, ses yeux se rivaient sur ses lèvres, et c'était une torture.

Billie s'approcha d'un secrétaire et fit courir distraitement ses doigts sur l'abattant.

— La duchesse de Westborough va venir, dit-elle. Maman est ravie qu'elle ait accepté notre invitation. Il paraît que c'est un privilège.

— La venue d'une duchesse est toujours un privilège, répliqua George, ironique. Et, en général, une grande source de tracas.

— Tu la connais ?

— Nous avons été présentés.

Le visage de Billie se voila d'une mélancolie songeuse.

— J'imagine que tu as été présenté à tout le monde ?

— Probablement. À toutes les personnes qui se rendent à Londres, en tout cas.

Comme la plupart des hommes de son rang, George passait plusieurs mois à Londres chaque année. Des séjours qu'il appréciait beaucoup, en général, car il en profitait pour voir des amis et suivre de près les affaires de l'État. Ces derniers temps, il s'était intéressé à la recherche d'une épouse potentielle, ce qui s'était révélé une entreprise bien plus fastidieuse que prévu.

Une nouvelle fois, Billie se mordilla la lèvre.

— Est-elle très impressionnante ?

— La duchesse ?

Comme elle acquiesçait d'un signe de tête, il répondit :

— Pas plus impressionnante que n'importe quelle autre duchesse.

— George ! Tu sais bien que ce n'est pas ce que je te demande.

Il prit pitié d'elle.

— Oui, admit-il, elle est assez impressionnante. Mais tu seras...

Il s'interrompit pour la regarder. Pour l'étudier, plutôt. Et il finit par s'apercevoir que ses yeux n'avaient pas leur éclat habituel.

— Tu es nerveuse ?

D'une pichenette, elle chassa sur sa manche une poussière invisible.

— Ne dis pas de bêtises.

— Parce que...

— Évidemment que je suis nerveuse.

George en resta interdit. Elle était nerveuse ? *Billie ?*

— Qu'y a-t-il ? demanda-t-elle, voyant son incrédulité.

Il secoua la tête. Que Billie admette qu'elle se sentait nerveuse, après toutes les extravagances auxquelles elle s'était livrée... et sans jamais cesser de sourire jusqu'aux oreilles... c'était inconcevable.

— Tu as sauté d'un arbre, finit-il par lui rappeler.

— Je suis *tombée* d'un arbre, corrigea-t-elle. Et quel est le rapport avec la duchesse de Westborough ?

— Aucun, reconnut-il, sauf qu'il est difficile de t'imaginer nerveuse à cause de...

Bien malgré lui, il éprouvait une admiration grandissante. Billie était intrépide. Elle l'avait du reste toujours été.

— ... à cause de quoi que ce soit.

Elle pinça brièvement les lèvres.

— As-tu déjà dansé avec moi ?

— Pardon ? lâcha-t-il, interloqué.

— As-tu déjà dansé avec moi ? répéta-t-elle, non sans impatience.

— Euh... Oui ?

— Non. Jamais.

— C'est impossible, assura-t-il.

Il avait forcément dansé avec elle, vu qu'il la connaissait depuis toujours.

Mais elle croisa les bras sans répliquer.

— Tu ne sais pas danser ? avança-t-il.

— Bien sûr que si, répliqua-t-elle d'un air exaspéré.

George commençait à se sentir des envies de meurtre.

— Je ne suis pas une danseuse émérite, continua-t-elle, mais je m'en sors correctement, je crois. Là n'est pas le problème… Le problème, George, c'est que tu n'as jamais dansé avec moi parce que je n'assiste pas aux bals.

— Peut-être que tu devrais.

— Je ne glisse pas avec grâce lorsque je me déplace, déclara-t-elle, la mine de plus en plus renfrognée, et je ne sais pas flirter. Et la dernière fois que j'ai essayé de me servir d'un éventail, j'en ai donné un coup dans l'œil de quelqu'un.

Elle décroisa les bras pour poser les mains sur ses hanches.

— En outre, je suis totalement incapable de donner à un homme l'impression qu'il est intelligent, fort et supérieur à moi.

George ne put se retenir de rire.

— Je suis presque certain que la duchesse de Westborough est une femme.

— George !

Il sursauta, surpris. Billie était vraiment bouleversée.

— Pardonne-moi, dit-il.

Il la regarda avec circonspection, méfiance, même. Indécise, elle tripotait d'une main fébrile les plis de sa jupe. Le froncement de ses sourcils trahissait davantage l'affliction que la colère.

Il ne l'avait jamais vue ainsi. Il ne la reconnaissait pas.

— Je ne me débrouille pas bien quand je suis en société, murmura-t-elle. Je ne... je ne suis pas douée.

Le moment n'était pas à la plaisanterie, bien sûr, mais George ne savait ce que Billie avait besoin d'entendre. Comment réconforte-t-on une tornade ? Comment rassure-t-on une fille qui fait tout à la perfection, et le refait ensuite, dans l'autre sens, simplement pour le plaisir ?

— Tu te débrouilles à merveille lors des dîners à Crake House, déclara-t-il tout en sachant que ce n'était pas ce dont elle parlait.

Et en effet, elle rétorqua :

— Cela ne compte pas.

— Lorsque tu vas au village...

— Franchement, tu vas comparer les villageois à une duchesse ? Je les ai connus toute ma vie. Et, surtout, eux me connaissent.

George s'éclaircit la voix.

— Billie, tu es la femme la plus sûre d'elle et la plus adroite que je connaisse.

— Je te rends fou, déclara-t-elle simplement.

— C'est vrai, acquiesça-t-il, même si cette « folie » avait pris une tournure troublante ces derniers temps. Mais tu es une Bridgerton. La fille d'un vicomte. Il n'y a pas de raison que tu ne puisses te tenir la tête haute dans n'importe quel salon du pays.

— Tu ne comprends pas !

— Dans ce cas, aide-moi à comprendre.

À sa grande surprise, George s'aperçut qu'il en avait envie.

Billie ne répondit pas tout de suite. Elle ne le regarda même pas. Elle s'appuyait toujours sur le secrétaire et ses yeux semblaient rivés à ses mains. Elle finit toutefois par lui décocher un regard subreptice, comme pour s'assurer qu'il était sincère.

George en fut offusqué, quoique brièvement. Il n'avait pas l'habitude de voir sa sincérité mise en doute, cela dit, il s'agissait de Billie. Depuis toujours, tous deux s'asticotaient, cherchant toujours le point faible chez l'autre.

Mais les choses s'étaient transformées au cours de la semaine écoulée. Sans qu'il sache pourquoi, vu qu'aucun d'eux n'avait changé.

Il y avait beaucoup moins de réticence dans le respect qu'il avait pour elle. Certes, il la considérait toujours comme plus entêtée qu'une mule et d'une témérité condamnable. Toutefois, elle avait le cœur pur.

Il l'avait toujours su, naturellement. Elle l'agaçait cependant tellement qu'il ne s'en était jamais aperçu.

— Billie ? murmura-t-il.

Elle releva la tête, un pli amer à la commissure des lèvres.

— La question n'est pas de me tenir la tête haute.

— Alors quelle est-elle ?

Elle le dévisagea longuement, les lèvres serrées, avant de demander :

— Sais-tu que j'ai été présentée à la Cour ?

— Je croyais que tu n'avais pas eu de saison mondaine ?

— Je n'en ai pas eu… après cela.

George ne put retenir une grimace.

— Que s'est-il passé ?

Les yeux baissés, elle répondit :

— Il se peut que j'aie mis le feu à la robe de quelqu'un.

— Tu as mis le feu à la robe de quelqu'un ? s'exclama-t-il, effaré.

Elle attendit en affichant une patience ostensible, comme si elle avait déjà eu cette conversation et qu'elle savait précisément le temps qu'il faudrait à George pour recouvrer ses esprits.

— Tu as mis le feu à la robe de quelqu'un, répéta-t-il en la regardant avec stupeur.

— Je ne l'ai pas fait exprès !

— Eh bien, répondit-il, impressionné malgré lui, je suppose que si quelqu'un voulait...

— Ne va pas plus loin, lui conseilla-t-elle.

— Comment se fait-il que je n'en aie pas entendu parler ?

— C'était un tout petit feu, répondit-elle d'un air pincé.

— Il n'empêche que...

— J'ai mis le feu à la robe de quelqu'un, et la question la plus importante pour toi, c'est de savoir pourquoi la rumeur n'est pas arrivée jusqu'à tes oreilles ?

— Je te demande pardon.

Il ne put toutefois s'empêcher d'ajouter, quoique avec précaution :

— Est-ce une invitation à m'enquérir de la manière dont tu as mis le feu à cette robe ?

— Non. Et ce n'est pas la raison pour laquelle j'ai abordé le sujet.

George fut tenté de pousser la taquinerie un peu plus loin, mais Billie laissa alors échapper un soupir si accablé qu'il perdit toute envie de rire.

— Billie, commença-t-il, compatissant, tu ne peux pas...

Elle ne le laissa pas terminer.

— Je n'entre pas dans le moule, George.

Elle avait raison. C'était d'ailleurs ce qu'il s'était dit quelques jours plus tôt. Si Billie avait accompagné sa sœur lors de sa saison londonienne, ç'aurait été un désastre. Tout ce qui faisait d'elle une personne forte, remarquable, aurait constitué sa perte dans le monde fermé de la haute société.

Celle-ci aurait trouvé en elle une cible toute désignée. Parmi ces gens bien nés, tous n'étaient pas cruels. Mais ceux qui l'étaient... Les mots leur servaient d'armes, et ils les décochaient comme des flèches.

— Pourquoi me racontes-tu cela ? demanda-t-il soudain.

Un éclair douloureux traversa le regard de Billie. De crainte qu'elle ne le croie indifférent, George se hâta d'ajouter :

— Je veux dire, pourquoi moi ? Pourquoi pas Andrew ?

Elle mit un certain temps à répondre.

— Je ne sais pas. Je ne... Andrew et moi ne parlons pas de ce genre de choses.

— Mary sera bientôt là, dit-il, pensant la réconforter.

— Pour l'amour du ciel, George, riposta-t-elle, si tu ne veux pas me parler, il suffit de le dire.

Il l'attrapa par le poignet comme elle tournait les talons.

— Non, ce n'est pas ce que je voulais dire ! s'exclama-t-il. Je suis heureux de parler avec toi. Et je suis heureux de t'écouter. Je pensais juste que tu préférerais avoir quelqu'un qui...

Les yeux rivés sur lui, elle attendit qu'il termine sa phrase. Mais il ne put se résoudre à prononcer les mots qu'il avait sur le bout de la langue :

*Quelqu'un qui se sentirait concerné.*

Car ces mots auraient été blessants. Mesquins, également. Et faux, surtout.

George se sentait concerné. Très concerné même.

— Je vais...

Le désordre de ses pensées était tel que les mots moururent sur ses lèvres. Il ne put que la fixer en silence. Elle lui rendit son regard. Il essaya de se rappeler sa langue maternelle, de trouver des mots justes et des paroles rassurantes. Parce qu'il ne supportait pas de la voir triste et anxieuse.

— Si tu le souhaites, reprit-il lentement, je ferai attention à toi.

— Que veux-tu dire ?

— Je m'assurerai que...

George agita la main, sans que ce geste éclaircisse en rien son propos.

— Que tu... que tu te sentes bien.

— Que je me sente bien ?

George secoua la tête, contrarié par son incapacité à ordonner ses pensées et à les traduire en phrases cohérentes.

— Je ne sais pas... Simplement, si tu as besoin d'un ami, je serai là.

Elle entrouvrit les lèvres et il la vit avaler sa salive. Il devina que non seulement les mots étaient coincés dans sa gorge, mais aussi les émotions qu'elle retenait avec force.

— Je te remercie, souffla-t-elle. C'est...

— Ne dis surtout pas que c'est gentil de ma part, la coupa-t-il.

— Pourquoi ?

— Parce que ce n'est pas de la gentillesse. C'est...
Je ne sais pas ce que c'est, reconnut-il avec un geste
d'impuissance. Mais ce n'est pas de la gentillesse.

Elle esquissa un sourire tremblant, et assurément
malicieux.

— Très bien. Tu n'es pas gentil.

— Jamais.

— Puis-je te traiter d'égoïste ?

— Ce serait aller un peu trop loin.

— Vaniteux ?

Il fit un pas dans sa direction.

— Ne tire pas trop sur la corde, Billie.

— Arrogant.

Elle contourna la table en riant pour se réfugier
de l'autre côté.

— Allez, George, tu ne peux pas nier le mot
« arrogant ».

— Et moi, rétorqua-t-il, de quoi dois-je te traiter ?

— D'exceptionnelle ?

— Que dirais-tu d'exaspérante ? suggéra-t-il en
se rapprochant d'elle.

— Ah, mais ça, c'est très subjectif !

— Imprudente ?

Elle se jeta à gauche comme il allait à droite.

— Ce n'est pas de l'imprudence si l'on sait ce
qu'on fait.

— Je te rappelle que tu es tombée sur un toit.

— Tu disais que j'avais sauté, il me semble,
répliqua-t-elle.

Avec un grondement, George s'élança vers elle
tandis qu'elle criait :

— J'essayais de sauver le chat ! J'agissais par
noblesse !

— Je vais te montrer ce qu'est la nobl...

Billie poussa un cri aigu et fit un saut en arrière...
droit dans le château de cartes.

Lequel, comme soufflé par un pétard chinois,
s'effondra dans le plus grand désordre.

Quant à Billie, elle se retrouva carrément assise
sur la table, au milieu des décombres du chef-
d'œuvre d'Andrew.

Après être restée un instant abasourdie, elle
releva la tête et demanda d'une toute petite voix :

— Je suppose que même à deux, nous ne pourrons pas le reconstruire ?

George secoua la tête.

— Je crois que je me suis de nouveau fait mal à
la cheville, dit-elle après avoir dégluti.

— Très mal ?

— Non.

— Je te conseille néanmoins de proclamer le
contraire lorsque Andrew reviendra.

Naturellement, ce dernier choisit cet instant pour
franchir le seuil.

— Je me suis blessée à la cheville ! glapit Billie.
Ça fait atrocement mal !

George fut obligé de se détourner pour réprimer
une affreuse envie de rire.

Andrew resta un instant pétrifié.

— Non... finit-il par murmurer. Tu as recommencé.

Billie prit un air contrit.

— C'était un très joli château.

— Je suppose que c'est un talent... fit remarquer
Andrew.

— Oh, assurément ! Tu es vraiment doué.

— C'est de toi que je parle.

— Ah... Euh... oui, murmura Billie avec un sourire forcé. Ça ne sert à rien de faire quelque chose
si on ne le fait pas bien, tu ne crois pas ?

Andrew garda le silence. George aurait voulu plaquer les mains sur son visage, juste pour s'assurer qu'il n'était pas somnambule.

— Je suis sincèrement désolée, reprit Billie. Je vais le reconstruire pour toi.

Elle descendit de la table, fit quelques pas en boitillant.

— Même si je ne sais pas comment je vais m'y prendre, ajouta-t-elle.

— C'est ma faute, déclara George.

Billie se tourna vers lui.

— Tu n'as pas besoin de t'accuser.

— Mais je te pourchassais.

Cette déclaration tira brutalement Andrew de son hébétude.

— Tu la pourchassais ?

Bon sang ! George regretta de n'avoir pas tourné sept fois sa langue dans sa bouche.

— Je ne dirais pas exactement cela.

— Il te *pourchassait* ? demanda Andrew à Billie.

Elle ne rougit pas, mais son expression se fit penaude.

— Il se peut que je l'aie un peu provoqué...

— Provoqué ? Toi ? ricana George.

— En réalité, c'est la faute du chat, répliqua-t-elle. Je ne serais jamais tombée si ma cheville n'avait pas été aussi faible.

Elle plissa le front, l'air pensif.

— À partir de maintenant, je vais tout mettre sur le dos de cet animal galeux.

— Mais que se passe-t-il ? demanda Andrew, dont le regard allait de l'un à l'autre. Pourquoi n'êtes-vous pas en train de vous entre-tuer ?

— Il y a le léger détail de la potence, murmura George.

— Sans compter que ta mère ne serait pas très contente, ajouta Billie.

Bouche bée, Andrew les fixa de nouveau en silence. Puis il lâcha :

— Je rentre à la maison.

Billie pouffa, et George cessa de respirer. Il l'avait pourtant entendue pouffer des milliers de fois. Mais cette fois, c'était différent. Ce rire léger, lorsqu'il atteignit son oreille, lui parut le son le plus délicieux qu'il eût jamais entendu.

Et, sans doute possible, le plus terrifiant. Car George eut le pressentiment de ce que cela signifiait.

Et s'il était une personne au monde dont il ne tomberait pas amoureux, c'était bien Billie Bridgerton.

# 11

Billie ne savait pas exactement ce qu'elle s'était fait à la cheville lorsqu'elle avait heurté le château de cartes, mais comme celle-ci était à peine plus douloureuse qu'auparavant, elle jugea, la veille de l'arrivée des invités, qu'elle était capable de monter à cheval. À condition de monter en amazone.

Elle n'avait pas le choix. Honnêtement, si elle n'allait pas vérifier en personne la croissance de l'orge, elle ne voyait pas qui s'en chargerait. Toutefois, monter et descendre de sa monture s'annonçant difficile, elle fut obligée d'emmener un valet d'écurie avec elle. Une obligation qui leur déplaisait à tous les deux. Le valet d'écurie n'avait aucune envie d'inspecter l'orge, et Billie n'avait aucune envie d'être surveillée par un garçon d'écurie pendant qu'elle inspectait l'orge.

Pour couronner le tout, sa jument se révéla de mauvaise humeur. Cela faisait longtemps que Billie n'était pas montée en amazone, et Argo n'aimait pas du tout cela.

Tout comme Billie, du reste.

Et si elle n'avait pas oublié à quel point elle détestait monter en amazone, elle avait oublié, en revanche, les terribles courbatures dont on souffrait le lendemain lorsqu'on manquait d'entraînement. À chaque pas, elle avait l'impression que sa hanche et sa cuisse droites gémissaient de douleur. Si l'on ajoutait à cela les élancements dans sa cheville, c'était un miracle qu'elle ne titube pas comme un marin ivre.

Mais peut-être était-ce le cas. Elle eut l'impression que les domestiques la regardaient bizarrement, le lendemain matin, lorsqu'elle descendit prendre son petit déjeuner.

Ce n'était sans doute pas une mauvaise chose, au fond, qu'elle ne fût pas en état de remonter en selle. Car sa mère l'avait sommée de passer la journée à la maison. Quatre Bridgerton résidaient à Aubrey Hall actuellement, argua lady Bridgerton, et il y aurait donc quatre Bridgerton au pied du perron pour accueillir chacun des invités.

C'est ainsi que Billie se tint entre sa mère et Georgiana, à 1 heure de l'après-midi, lorsque la duchesse de Westborough arriva dans son luxueux carrosse attelé de quatre chevaux, accompagnée de ses filles – l'une fiancée, l'autre pas – et de sa nièce.

Puis Billie se tint entre sa mère et Georgiana à 2 h 30, lorsque Henry Maynard et son meilleur ami, sir Reginald McVie, descendirent de l'élégant petit cabriolet du premier.

Et enfin, Billie se tint entre sa mère et Georgiana à 15 h 20, lorsqu'on annonça la voiture de Felix et de Mary, qui amenaient avec eux leurs voisins, Edward et Niall Berbrooke. Tous deux de bonne famille et, le hasard faisant bien les choses, en âge de se marier.

— Enfin, grommela lord Bridgerton, quelqu'un que je connais.

Il étira le cou à droite, puis à gauche, tandis que, bien alignés tous les quatre, ils attendaient que la voiture de Felix et de Mary s'arrête.

Georgiana se pencha pour lui demander :

— Vous connaissez les Berbrooke ?

— Je connais Felix et Mary, rétorqua-t-il, avant de se tourner vers sa femme. Quand les Rokesby arrivent-ils ?

— Une heure avant le dîner, répondit-elle sans le regarder.

En hôtesse accomplie, elle gardait les yeux rivés sur la portière dans l'attente de l'apparition de ses invités.

— Rappelle-moi pourquoi ils dorment ici ?

— Parce que ce sera infiniment plus festif.

Lord Bridgerton se rembrunit, mais choisit avec sagesse de ne pas insister.

Billie, toutefois, ne fit pas preuve de la même discrétion.

— Si j'étais à leur place, déclara-t-elle tout en tirant sur la manche de sa robe de coton imprimé, je préférerais dormir dans mon propre lit.

— Tu n'es pas à leur place, répliqua sa mère d'un ton acerbe. Et cesse de t'agiter.

— Je ne peux pas m'en empêcher, ça me démange.

— Je trouve que cette robe te va très bien, déclara Georgiana.

— Merci, dit Billie, déconcertée. J'ai des doutes sur le devant...

Elle baissa les yeux. Le corsage croisait sur sa poitrine, un peu comme un châle. Elle n'avait jamais rien porté de semblable, même si sa mère prétendait que la mode en avait été lancée quelques années auparavant.

Le décolleté n'était-il pas un peu trop profond ? Elle posa la main sur l'épingle qui maintenait le drapé du tissu, près de sa taille. Peut-être pouvait-elle l'ajuster avec un peu...

— Arrête, lui intima sa mère entre ses dents.

Billie soupira. Et enfin, la voiture s'immobilisa. Felix descendit le premier, puis il tendit la main à sa femme. Mary Maynard (née Rokesby) portait une veste de voyage en chintz, avec un châle assorti, dont Billie elle-même devina qu'ils étaient à la pointe de la mode. Sa toilette lui allait à la perfection. Mary paraissait heureuse et enjouée, depuis ses boucles châtain clair jusqu'à l'extrémité de ses pieds élégamment chaussés.

— Mary ! s'exclama lady Bridgerton en s'avançant vers elle, les bras ouverts. Tu es épanouie !

Georgiana décocha un coup de coude à Billie.

— Est-ce que ça veut dire ce que je crois que ça veut dire ?

Billie répondit par la grimace en coin accompagnée du haussement d'épaules qui signifiait : « Je n'en ai pas la moindre idée. » Mary était-elle enceinte ? Le cas échéant, pourquoi diantre sa mère était-elle au courant avant elle ?

Georgiana s'inclina légèrement pour chuchoter, presque sans remuer les lèvres :

— Elle n'a pas l'air...

— Si elle l'est, la coupa Billie, ça ne peut pas être très avancé.

— Billie ! s'exclama Mary en se ruant vers elle pour la prendre dans ses bras.

Billie se pencha à l'oreille de son amie.

— As-tu quelque chose à me dire ?

Mary ne fit même pas mine de ne pas comprendre.

— Je ne sais pas comment ta mère est au courant.

— En as-tu informé la tienne ?

— Oui.

— Eh bien, tu as ta réponse.

Mary éclata de rire, et ses yeux – du bleu Rokesby – se plissèrent exactement comme ceux de George lorsqu'il…

Billie battit des paupières. Que diable lui arrivait-il ? Depuis quand George avait-il le droit de s'insinuer dans ses pensées ? Tous deux s'entendaient peut-être mieux que par le passé, mais ce n'était pas une raison pour qu'il soit le bienvenu à cet instant.

C'était à Mary qu'elle parlait, bon sang ! Ou, plutôt, Mary était en train de lui parler.

— C'est tellement bon de te voir.

Quand Mary lui prit les mains, ses yeux la picotèrent. Si elle savait que son amie lui manquait, elle ne s'était pas rendu compte à quel point avant cet instant.

— Je suis d'accord, acquiesça-t-elle.

Ce ne fut qu'au prix d'un effort qu'elle parvint à éviter que l'émotion n'étrangle sa voix. Elle préférait s'abstenir de se transformer en fontaine au pied du perron.

Elle préférait s'abstenir de se transformer en fontaine *tout court*. Seigneur, sa mère ferait sûrement quérir le médecin avant même que la première larme n'ait atteint son menton ! Billie Bridgerton n'était pas, mais alors pas du tout, une pleurnicheuse.

Parce que, sincèrement, à quoi cela servait-il de pleurer ?

Elle déglutit et parvint à recouvrer suffisamment de sang-froid pour sourire à Mary.

— Les lettres, ce n'est pas la même chose, reprit-elle.

Mary leva les yeux au ciel.

— Surtout avec toi comme correspondante.

— Quoi ? s'exclama Billie, stupéfaite. Je suis une brillante épistolière.

— Quand tu écris, s'écria Mary.

— Je t'ai envoyé une lettre toutes les deux...

— Toutes les trois.

— ... toutes les trois semaines, termina Billie avec, dans la voix, suffisamment d'indignation pour masquer le fait qu'elle avait changé la fin de l'histoire. Sans faillir.

— Tu devrais vraiment venir nous rendre visite, déclara son amie.

— Tu sais bien que je ne peux pas.

Cela faisait un an que Mary l'invitait, mais il était difficile pour Billie de s'absenter. Il y avait toujours quelque chose à faire sur le domaine. En outre, n'était-il pas plus logique que Mary vienne dans le Kent, où elle connaissait déjà tout le monde ?

— Tu peux, insista Mary. C'est juste que tu ne veux pas.

— Peut-être cet hiver, concéda Billie. Lorsqu'il n'y aura plus autant à faire dans les champs. Je serais bien venue l'hiver dernier, se défendit-elle comme Mary haussait un sourcil dubitatif, mais c'était un peu inutile. Tu avais déjà décidé de rentrer à la maison pour Noël.

Sans paraître le moins du monde convaincue, Mary pressa une dernière fois la main de Billie, puis elle se tourna vers Georgiana.

— Sapristi, je crois que tu as grandi de trois pouces depuis la dernière fois que je t'ai vue !

— Ce n'est guère possible, répliqua Georgiana avec un sourire. Tu étais ici en décembre.

— Je pense que tu seras plus grande que Billie, continua Mary en regardant alternativement les deux sœurs.

— Arrête de dire cela, protesta Billie.

— C'est pourtant la vérité, rétorqua Mary avec un grand sourire. Nous serons toutes plus grandes que toi.

Elle se tourna vers son mari, qui présentait les frères Berbrooke à lord et à lady Bridgerton.

— Chéri, tu ne trouves pas que Georgiana a énormément grandi depuis que nous l'avons vue ?

Billie réprima un sourire quand Felix afficha brièvement une incompréhension totale, avant d'arborer une expression à la fois indulgente et affectueuse.

— Je n'en ai pas la moindre idée, avoua-t-il. Mais si tu le dis, ce doit être vrai.

— Je déteste quand il fait cela, confia Mary à Billie qui, cette fois, ne prit pas la peine de dissimuler son sourire.

— Bonjour, Billie, dit Felix en s'avançant vers les jeunes filles. Bonjour, Georgiana. Je suis très heureux de vous revoir, toutes les deux.

Billie le salua d'une courte révérence.

— Permettez-moi de vous présenter M. Niall Berbrooke et M. Edward Berbrooke, poursuivit Felix avec un geste en direction des deux jeunes gens bruns qui se tenaient à ses côtés. Ils vivent à quelques lieues de chez nous, dans le Sussex. Niall, Ned, voici Mlle Sybilla Bridgerton, amie d'enfance de Mary, et Mlle Georgiana Bridgerton.

— Mademoiselle Bridgerton, dit l'un des Berbrooke en s'inclinant sur sa main. Mademoiselle Georgiana.

Le second Berbrooke imita son frère puis, s'étant redressé, il leur adressa un sourire enthousiaste. Billie songea à un chiot, toujours joyeux et plein de bonne volonté.

— Mes parents sont-ils arrivés ? s'enquit Mary.

— Pas encore, répondit lady Bridgerton. Nous les attendons juste avant le dîner. Ta mère préférait s'habiller chez elle.

— Et mes frères ?

— Ils viennent avec tes parents.

— C'est logique, je suppose, dit Mary avec une pointe de dépit. Mais on aurait pu penser qu'Andrew serait venu plus tôt pour nous saluer. Je ne l'ai pas vu depuis une éternité.

— Il ne monte pas beaucoup à cheval en ce moment, dit Billie avec désinvolture. Son bras, tu comprends.

— Ça doit le rendre fou.

— Ça aurait pu, sans doute, s'il n'était pas aussi habile à tirer tout le parti possible de sa blessure.

En riant, Mary glissa son bras sous celui de Billie.

— Entrons, nous avons plein de choses à nous dire. Oh, tu boites ?

— Un accident stupide. Je suis presque guérie.

— Ma foi, tu dois avoir des quantités de choses à me raconter.

— En vérité, non, répliqua Billie alors qu'elles montaient les marches du perron. Rien n'a changé ici. Ou quasiment.

Mary lui jeta un coup d'œil empreint de curiosité.

— Rien ?

— À part le retour d'Andrew, tout est pareil.

Billie haussa les épaules. Devait-elle être déçue par cette permanence ? Certes, elle avait passé

168

davantage de temps avec George, mais cela pouvait difficilement être vu comme un événement.

— Ta mère n'essaie pas de te marier avec le nouveau pasteur ? la taquina Mary.

— Nous n'avons pas de nouveau pasteur, et je crois qu'elle essaie de me marier au frère de Felix. Ou alors, à l'un des Berbrooke.

— Henry est quasiment fiancé, déclara Mary avec autorité. Et, crois-moi, tu ne voudrais pas épouser l'un des Berbrooke.

Billie lui lança un regard de biais.

— Raconte.

— Arrête, la tança Mary. Ce n'est rien de salace. Ni même d'intéressant. Ils sont adorables, tous les deux, mais ennuyeux comme la pluie.

— Allons dans ma chambre, proposa Billie en entraînant son amie vers le grand escalier. Et, tu sais, ajouta-t-elle pour le simple plaisir de se montrer contrariante, la pluie peut être une bénédiction.

— Mais pas les Berbrooke.

— Pourquoi as-tu proposé de les amener, dans ce cas ?

— Ta mère m'a suppliée. Elle m'a envoyé une lettre de trois pages.

— Ma mère ? s'exclama Billie.

— Oui. Avec un paragraphe ajouté de la main de la mienne.

Billie fit la grimace. Il était difficile d'opposer une quelconque résistance à l'alliance des dames Rokesby et Bridgerton.

— Il lui fallait davantage d'hommes pour sa réception, continua Mary. À mon avis, elle n'avait pas prévu que la duchesse de Westborough viendrait avec ses filles et sa nièce. Quoi qu'il en soit, Niall et Ned sont très faciles à vivre. Ils feront d'excellents maris... mais pas pour toi, conclut-elle avec un regard entendu.

Billie jugea inutile de se sentir vexée. Elle demanda néanmoins :

— Tu ne me vois pas épouser quelqu'un de facile à vivre ?

— Je ne te vois pas épouser quelqu'un qui sait à peine lire son nom.

— Oh, tu exagères !

— Soit. J'exagère. Mais c'est important...

Mary s'arrêta sur le palier du premier étage, obligeant Billie à en faire autant.

— Tu sais que je te connais mieux que quiconque, lui dit-elle d'un air sérieux.

Mary aimait donner des conseils. D'une manière générale, Billie n'aimait pas en recevoir. Mais cela faisait si longtemps qu'elle n'avait pas bénéficié de la compagnie de sa meilleure amie qu'elle était prête, pour une fois, à se montrer patiente. Placide, même.

— Billie, écoute-moi, reprit Mary d'un ton curieusement pressant. Tu ne peux pas traiter ton avenir avec cette désinvolture. Il faudra bien que tu finisses par choisir un mari, et tu deviendras folle si tu n'épouses pas un homme au moins aussi intelligent que toi.

— Cela présuppose que j'épouse quelqu'un.

Ou, s'abstint-elle d'ajouter, qu'elle ait effectivement un choix de maris potentiels.

— Ne dis pas une chose pareille ! Évidemment que tu te marieras. Il faut simplement que tu trouves l'homme qui te conviendra.

Billie leva les yeux au ciel. Mary avait depuis longtemps succombé à cette maladie qui affectait, semblait-il, tous les individus récemment mariés :

une espèce de fièvre à voir les autres connaître la félicité conjugale.

— Je finirai probablement par épouser Andrew, déclara Billie avec indifférence. Ou Edward.

Mary la dévisagea, les yeux ronds.

— Quoi ? demanda Billie au bout de quelques secondes.

— Si tu peux le dire ainsi, répliqua Mary, le dire comme s'il t'importait peu de retrouver l'un ou l'autre devant l'autel, il est impossible que tu épouses l'un d'eux.

— Peu m'importe, en effet. Je les aime tous les deux.

— Comme des *frères*, Billie ! Bonté divine, si tu vois les choses ainsi, tu pourrais aussi bien épouser George.

Billie se figea. Elle, épouser George ? C'était grotesque.

— Enfin, Mary, protesta-t-elle. Franchement, je n'ai même pas envie de plaisanter à ce sujet.

— Tu viens de dire qu'un frère Rokesby serait aussi bien qu'un autre.

— Non, c'est toi qui l'as dit. Moi, j'ai parlé d'Edward ou d'Andrew.

Elle ne comprenait pas pourquoi Mary paraissait aussi bouleversée. Un mariage avec l'un ou l'autre de ses frères aurait les mêmes conséquences : Billie deviendrait une Rokesby, et Mary et elle seraient quasiment sœurs. Personnellement, elle trouvait cette perspective plutôt réjouissante.

— Tu n'es vraiment pas romantique, gémit Mary.

— Je ne vois pas forcément cela comme un défaut.

— Cela ne m'étonne pas de toi, grommela Mary.

C'était une critique, pourtant Billie se contenta de rire.

— Certains d'entre nous doivent considérer le monde avec raison et bon sens.

— Mais pas au prix de ton bonheur.

Billie demeura un long moment silencieuse. La tête inclinée de côté, les yeux étrécis, elle scruta Mary pensivement. Celle-ci voulait pour elle ce qu'il y avait de meilleur. Cela, Billie le comprenait. Mais Mary ignorait tant de choses...

— Qui es-tu pour décider de ce qui fera le bonheur d'une autre personne ? finit-elle par lui demander.

Elle avait veillé à s'exprimer avec douceur, et avec des mots dénués d'agressivité. Elle ne voulait pas que Mary se sente attaquée. Elle voulait juste qu'elle réfléchisse, qu'elle prenne un instant pour essayer de comprendre qu'en dépit de leur profonde amitié elles étaient fondamentalement différentes l'une de l'autre.

Mary eut néanmoins l'air atterré.

— Je ne voulais pas...

— Je sais, assura Billie.

Mary avait toujours rêvé d'amour et de mariage. Elle avait soupiré après Felix dès leur première rencontre – elle avait alors douze ans ! À cet âge-là, Billie ne s'intéressait à rien d'autre qu'à la portée de chiots dans la grange et à sa capacité à grimper dans le vieux chêne plus vite qu'Andrew.

Pour dire la vérité, ce dernier point la préoccupait toujours. Quel coup dur ce serait s'il parvenait à atteindre la plus haute branche avant elle ! Cela dit, avec son bras – à lui – et sa cheville – à elle –, ils ne risquaient pas de se mesurer de sitôt. Il n'empêche que ces choses-là étaient importantes.

Mais certainement pas aux yeux de Mary.

— Je suis désolée, murmura cette dernière avec un sourire un peu forcé. Je n'aurais pas dû aborder un sujet aussi grave à peine arrivée.

Cela signifiait-il qu'elle avait l'intention de le faire plus tard ? Billie faillit lui poser la question. Mais s'en abstint.

Quelle retenue. Quand lui était venue une telle maturité ?

— Pourquoi souris-tu ? lui demanda Mary.

— Moi ? Je ne souris pas.

— Oh que si !

Et comme Mary était sa meilleure amie, même lorsqu'elle essayait de lui expliquer comment vivre sa vie, Billie s'esclaffa et lui reprit le bras.

— Je me félicitais moi-même de ne pas t'avoir envoyée promener.

— Quelle retenue ! commenta Mary, faisant écho aux pensées de Billie.

— Je sais, avoua celle-ci. Cela me ressemble si peu. Nous allons dans ma chambre ? Ma cheville me fait mal.

— Bien sûr. Comment t'es-tu blessée ?

Un sourire ironique aux lèvres, Billie se remit en marche.

— Tu ne devineras jamais qui s'est porté à mon secours…

# 12

Ce soir-là, lors du dîner, George comprit très vite que l'un des côtés de la table était celui où l'on s'amusait.

Et que ce n'était pas le côté où il était assis.

À sa gauche se tenait lady Frederica Fortescue-Endicott, qui ne cessait de parler de son fiancé tout neuf, le comte de Northwick. À sa droite se trouvait la sœur cadette de lady Frederica, lady Alexandra.

Qui ne cessait, elle aussi, de parler du comte de Northwick.

George ne savait trop que penser de cela. Pour le salut de lady Alexandra, il espérait que Northwick avait un frère.

Billie était assise juste en face de lui, mais il ne la voyait quasiment pas en raison du surtout de table orné d'une imposante pyramide de fruits. En revanche, il entendait son rire, chaleureux et joyeux, inévitablement suivi de celui d'Andrew, puis d'un bon mot stupide proféré par le ridiculement beau sir Reginald McVie.

Sir *Reggie*, comme il avait demandé à être appelé.

George abhorrait cet homme.

Ils n'avaient été présentés l'un à l'autre qu'une heure plus tôt, mais peu importait. Parfois, une heure suffisait amplement. Une minute, même, dans le cas présent. Sir Reggie s'était approché de George et de Billie d'un pas nonchalant, alors que tous deux s'esclaffaient, et il leur avait décoché un sourire absolument aveuglant.

Franchement, comment pouvait-on avoir des dents aussi droites et aussi blanches ? C'était contre nature.

Après quoi, cet importun avait pris la main de Billie pour la baiser à la manière d'un aristocrate français, en proclamant qu'elle dépassait en beauté la mer, le sable, les étoiles et les cieux – et en français, s'il vous plaît !

C'était d'un ridicule achevé, et George s'était attendu que Billie éclate de rire. Mais non, elle avait rougi.

*Elle avait rougi !*

Puis elle avait battu des cils, ce qui était certainement la réaction le moins Billie Bridgertonnienne dont il ait jamais été témoin.

Tout cela à cause d'un alignement de dents monstrueusement régulières. Et alors qu'elle ne parlait même pas français !

Évidemment, ce rustre et elle avaient été placés côte à côte à la table du dîner. Lady Bridgerton avait un œil d'aigle dès qu'il s'agissait des perspectives maritales de sa fille aînée. George n'en doutait pas : elle avait remarqué que sir Reggie flirtait avec Billie dans les secondes qui avaient suivi son premier sourire plus blanc que blanc.

Avec Andrew assis à sa gauche, plus rien n'arrêtait Billie. Son rire carillonnait telle une cloche d'église tandis que, de son côté de la table, on mangeait, on buvait et on s'amusait.

Du côté de George, on continuait à louer les nombreuses, sans doute innombrables, voire incommensurables vertus du comte de Northwick.

Au moment où les valets retiraient les assiettes à potage, George envisageait de proposer l'homme à la canonisation. À entendre les demoiselles Frederica et Alexandra, rien de moins ne pourrait lui rendre justice.

Les deux femmes étaient en train de le régaler d'une histoire stupide, impliquant Northwick et une ombrelle qu'il avait tenue pour elles un jour particulièrement pluvieux. Au moment où George s'apprêtait à faire remarquer que cela paraissait faire beaucoup de monde pour une seule ombrelle, un nouvel éclat de rire résonna de l'autre côté de la table.

Il lança un regard furieux dans cette direction, bien que Billie ne pût le voir. Même s'il n'y avait pas eu ce maudit échafaudage de fruits entre eux, elle ne l'aurait pas vu. Elle était bien trop occupée à incarner l'âme de la soirée. Elle brillait, elle pétillait, elle étincelait !

Dire qu'il avait proposé de faire attention à elle...

Elle se débrouillait fort bien toute seule.

— De quoi parlent-ils, à votre avis ? demanda lady Alexandra après une cascade de rires particulièrement bruyants.

— De dents, marmonna George.

— Qu'avez-vous dit ?

Il se tourna vers elle avec un sourire neutre.

— Je n'en ai pas la moindre idée.

— Ils semblent beaucoup s'amuser, fit remarquer lady Frederica avec un froncement de sourcils pensif.

George haussa les épaules.

— Northie est un causeur tellement brillant, continua-t-elle.

— Vraiment ? murmura George en piquant rageusement sa fourchette dans un morceau de bœuf rôti.

— Oh, oui ! Mais vous le connaissez sûrement.

George hocha distraitement la tête. Lord Northwick avait quelques années de plus que lui, mais leurs chemins s'étaient croisés à la fois à Eton et à Cambridge. Il ne gardait guère de souvenirs de l'homme, hormis qu'il avait une crinière d'un blond ardent.

— Dans ce cas, reprit lady Frederica avec un sourire d'adoration, vous savez à quel point il est drôle.

— Très drôle, assura George.

Lady Alexandra se pencha vers eux.

— Êtes-vous en train de parler de lord Northwick ?

— Euh… oui, acquiesça George.

— On peut compter sur lui pour animer les réceptions, déclara lady Alexandra. Je me demande pourquoi vous ne l'avez pas invité.

— Ce n'est pas moi qui ai établi la liste des invités, lui rappela George.

— Oui, bien sûr. J'oublie que vous n'êtes pas un membre de la famille. Vous semblez tellement à l'aise à Aubrey Hall.

— Les Bridgerton et les Rokesby sont voisins et amis depuis fort longtemps, répondit-il.

Lady Frederica s'inclina à son tour pour participer à la conversation.

— Mlle Sybilla est quasiment sa sœur, confia-t-elle à lady Alexandra.

Billie, sa sœur ? George se renfrogna. C'était très loin de la réalité.

— Je ne dirais pas... commença-t-il.

Mais lady Alexandra enchaînait déjà :

— C'est ce que disait lady Mary cet après-midi. Elle a raconté des anecdotes très divertissantes. Vraiment, j'adore votre sœur.

Ayant la bouche pleine, George se contenta d'incliner la tête, dans l'espoir qu'elle considérerait cela comme un remerciement.

— Lady Mary disait que lorsque vous étiez enfants, vous formiez une bande de galopins qui battaient la campagne. Cela avait l'air terriblement excitant.

— J'étais un peu plus âgé, expliqua-t-il. Je me mêlais rarement aux...

— ... et alors, il a décampé ! s'esclaffa Andrew de l'autre côté de la table, suffisamment fort pour mettre un terme – bienvenu – à la conversation de George avec les deux demoiselles Fortescue-Endicott.

Lady Frederica essaya de distinguer les rieurs derrière la pyramide de fruits.

— De quoi parlent-ils, à votre avis ? demanda-t-elle à son tour.

— De lord Northwick, assura George.

— Vraiment ?

— Vraiment, mentit George. Mon frère admire beaucoup lord Northwick.

La jeune femme se pencha de nouveau pour attirer l'attention de sa sœur.

— Frederica, tu entends cela ? Lord Kennard dit que son frère admire lord Northwick.

Lady Frederica s'empourpra joliment.

George aurait volontiers enfoncé son visage dans son assiette de pommes de terre.

— ... félin ingrat ! fit la voix de Billie.

De nouveaux rires fusèrent, suivis de :

— J'étais furieuse !

George soupira. Il n'avait jamais pensé regretter un jour la compagnie de Billie Bridgerton, mais elle avait un sourire éclatant, un rire contagieux, et il était certain que s'il devait supporter d'être assis un instant de plus entre lady Frederica et lady Alexandra, son cerveau liquéfié commencerait à s'écouler par ses oreilles.

Peut-être que Billie perçut son soupir. Toujours est-il qu'elle se déplaça légèrement sur le côté.

— Nous parlons du chat, lui dit-elle.

— Oui, c'est ce que j'ai cru deviner.

Face au sourire qu'elle lui adressa, plutôt aimable et encourageant, il se sentit découragé. Et désagréable.

— Vous savez à quoi elle fait allusion ? s'enquit lady Alexandra. Je crois qu'elle a parlé d'un chat.

— Northie adore les chats, déclara lady Frederica.

— Personnellement, je ne peux pas les souffrir, riposta George avec une affabilité extrême.

Cette affirmation n'était pas précisément exacte, mais il ne pouvait nier le plaisir qu'il éprouvait à se montrer contrariant.

Lady Frederica écarquilla les yeux de surprise.

— Tout le monde aime les chats.

— Pas moi !

Les deux sœurs Fortescue-Endicott fixèrent sur lui un regard choqué. Le ton qu'il avait employé était empreint d'une telle jubilation qu'il ne pouvait certes les blâmer. Toutefois, vu qu'il commençait enfin à s'amuser, il décida de ne pas s'en soucier.

— Je préfère les chiens.

— Oui, bien sûr, tout le monde aime les chiens, acquiesça lady Frederica, après une hésitation.

— Et les blaireaux, ajouta George avec entrain.

— Les blaireaux, répéta-t-elle.

— Les taupes, aussi.

Il sourit jusqu'aux oreilles. Les jeunes filles avaient l'air fort mal à l'aise à présent. George se félicita *in petto*. Beau travail ! Encore quelques minutes, et elles le jugeraient fou à lier.

Finalement, il ne se rappelait pas s'être autant amusé à un dîner officiel.

Il jeta un coup d'œil vers Billie, pris d'une envie soudaine de lui raconter cette conversation. C'était exactement le genre de récit qu'elle trouverait amusant, et ils riraient ensemble de bon cœur.

Mais Billie n'avait d'yeux que pour sir Reginald, lequel la couvait du regard que l'on réserve à une créature rare.

Ce qu'elle était, bien sûr. Simplement, elle n'était pas *sa* créature rare.

George se retint pour ne pas bondir par-dessus la table afin de bousculer un peu l'alignement trop parfait des dents de sir Reggie.

Pour l'amour du ciel, comment pouvait-on être affligé d'une denture pareille ? Les parents de cet homme avaient de toute évidence vendu leur âme au diable !

— Lord Kennard, avez-vous l'intention d'assister au concours de tir à l'arc féminin, demain ? s'enquit alors lady Alexandra.

— J'ignorais qu'un tournoi était organisé, avoua-t-il.

— Mais si. Frederica et moi avons l'intention d'y prendre part. Nous nous sommes énormément entraînées.

— Avec lord Northwick ? ne put-il s'empêcher de demander.

— Bien sûr que non. Qu'est-ce qui vous fait croire cela ?

Il eut un haussement d'épaules impuissant. Bonté divine, combien de temps encore ce dîner allait-il s'éterniser ?

— J'espère sincèrement que vous y assisterez, déclara lady Alexandra en posant la main sur son bras.

Il baissa les yeux sur cette main. Elle paraissait absolument incongrue et déplacée sur sa manche. La jeune fille dut toutefois interpréter différemment son regard, car il crut sentir une pression de ses doigts. Qu'était-il donc arrivé à lord Northwick ? George pria pour ne pas avoir remplacé le comte dans les pensées de lady Alexandra.

Il aurait voulu libérer son bras, mais sa maudite éducation l'en empêcha. Ce fut donc avec un sourire forcé qu'il répondit :

— Je me ferai un plaisir d'assister au concours.

— Lord Northwick est toujours enchanté de voir du tir à l'arc, lui confia lady Frederica avec un immense sourire.

— Le contraire m'eût étonné, marmonna George.

— Vous avez dit quelque chose ? voulut savoir lady Alexandra.

— Simplement que Mlle Bridgerton est une archère accomplie.

C'était la vérité, même si ce n'était pas ce qu'il avait dit.

Il reporta les yeux sur Billie dans l'intention de lui faire un signe de tête. Et s'aperçut alors qu'elle l'observait avec une expression féroce.

Quand il s'inclina vers la droite pour mieux la voir, elle pinça les lèvres.

Il lui adressa un regard interrogateur. Elle leva les yeux au ciel, puis se tourna vers sir Reginald.

George en fut déconcerté. Que diable cela signifiait-il ?

Et sincèrement, pourquoi s'en souciait-il ?

Billie passait un excellent moment. Au point qu'elle avait du mal à comprendre pourquoi la perspective de ce dîner l'avait rendue aussi nerveuse. Andrew était, comme toujours, un compagnon amusant, et sir Reggie était sympathique et séduisant. Il l'avait mise à l'aise, même lorsqu'il avait parlé en français au moment des présentations.

Elle n'avait pas compris un traître mot mais, supposant qu'il s'agissait d'un compliment, elle avait incliné la tête avec un sourire. Elle avait même battu des paupières à plusieurs reprises, comme elle avait vu d'autres femmes le faire lorsqu'elles voulaient se montrer particulièrement féminines.

Personne ne pourrait lui reprocher de ne pas faire de son mieux.

La seule ombre au tableau, c'était George. Ou plutôt, la situation difficile dans laquelle il se trouvait. Elle était sincèrement désolée pour lui.

Lorsque Billie l'avait accueillie à son arrivée, lady Alexandra lui avait semblé être une jeune femme très avenante. Toutefois, dès qu'elle était entrée dans le salon, où les invités se rassemblaient pour boire un verre avant le dîner, la petite rouée s'était accrochée à George comme une bernache.

Billie était consternée. Certes, George Rokesby était riche, beau et héritier d'un comté. Mais cette effrontée devait-elle le proclamer aussi impudemment ?

Pauvre George ! Était-ce ce qu'il subissait chaque fois qu'il se rendait à Londres ? Peut-être aurait-elle dû éprouver davantage de compassion pour lui. Elle aurait au moins pu penser à se faufiler dans la salle à manger, avant qu'elle ne soit investie par les invités, afin de prendre connaissance du plan de table. Elle aurait ainsi épargné à George une soirée entière au côté de lady Alexandra Fortescue-Endicott.

Cette fille paraissait dotée de quatre mains, vu la manière dont elle s'agrippait à George dans le salon.

Durant le dîner, ce fut même pire. Si le monstrueux surtout de table lui cachait quasiment George, Billie voyait très bien lady Alexandra. Et, il fallait bien le dire, cette demoiselle exhibait une poitrine d'une proéminence inconcevable.

Billie n'aurait pas été surprise d'apprendre qu'elle cachait dans son décolleté une chatte et ses petits.

Quelle ne fut pas sa stupéfaction lorsqu'elle la vit poser la main sur l'avant-bras de George. Comme si celui-ci lui appartenait ! Même Billie n'aurait pas osé un geste aussi familier en plein dîner. Elle se pencha sur le côté pour tenter de voir le visage de George, à qui cette attitude devait déplaire au plus haut point.

— Billie, ça va ?

Elle tourna la tête. Andrew la regardait avec une expression qui oscillait entre le soupçon et l'inquiétude.

— Très bien, répliqua-t-elle. Pourquoi ?

— Tu es à deux doigts de tomber sur mes genoux.

Billie se redressa vivement.

— Ne dis pas d'absurdité.

— Sir Reginald aurait-il lâché un vent ? murmura Andrew.

— Andrew !

— C'était soit ça, dit-il avec un sourire provo-cateur, soit un brusque penchant – c'est le cas de le dire – pour moi. Je t'aime, Billie, je t'assure, ajouta-t-il lorsqu'elle le foudroya du regard, mais pas de cette manière.

Le misérable ! Cela dit, Andrew avait toujours été un misérable. Et elle non plus ne l'aimait pas de cette manière.

Mais quel besoin avait-il de le souligner de façon aussi mesquine ?

— Que penses-tu de lady Alexandra ? chuchota-t-elle.

— Laquelle est-ce ?

— Celle qui rampe sur ton frère, répondit-elle avec impatience.

— Ah, celle-là ? répliqua-t-il comme s'il se rete-nait de rire.

— Il a l'air très gêné, insista Billie.

La tête inclinée, Andrew observa son frère. Contrairement à Billie, aucun obstacle fruitier ne l'en empêchait.

— Je ne sais pas... Ça ne semble pas l'ennuyer.

— Tu es aveugle ? siffla Billie.

— Pas que je sache.

— Il... Oh, peu importe ! Vraiment, tu ne sers à rien.

Billie se pencha de nouveau, cette fois vers sir Reggie. Comme il s'entretenait avec sa voisine de gauche, elle espéra qu'il ne s'en apercevrait pas.

La main de lady Alexandra était toujours sur le bras de George !

Billie pinça les lèvres. À cheval sur les conve-nances comme il l'était, George n'était certainement pas heureux de cette situation. Sauf que, lorsque

Billie regarda son visage, il était en train de dire quelque chose à lady Alexandra – quelque chose de tout à fait plaisant et poli – et il ne paraissait absolument pas embarrassé.

Elle en fulmina.

Il avait dû sentir qu'elle le regardait car, à cet instant, il se pencha juste assez pour croiser son regard. Et haussa les sourcils.

Billie leva les yeux au ciel, puis se tourna de nouveau vers sir Reggie, qui continuait de parler avec la nièce de la duchesse.

Elle attendit un moment. Comme il semblait peu pressé de reporter son attention sur elle, elle saisit son couteau et sa fourchette et entreprit de découper sa viande en morceaux de plus en plus minuscules.

Peut-être que lady Alexandra plaisait à George. Peut-être qu'il allait la courtiser, qu'ils se marie-raient et qu'ils auraient une ribambelle de petits Rokesby aux yeux bleus et aux joues rebondies.

Si c'était ce que George désirait, alors soit.

Mais pourquoi cela semblait-il tellement déplacé ? Et pourquoi cette simple pensée était-elle à ce point douloureuse ?

# 13

À 1 heure de l'après-midi, le lendemain, George se souvint pourquoi il n'aimait pas les parties de campagne. Ou plutôt, il se souvint qu'il ne les aimait pas.

Mais peut-être était-ce cette réception-*là* qu'il n'aimait pas. Entre les filles Fortescue-Endicott entichées de Northwick, lord Reggie et son sourire aveuglant, et Ned Berbrooke qui avait accidentellement aspergé ses bottes de porto la veille au soir, il n'aspirait qu'à regagner Crake House. En rampant s'il le fallait.

Ce n'était qu'à une lieue d'ici. Il pouvait le faire.

Il n'avait pas assisté au déjeuner – la seule façon d'éviter lady Alexandra, laquelle avait apparemment décidé qu'à défaut de Northwick il était celui qui s'en approchait le plus. En conséquence, il était de très mauvaise humeur. Non seulement il avait faim, mais il était fatigué. Deux états de fait capables de réduire un homme adulte à l'état de gamin pleurnicheur.

Son sommeil, lors de la nuit précédente, avait été… insatisfaisant.

Oui, cela semblait être le terme le plus approprié.

Les Bridgerton avaient logé tous les Rokesby dans l'aile familiale. Assis dans un fauteuil confortable, au coin de la cheminée, George avait écouté les bruits ordinaires, familiers, d'une maisonnée se préparant pour la nuit – les femmes de chambre allant et venant, les portes qui s'ouvraient et se refermaient...

Il n'aurait pas dû y prêter attention. Après tout, on entendait les mêmes bruits à Crake House. Pourtant, ici, il avait eu l'impression de s'immiscer dans l'intimité des habitants d'Aubrey Hall, presque comme s'il avait écouté aux portes.

Son imagination s'emballait au moindre bruit feutré qui lui parvenait. Il savait qu'il ne pouvait pas entendre Billie circuler dans sa chambre car celle-ci se trouvait trois portes plus loin, de l'autre côté du palier. Il avait toutefois l'impression du contraire. Dans le silence de la nuit, il crut percevoir le frôlement léger de ses pieds sur le tapis, puis son souffle lorsqu'elle éteignit les bougies. Et lorsqu'elle se glissa dans son lit, il fut persuadé d'entendre le froissement de ses draps.

Elle avait dit qu'elle s'endormait immédiatement. Et ensuite ? Était-elle une dormeuse agitée ? Repoussait-elle les couvertures avec ses pieds ?

Ou reposait-elle paisiblement, allongée sur le côté, la main sous la joue ?

Il aurait parié qu'elle était du genre à se tortiller. C'était Billie, après tout. Elle avait passé son enfance à remuer sans cesse, pourquoi serait-ce différent dans son sommeil ? Et si elle partageait son lit avec quelqu'un...

Ce ne fut pas un cognac qu'il but avant de se coucher, mais trois. Quand il finit par poser la tête sur l'oreiller, il ne s'endormit qu'au bout de plusieurs heures. Et alors, il rêva d'elle.

Ce rêve... Oh, ce rêve !

À ce simple souvenir, George frissonna. S'il avait un jour considéré Billie comme une sœur, ce n'était certainement plus le cas.

Le rêve avait commencé dans la bibliothèque, qu'éclairait un simple rayon de lune. Il ne savait pas ce que Billie portait – sinon que cela ne ressemblait à rien de ce qu'il lui connaissait. C'était sans doute une chemise de nuit... blanche et diaphane. Une légère brise la plaquait sur son corps et en révélait les courbes parfaites, modelées pour ses mains.

Certes, rien ne justifiait qu'il y eût de la brise dans la bibliothèque. Mais c'était son rêve. Et puis, cela n'eut plus guère d'importance car, quand il la prit par la main pour l'attirer contre lui, ils se retrouvèrent soudain dans sa chambre. Non pas celle qu'il occupait actuellement à Aubrey Hall, mais sa chambre à lui, à Crake House, avec son vaste lit d'acajou qui offrait suffisamment d'espace pour toutes sortes d'ébats.

Billie ne prononça pas un mot. Ce qui, reconnaissait-il, ne lui ressemblait pas. Cela dit, c'était un rêve. Le sourire dont elle le gratifia fut néanmoins du pur Billie, spontané et lumineux. Et quand il l'allongea sur le matelas et que son regard croisa le sien, ce fut comme si elle était née pour cet instant.

Comme si *lui* était né pour cet instant.

Il écarta sa chemise de nuit et elle s'arqua sous lui, ses seins admirables comme offerts.

C'était de la folie. George n'aurait pas dû savoir à quoi ressemblaient ses seins. Il n'aurait même pas dû être capable de les imaginer.

Pourtant, dans son rêve, il leur prodigua toutes les caresses possibles. Il les prit en coupe, en éprouva la rondeur, les rapprocha jusqu'à former ce vallon d'une féminité grisante. Puis il se pencha et referma les lèvres sur l'une des pointes, qu'il taquina et suça jusqu'à ce que Billie gémisse de plaisir.

Mais il ne s'arrêta pas là. Après avoir glissé les mains jusqu'à son entrejambe, il lui écarta doucement les cuisses. Ses pouces, en les caressant, se rapprochèrent de l'irrésistible fente, dont il finit par percevoir la chaleur moite. Il sut alors que leur union était inévitable. Billie allait être à lui, et ce serait magnifique. Comme par magie, les vêtements de George disparurent, il se positionna à l'orée de sa féminité...

Et il se réveilla.

Bon sang de bois ! Il se réveilla !

La vie était d'une injustice spectaculaire.

Ce matin avait lieu le concours de tir à l'arc des dames, et si George considéra le spectacle avec un peu d'ironie, il jugea qu'il était pardonnable. Sous ses yeux, Billie brandissait une chose raide et pointue, alors que lui-même était encore affecté d'une chose raide et pointue. Il fallait néanmoins le reconnaître : Billie seule se divertissait.

Une heure s'écoula – au cours de laquelle George entretint les pensées les plus refroidissantes – avant qu'il ne soit en état de quitter le fauteuil qu'il occupait en bordure du champ. Tous les autres hommes s'étaient levés à un moment ou un autre pour inspecter les cibles, mais George était resté assis, les jambes prudemment croisées. Il avait souri, il avait ri, et il avait prétendu profiter du soleil. Ce qui était d'autant plus ridicule que le seul bout de ciel bleu était grand comme son ongle.

Désireux de se retrouver en sa seule compagnie un moment, il se rendit dans la bibliothèque aussitôt le concours terminé. Parmi les invités, il ne semblait pas y avoir de lecteurs assidus, aussi espérait-il jouir là d'un peu de paix et de silence.

Ce fut le cas pendant les dix minutes qui précédèrent l'irruption de Billie et d'Andrew – en pleine querelle, apparemment.

— George ! s'exclama Billie, avant de s'avancer vers lui en boitillant.

Elle paraissait délicieusement reposée. Évidemment, songea George avec irritation, elle n'avait pas de problème pour s'endormir, elle. Elle rêvait probablement de roses et d'arcs-en-ciel.

— Exactement la personne que j'espérais trouver, déclara-t-elle avec un sourire.

— De quoi le terrifier, lança Andrew.

C'était la vérité, hélas, mais pas pour les raisons que son frère supposait.

Billie jeta un regard noir à ce dernier.

— Arrête, dit-elle avant de revenir à George. Nous avons besoin de toi pour régler un différend.

— S'il porte sur celui qui grimpe le plus vite dans un arbre, c'est Billie, déclara George. S'il porte sur celui qui a le tir le plus précis, c'est Andrew.

— Il ne s'agit ni de l'un ni de l'autre, répliqua Billie, mais du jeu de Pall Mall.

— Dans ce cas, que Dieu nous vienne en aide, marmonna George, qui se leva et se dirigea vers la porte.

Il avait joué au Pall Mall avec son frère et Billie. C'était un jeu brutal, sanglant, où l'on s'affrontait avec des boules en bois et de lourds maillets, et où l'on risquait constamment une blessure grave à la tête. Une partie de Pall Mall ne figurait certainement pas dans les réjouissances que lady Bridgerton avait prévues pour ses invités.

— Andrew m'a accusée de tricher, lâcha Billie.

— Quand ? demanda George, sincèrement perplexe.

À sa connaissance, la matinée tout entière avait été consacrée au concours de tir à l'arc de ces dames. Que Billie avait du reste remporté, ce dont aucune personne portant le nom de Bridgerton ou de Rokesby n'avait été surprise.

— En avril dernier, répondit Billie.

— Et c'est maintenant que vous vous disputez ?

— C'est le principe de la chose, assura Andrew.

— Tu as triché ? demanda George à Billie.

— Bien sûr que non ! Je n'ai pas besoin de tricher pour battre Andrew. Edward peut-être, admit-elle avec un battement de paupières, mais pas Andrew.

— Cette remarque est déplacée, protesta ce dernier.

— Mais justifiée, riposta-t-elle.

— Je m'en vais, annonça George.

Si ni l'un ni l'autre ne lui prêtait attention, il lui semblait toutefois poli d'annoncer son départ. De surcroît, il doutait que rester dans la même pièce que Billie à cet instant fût une bonne idée. Les battements de son pouls s'accéléraient lentement, mais inexorablement, et il ne voulait pas être près d'elle lorsqu'ils s'emballeraient.

« Tu cours à ta perte si tu restes », l'avertit une petite voix intérieure. Heureusement, ses jambes n'offrirent aucune résistance, et il avait réussi à atteindre la porte lorsque Billie cria :

— Hé, ne t'en va pas ! C'est sur le point de devenir intéressant.

George se retourna avec un sourire contraint.

— Avec toi, c'est toujours sur le point de devenir intéressant.

— Tu le penses vraiment ? demanda-t-elle, l'air enchanté.

Andrew lui jeta un regard incrédule.

— Ce n'était pas un compliment, Billie.

Elle regarda George.

— Je n'ai aucune idée de ce que c'était, admit-il.

Billie se contenta de pouffer, puis elle désigna Andrew d'un signe de tête.

— Je le provoque en duel.

— Tu me provoques en duel ? répéta Andrew, alors que George restait interdit.

— Au maillet, à l'aube, déclara-t-elle avec panache. Ou cet après-midi, corrigea-t-elle après avoir haussé les épaules. Je préférerais éviter de me lever tôt, pas toi ?

Andrew haussa un sourcil.

— Tu provoquerais un manchot à une partie de Pall Mall ?

— Je te provoque... *toi*.

Il s'inclina vers elle, les yeux pétillants.

— Je te battrai quand même, tu sais.

— George ! cria Billie.

Enfer et damnation ! Il avait presque réussi à s'échapper.

— Oui ? murmura-t-il en repassant la tête dans l'entrebâillement de la porte.

— Nous avons besoin de toi.

— Faux. C'est d'une nourrice que tu as besoin. Tu peux à peine marcher.

— Je marche fort bien, rétorqua-t-elle, avant d'effectuer quelques pas en clopinant. Tu vois ? Je ne sens rien.

George se tourna vers Andrew, sans s'attendre que celui-ci fasse preuve d'une once de bon sens.

— J'ai le bras cassé, déclara-t-il, ce qui était sans doute censé servir d'excuse.

— Vous êtes idiots. Tous les deux.

— Des idiots qui ont besoin d'autres joueurs, déclara Billie. On ne peut pas jouer à deux.

Techniquement, c'était la vérité. Le Pall Mall se jouait normalement à six, même si, en cas de nécessité absolue, tout chiffre supérieur à trois faisait l'affaire. Mais George savait à quoi il s'exposait. Les autres joueurs ne servaient que de témoins aux manœuvres retorses et brutales d'Andrew et de Billie. Pour ces deux-là, il s'agissait moins de gagner que d'empêcher l'autre d'y parvenir. On ne demanderait rien d'autre à George que de faire rouler sa boule quand l'occasion se présenterait.

— Vous n'auriez toujours pas assez de joueurs, objecta-t-il.

— Georgiana ! appela Billie à pleins poumons.

— Georgiana ? répéta Andrew. Tu sais bien que ta mère ne la laisse pas jouer.

— Pour l'amour du ciel, elle n'a pas été malade depuis des années ! Il est temps que nous cessions de la couver.

Georgiana arriva en courant.

— Arrête de hurler, Billie ! Tu vas donner des palpitations à maman, et ensuite, c'est moi qui devrai m'occuper d'elle.

— Nous allons jouer au Pall Mall, lui annonça Billie.

— Oh, vous avez de la chance ! Je...

Georgiana s'interrompit brusquement, les yeux écarquillés.

— Attends... Moi aussi, je vais jouer ?

— Bien sûr, répondit Billie d'un ton presque dédaigneux. Tu es une Bridgerton.

Ce fut tout juste si Georgiana ne sauta pas sur place.

— C'est formidable ! Je peux prendre l'orange ? Non, le vert. Je voudrais avoir le vert.

— La couleur que tu veux, assura Andrew.

Georgiana se tourna vers George.

— Vous allez jouer aussi ?

— Je suppose que je n'ai pas le choix.

— Ne prends pas cet air résigné, dit Billie. Tu vas passer un excellent moment, et tu le sais.

— Il nous faut encore d'autres joueurs, fit remarquer Andrew.

— Peut-être sir Reggie ? suggéra Georgiana.

— Non ! décréta George.

Trois têtes se tournèrent brusquement vers lui. À la réflexion, peut-être s'était-il montré un peu péremptoire.

— Je n'ai pas l'impression que ce soit le genre d'homme à apprécier un jeu aussi rude et remuant, expliqua-t-il.

Il examina ses ongles, car il ne pouvait décemment regarder quiconque dans les yeux lorsqu'il ajouta :

— À cause de ses dents, vous comprenez.

— Ses dents ? répéta Billie.

George n'eut pas besoin de voir son visage pour deviner qu'elle le fixait comme s'il avait perdu l'esprit.

— Il a certes un très beau sourire, reprit-elle, apparemment prête à concéder ce point. Et il est vrai, aussi, que nous avons fait sauter une dent à Edward, cet été-là. Tu t'en souviens ? demanda-t-elle à Andrew. Il devait avoir six ans.

— Justement, insista George, même si, en vérité, il ne se rappelait pas l'incident.

Ce devait être une dent de lait. Pour autant qu'il le sache, sans être sir Reginald McVie, son frère avait un sourire intact.

— Nous ne pouvons pas demander à Mary, poursuivit Billie. Elle a passé la matinée courbée au-dessus d'un pot de chambre.

— Franchement, je me serais abstenu de ce détail, déclara Andrew.

— En outre, continua Billie sans relever, Felix ne lui permettrait pas de jouer.

— Dans ce cas, demande à Felix, suggéra George.

— Ce ne serait pas juste pour Mary.

Andrew leva les yeux au ciel.

— Qui s'en soucie ?

— Si elle ne peut pas jouer, rétorqua Billie en croisant les bras, il ne devrait pas jouer non plus.

— Lady Frederica s'est rendue au village avec sa mère et sa cousine, intervint Georgiana. Mais j'ai vu lady Alexandra dans le salon. Elle ne paraissait pas être spécialement occupée.

La perspective de passer l'après-midi à écouter chanter les louanges de lord Northwick n'enthousiasmait pas précisément George, toutefois, après avoir refusé sir Reginald avec véhémence, il lui était difficile de soulever une nouvelle objection.

— Lady Alexandra... C'est une bonne idée, déclara-t-il avec diplomatie. À condition qu'elle souhaite jouer, évidemment.

— Oh, elle jouera ! assura Billie.

Son ton lui valut un regard perplexe de sa sœur.

— Dis-lui que lord Kennard sera parmi les joueurs, ajouta-t-elle à l'adresse de celle-ci. Elle arrivera ventre à terre.

— Pour l'amour du ciel, Billie ! marmonna George.

Elle s'autorisa une espèce de ricanement entendu.

— Elle a discuté avec toi toute la soirée, non ?

— Elle était assise à côté de moi. Elle pouvait difficilement faire autrement.

— Ce n'est pas vrai. Elle avait pour autre voisin le frère de Felix. C'est un causeur tout à fait acceptable. Elle aurait pu parler avec lui d'un tas de choses.

Andrew s'interposa entre eux.

— Quand vous aurez fini de vous chicaner comme des amoureux jaloux, tous les deux, nous pourrons peut-être aller jouer ?

Foudroyé par deux paires d'yeux, Andrew eut l'air tout à fait content de lui.

— Tu es stupide, lui dit Billie avant de revenir à Georgiana. Je suppose qu'il faudra que ce soit lady Alexandra. Va la chercher, ainsi que tous ceux que tu pourras trouver. Un homme, si possible, afin que nous soyons en nombre égal.

Georgiana hocha la tête.

— Mais pas sir Reginald ?

— George se fait trop de souci pour ses dents.

Andrew émit un gloussement étranglé, que George lui fit ravaler d'un coup de coude dans les côtes.

— Je vous retrouve ici ? s'enquit Georgiana.

— Non, répondit Billie après réflexion. Cela ira plus vite si nous te retrouvons sur la pelouse ouest. De mon côté, je vais demander qu'on installe le jeu, ajouta-t-elle à l'intention de George et d'Andrew.

Quand les deux jeunes filles furent sorties, George se retrouva en tête à tête avec son frère.

— Ses dents, vraiment ? murmura Andrew.

George se contenta de le fixer d'un œil mauvais. Andrew se pencha alors vers lui.

— Je parie qu'il a une très bonne hygiène buc-
cale.

— Ferme-la.

Après avoir éclaté de rire, Andrew se pencha
davantage en affichant une expression soucieuse.

— Tu as quelque chose, là... dit-il en indiquant
ses dents.

Levant les yeux au ciel, George le repoussa pour
passer.

À peine avait-il fait deux pas qu'Andrew le rattrapa, le dépassa et, sans cesser de marcher, lui
lança par-dessus son épaule :

— Les dames apprécient un sourire éblouissant,
c'est sûr.

Il allait tuer son frère, décida George. Et l'arme
du crime serait un maillet de Pall Mall.

# 14

Dix minutes plus tard, George, Andrew et Billie étaient sur la pelouse et regardaient un valet de pied se diriger vers eux, tirant le jeu de Pall Mall derrière lui.

— J'adore le Pall Mall, annonça Billie en se frottant les mains. C'est une excellente idée.

— C'était ton idée, fit remarquer George.

— Oui, bien sûr, acquiesça-t-elle gaiement. Oh, regardez, voilà Georgiana !

La main en visière au-dessus des yeux, George regarda vers l'autre extrémité de la pelouse. Évidemment, Georgiana était accompagnée de lady Alexandra. Et, s'il ne se trompait pas, de l'un des frères Berbrooke.

— Je vous remercie, William, dit Billie au valet de pied.

— Au fait, demanda Andrew, n'avons-nous pas cassé l'un des maillets, l'année dernière ?

— Père a commandé un nouveau jeu, répondit Billie.

— Avec les mêmes couleurs ?

— Non, cette fois, il n'y a pas de rouge.

— Pourquoi ? s'étonna George.

— Eh bien... commença-t-elle, l'air penaud, nous n'avons vraiment pas eu de chance avec le rouge. Les boules finissaient toujours dans le lac.

— Et tu crois qu'une couleur différente réglera le problème ?

— Non. Mais j'espère que le jaune sera plus facile à repérer sous la surface.

Quelques instants plus tard, Georgiana et son petit groupe de joueurs arrivèrent sur les lieux. D'instinct, George fit un pas vers Billie. Trop tard, hélas ! Lady Alexandra avait déjà pris possession de sa manche.

— Lord Kennard, quel plaisir ce sera de jouer au Pall Mall ! Je vous remercie de m'avoir invitée.

— En vérité, c'est Mlle Georgiana.

— Sur votre requête, bien sûr, dit-elle avec un sourire entendu.

Billie prit une mine dégoûtée.

— Bonjour, lieutenant Rokesby, continua lady Alexandra en se tournant vers Andrew, sans pour autant lâcher le bras de George. Nous n'avons guère eu l'occasion de nous entretenir, hier soir.

Andrew s'inclina avec politesse.

— Connaissez-vous lord Northwick ? lui demanda-t-elle.

George essaya désespérément de croiser le regard de son frère. Mieux valait pour eux que la conversation ne s'engage pas sur ce terrain.

Heureusement, le valet de pied venait juste d'ôter le couvercle du coffret, et Billie s'empara aussitôt de l'un des maillets.

— Et voilà, dit-elle. Andrew a déjà promis le vert à Georgiana. Dans ce cas, M. Berbrooke aura le bleu, lady Alexandra peut prendre le rose, je prends le jaune, le lieutenant Rokesby aura le pourpre et lord Kennard le noir.

— Puis-je avoir le pourpre ? s'enquit lady Alexandra.

Billie la regarda comme si elle avait demandé une révision de la Grande Charte.

— J'aime le pourpre, expliqua lady Alexandra d'un ton froid.

— Voyez avec le lieutenant Rokesby, répliqua Billie, le dos raide. Pour moi, cela ne fait pas de différence.

Après avoir jeté un regard curieux à Billie, Andrew offrit son maillet à lady Alexandra en s'inclinant galamment.

— Comme il vous plaira, mademoiselle...

Lady Alexandra le remercia d'un hochement de tête gracieux.

— Très bien, dit Billie avec une grimace de dédain, Georgiana a le vert, M. Berbrooke le bleu, le lieutenant Rokesby le rose, moi le jaune, lord Kennard le noir, et lady Alexandra... le pourpre, conclut-elle après avoir jeté un regard oblique à cette dernière.

George commençait à se rendre compte que Billie n'aimait vraiment pas lady Alexandra.

— Je n'ai jamais joué au Pall Mall, prévint M. Berbrooke.

Il balança son maillet à plusieurs reprises, manquant de peu la jambe de George.

— Cela s'annonce fort amusant.

— Bon, reprit Billie d'un ton sec, les règles sont simples. Le premier à avoir fait passer sa boule sous tous les arceaux dans l'ordre correct a gagné.

Lady Alexandra regarda les arceaux, encore dans leur compartiment.

— Comment savoir quel est l'ordre correct ?

— Il suffit de me demander, rétorqua Billie. Ou au lieutenant Rokesby. Nous avons joué des milliers de fois.

— Lequel d'entre vous gagne, en général ? s'enquit M. Berbrooke.

— Moi ! répondirent-ils à l'unisson.

— Ni l'un ni l'autre, rectifia George. Il est rare qu'ils terminent une partie. Je vous conseille à tous de prendre garde à vos pieds. Cela peut se révéler dangereux.

— Dieu que je suis impatiente ! s'écria Georgiana avec excitation. Il faut aussi que vous touchiez le piquet à la fin, ajouta-t-elle à l'intention de lady Alexandra. Billie ne l'a pas précisé.

— Elle aime omettre certaines des règles, insinua Andrew. Ainsi, elle peut vous sanctionner si vous êtes en train de gagner.

— Ce n'est pas vrai ! protesta Billie. Au moins la moitié des fois où je t'ai battu, je n'ai pas triché.

George s'adressa à lady Alexandra :

— Si jamais vous deviez rejouer un jour au Pall Mall, je vous conseille de demander la règle du jeu dans son intégralité. Rien de ce que vous apprendrez ici ne sera applicable ailleurs.

— J'ai déjà joué, vous savez. Lord Northwick possède un jeu.

Georgiana afficha une expression perplexe.

— Je croyais que lord Northwick était fiancé à votre sœur, risqua-t-elle.

— C'est le cas.

— Ah, je pensais… Vous parlez si souvent de lui, conclut-elle après un silence.

— Il n'a pas de sœur, répliqua lady Alexandra d'un ton crispé. Alors, naturellement, des liens se sont créés.

— J'ai une sœur, annonça M. Berbrooke.

Un nouveau silence s'ensuivit. Ce fut Georgiana qui le rompit.

— C'est merveilleux.

— Nellie, précisa-t-il. Le diminutif d'Eleanor. Elle est très grande.

Personne ne parut savoir trop comment accueillir cette dernière déclaration.

— Bon, eh bien, il est temps d'installer les arceaux, finit par dire Andrew.

— Le valet de pied ne peut pas s'en charger ? s'étonna lady Alexandra.

Billie et Andrew la regardèrent comme si elle avait proféré une insanité. La prenant en pitié, George lui expliqua à voix basse :

— Ils sont assez exigeants quant à la façon de les placer.

Lady Alexandra releva légèrement le menton.

— Lord Northwick dit toujours que les arceaux devraient être disposés en croix.

— Lord Northwick n'est pas là, rétorqua Billie.

Lady Alexandra en resta bouche bée.

— Il n'est pas là, si je ne m'abuse, insista Billie en se tournant vers le reste du groupe pour confirmation.

George étrécit les yeux – équivalent visuel d'un coup de coude dans les côtes –, et Billie dut se rendre compte qu'elle était allée trop loin. Étant l'hôtesse, elle était obligée de se conduire comme telle.

Il trouvait néanmoins le spectacle fascinant. Non seulement Billie était dotée d'un incontestable esprit de compétition, mais elle n'était pas réputée pour avoir beaucoup de patience. Elle n'était certainement pas disposée à donner suite à la suggestion de lady Alexandra.

Il n'empêche que, après avoir carré les épaules, ce fut avec un sourire presque aimable qu'elle se tourna vers son invitée.

— Je pense que vous l'apprécierez ainsi, dit-elle d'un ton guindé. Sinon, vous pourrez en parler à lord Northwick, et vous aurez alors la certitude que sa manière de procéder est supérieure.

George émit un ricanement qu'elle ignora superbement.

— Les arceaux... rappela Andrew.

— George et moi allons nous en occuper, décida Billie en les prenant des mains d'Andrew.

— Ah bon ? murmura George.

— Lord Kennard, dit-elle entre ses dents, auriez-vous la gentillesse de m'aider à installer les arceaux ?

Il posa un regard insistant sur sa cheville blessée.

— Tu veux dire, parce que tu ne peux pas marcher, c'est cela ?

— Parce que ta compagnie m'enchante, rétorqua-t-elle avec un sourire doucereux.

George se retint de rire.

— Andrew ne peut pas le faire, continua-t-elle, et personne d'autre ne sait comment les disposer.

— Si nous jouions suivant le dessin d'une croix, dit lady Alexandra à M. Berbrooke, n'importe lequel d'entre nous pourrait installer les arceaux. Nous commencerions par la nef, expliqua-t-elle lorsque M. Berbrooke eut hoché la tête, puis le transept et enfin, l'autel.

M. Berbrooke étudia son maillet et fit la moue.

— Ça n'a pas l'air très chrétien, comme jeu.

— Cela pourrait l'être, rétorqua lady Alexandra.

— Mais nous n'en avons pas envie, déclara sèchement Billie.

George l'attrapa par le bras.

— Les arceaux, lui rappela-t-il en l'entraînant à sa suite de crainte que les deux femmes n'en viennent aux mains.

— Décidément, je n'aime pas cette femme, grommela-t-elle une fois qu'ils se furent éloignés.

— Vraiment ? Je ne l'aurais jamais deviné.

— Contente-toi de m'aider avec les arceaux, dit-elle en se dirigeant vers un grand chêne à la lisière de la pelouse.

George la suivit quelques instants des yeux avant de la rejoindre. Elle boitait toujours, quoique d'une manière un peu différente. Plus raide.

— Tu t'es de nouveau fait mal ?

— Humm ? Oh, ça ! C'est à cause de la selle d'amazone, dit-elle avec irritation.

— Je te demande pardon ?

— Avec ma cheville, je ne peux pas mettre le pied dans l'étrier. J'ai donc dû monter en amazone.

— Et tu avais besoin de monter à cheval à cause de...

Il aurait pu croire, au regard qu'elle lui jeta, qu'il était idiot. Ce qu'il n'était pas.

— Billie, dit-il en lui saisissant le poignet pour l'immobiliser, qu'est-ce qui était si important pour que tu sois obligée de chevaucher avec une cheville blessée ?

— L'orge.

Il crut avoir mal entendu et lui fit répéter.

— L'orge. Il fallait que quelqu'un s'assure qu'elle avait été correctement semée.

Sur ce, elle se libéra d'un geste vif. Il allait la tuer. Du moins, il en avait envie, mais qui sait si elle ne le devancerait pas ? Après avoir pris une profonde inspiration, il lui demanda avec toute la patience dont il était capable :

— N'est-ce pas le travail de votre intendant ?

— Selon toi, je fais quoi, toute la journée, lorsque je ne papillonne pas de réception en réception ? Tu l'ignores peut-être, mais je suis une personne extrêmement occupée.

Son expression changea, sans que George comprenne en quoi.

— Et une personne utile, ajouta-t-elle.

— Je ne vois pas qui penserait le contraire, assura George, même s'il avait le sentiment que ç'avait été son cas, voilà peu de temps.

— Que diable faites-vous, tous les deux ? hurla Andrew.

— Je vais le massacrer ! rugit Billie.

— Les arceaux… Dis-moi simplement où je dois les mettre.

Billie retira un arceau du paquet et le lui tendit.

— Là-bas, sous l'arbre. Mais au-dessus de la racine. Prends bien soin de le placer au-dessus de la racine. Sinon, c'est trop facile.

George faillit effectuer un salut militaire.

Lorsqu'il revint, sa tâche accomplie, Billie était déjà un peu plus loin, occupée à enfoncer un arceau dans le sol. Comme elle avait laissé les autres par terre, il ramassa tout le tas.

— Qu'as-tu contre sir Reginald ? demanda-t-elle en levant les yeux.

George serra les dents. Il aurait dû savoir qu'elle n'abandonnerait pas le sujet aussi facilement.

— Rien, prétendit-il. Je pense simplement qu'il n'apprécierait pas ce jeu.

— Tu ne peux pas le savoir.

— Durant le concours de tir à l'arc, il a passé tout son temps dans une chaise longue à se plaindre de la chaleur.

— Tu ne t'es pas levé non plus.

— Je profitais du soleil.

Celui-ci brillait par son absence, mais George n'allait pas lui révéler la véritable raison qui l'avait cloué dans son fauteuil.

— Très bien. Sir Reggie n'est probablement pas le meilleur candidat pour le Pall Mall, concéda-t-elle. Mais je maintiens que nous aurions pu faire mieux que lady Alexandra.

— Je suis d'accord.

— Elle...

Billie s'interrompit pour le dévisager avec surprise.

— Tu es d'accord ?

— Bien sûr. Figure-toi que j'ai été obligé de passer toute la soirée à parler avec elle, comme tu l'as si éloquemment souligné.

— Dans ce cas, s'exclama Billie avec véhémence, pourquoi n'as-tu rien dit quand Georgiana l'a proposée ?

— Elle n'est pas méchante. Juste agaçante.

Quand Billie marmonna, une fois de plus, George ne put s'empêcher de sourire.

— Tu ne l'aimes vraiment pas, n'est-ce pas ?

— Vraiment pas, non. Arrête ! lui intima-t-elle lorsqu'il s'esclaffa.

— De rire ?

Billie enfonça un arceau dans le sol avec force.

— Tu es aussi mauvais que moi. On aurait pu croire que sir Reggie avait commis une trahison, vu ta manière de déblatérer.

*De déblatérer ?* George posa les mains sur ses hanches.

— C'est complètement différent.

— En quoi ? riposta-t-elle en levant brièvement les yeux.

— C'est un bouffon.

Billie eut une espèce de rire étranglé, pas particulièrement féminin, mais qui, chez elle, était charmant. Elle s'inclina vers George, arborant une expression de défi.

— Je crois que tu es jaloux.

L'estomac de George fit une cabriole. Elle n'avait quand même pas conscience de… *Non !* Ces pensées qu'il avait eues à son sujet relevaient d'une folie temporaire. Sans doute s'expliquaient-elles par leur intimité nouvelle. Il avait passé plus de temps avec elle au cours de cette dernière semaine que durant toutes les années écoulées.

— Ne sois pas ridicule, répliqua-t-il avec dédain.

— Je ne sais pas, répondit Billie d'un ton taquin. Toutes les femmes se pâment devant lui. Tu as dit toi-même qu'il avait un beau sourire.

— Ce que j'ai dit, c'est…

Hélas, il s'aperçut trop tard qu'il ne s'en souvenait plus. Heureusement pour lui, Billie l'interrompait déjà.

— La seule femme à n'être pas tombée sous son charme est l'illustre lady Alexandra. Probablement, continua-t-elle en lui jetant un regard par-dessus son épaule, parce qu'elle était trop occupée à essayer d'obtenir tes faveurs.

— C'est toi qui es jalouse, là ?

— Oh, je t'en prie ! répliqua-t-elle, moqueuse, en se dirigeant vers l'emplacement suivant.

Il lui emboîta le pas.

— Tu n'as pas dit non…

— Non ! s'exclama-t-elle avec emphase. Évidemment que je ne suis pas jalouse. En toute honnêteté, je pense qu'elle est un peu folle.

— Parce qu'elle cherche à obtenir mes faveurs ? ne put-il s'empêcher de demander.

Billie tendit la main pour qu'il lui donne un autre arceau avant de répondre :

— Non, bien sûr. C'est sans doute la chose la plus raisonnable qu'elle ait jamais faite.

George s'immobilisa.

— Pourquoi est-ce que cela sonne comme une insulte ?

— Ce n'en est pas une, assura-t-elle. Je ne serais jamais aussi ambiguë.

— C'est vrai, murmura-t-il. Tes insultes sont d'une transparence absolue.

Elle leva les yeux au ciel avant de revenir au sujet de lady Alexandra.

— Je parlais de ses allusions continuelles à lord Northwick. C'est le fiancé de sa sœur, pour l'amour du ciel !

— Ah, cela !...

— Oui, *cela*. Qu'est-ce qui ne tourne pas rond, chez elle ?

George se vit épargner la peine de répondre, car Andrew hurla de nouveau leurs prénoms, avant de les exhorter furieusement à se hâter.

— Franchement, ricana Billie, je n'arrive pas à croire qu'il puisse espérer me battre avec un bras cassé.

— Tu te rends bien compte que si tu gagnes...

— *Quand* j'aurai gagné.

— *Au cas où tu* gagnerais, on te considérera comme la pire des championnes – celle qui tire avantage de la faiblesse des autres.

Elle le dévisagea avec de grands yeux innocents.

— Je peux à peine marcher.

— Vous avez, mademoiselle Bridgerton, une manière avantageuse d'arranger la réalité.

— Avantageuse pour moi, oui, admit-elle avec un sourire jusqu'aux oreilles.

George secoua la tête, incapable de ne pas sourire, lui aussi. Même si personne ne pouvait l'entendre, ce fut à mi-voix qu'elle ajouta :

— Tu es dans mon équipe, n'est-ce pas ?

— Depuis quand y a-t-il des équipes ? demanda-t-il, les yeux étrécis.

— Depuis aujourd'hui. Nous devons écraser Andrew !

— Tu commences à m'effrayer, Billie.

— Ne dis pas de bêtises, tu as autant l'esprit de compétition que moi.

— Je ne crois pas, figure-toi.

— Mais si. C'est juste qu'il se manifeste de manière différente.

George attendit qu'elle développe, ce dont elle s'abstint évidemment.

— Tu ne veux quand même pas qu'Andrew gagne ? s'écria-t-elle.

— Je ne suis pas certain que ça ne me soit pas égal.

Quand elle eut un haut-le-corps, il éclata de rire. Elle paraissait tellement offensée.

— Non, bien sûr que je ne veux pas qu'il gagne. C'est mon frère, après tout. En même temps, je ne crois pas avoir envie de recourir à l'espionnage pour assurer la victoire.

Elle se contenta de fixer sur lui un regard où se lisait une profonde déception.

— Bon, d'accord, céda-t-il. Dans ce cas, qui est dans l'équipe d'Andrew ?

Le visage de Billie s'éclaira.

— Personne. C'est la beauté de la chose. Il ne saura pas que nous avons conclu une alliance.

— Je ne vois pas comment cette histoire pourrait bien se terminer, déclara-t-il à la cantonade.

Mais il était persuadé que la cantonade ne l'écoutait pas.

Billie installa le dernier arceau.

— Celui-ci est redoutable, expliqua-t-elle. Tu tires trop loin et tu te retrouves dans les rosiers.

— Je prends cela comme un avertissement.

— Tu as intérêt.

Elle sourit, et George cessa de respirer. Personne ne souriait comme Billie. Il le savait depuis des années et, pourtant, c'était seulement maintenant...

Il s'autorisa un juron en son for intérieur. Ce devait être l'attirance la plus inopportune de toute l'histoire de l'humanité. Billie Bridgerton, bon sang ! Elle était tout ce qu'il n'avait jamais désiré chez une femme : obstinée, d'une imprudence stupide, et s'il lui était arrivé de faire preuve un jour d'une attitude féminine, empreinte de mystère, il n'en avait jamais été témoin.

Néanmoins...

Il la désirait, s'avoua-t-il. Il la voulait comme il n'avait jamais rien voulu dans toute son existence. Il voulait son sourire, et qu'il lui soit exclusivement réservé. Il la voulait dans ses bras, couchée sous lui... parce qu'il pressentait que dans son lit, elle ne serait que mystère et féminité.

Il savait, toutefois, que ces délicieuses activités exigeaient qu'il l'épouse au préalable, ce qui était d'un grotesque si achevé que...

— Oh, bonté divine ! marmonna Billie, le tirant de ses réflexions. Andrew arrive... Pas si vite ! criat-elle à ce dernier.

Puis elle reporta son attention sur George.

— Franchement, il est d'une impatience !

— C'est l'hôpital qui se moque de...

— Inutile d'aller plus loin.

Elle repartit vers le début du parcours aussi vite qu'elle put. Sa démarche claudicante était vraiment ridicule.

George la suivit un instant des yeux, moqueur.

— Tu es sûre que tu ne veux pas le maillet noir ? lui lança-t-il.

— Je te hais !

Il sourit. C'était la déclaration de haine la plus joyeuse qu'il eût jamais entendue.

— Moi aussi, je te hais, murmura-t-il.

Mais ce n'était pas vrai non plus.

# 15

Ce fut en fredonnant que Billie gagna le départ du parcours de Pall Mall. Malgré les circonstances, elle se sentait d'humeur très joyeuse. Certes, Andrew se montrait toujours abominablement impatient, et lady Alexandra était toujours la personne la plus odieuse du monde, mais rien de tout cela ne semblait l'affecter.

Elle jeta un coup d'œil par-dessus son épaule. George lui avait emboîté le pas tout en lui lançant des piques avec un sourire féroce.

— Qu'est-ce qui te rend si heureuse ? voulut savoir Andrew.

Elle le gratifia d'un sourire énigmatique en guise de réponse. Qu'il s'inquiète donc un peu. Du reste, elle ignorait pourquoi elle était heureuse. Elle l'était, c'est tout.

— Qui joue le premier ? s'enquit lady Alexandra.

Billie ouvrit la bouche pour répondre, mais Andrew la devança.

— Nous jouons en général du plus jeune au plus vieux. Il serait cependant un peu grossier de s'enquérir…

— C'est moi qui commence, dans ce cas, annonça Georgiana en déposant la boule verte près du piquet de départ. Cela ne fait pas de doute.

— Je pense être la deuxième, déclara lady Alexandra, qui jeta un regard de pitié à Billie.

Billie l'ignora superbement et s'adressa à M. Berbrooke :

— Puis-je vous demander votre âge ?

— Quoi ? Oh, j'ai vingt-cinq ans ! Comme qui dirait, ajouta-t-il avec un grand sourire, un quart de siècle.

— Très bien, dit Billie. L'ordre du jeu sera donc : Georgiana, lady Alexandra – du moins le supposons-nous –, Andrew, moi, M. Berbrooke et George.

— Vous voulez dire lord Kennard ? intervint lady Alexandra.

— Non, je suis certaine de vouloir dire « George ».

Seigneur tout-puissant, comme cette femme l'exaspérait !

— Je suis assez content de jouer avec la boule noire, déclara George, manifestement soucieux de changer de sujet.

Toutefois, et bien qu'elle n'en fût pas absolument certaine, Billie crut le voir réprimer un sourire.

Un point pour elle.

— C'est une couleur très virile, assura lady Alexandra.

Andrew leva les yeux au ciel.

— C'est la couleur de la mort, dit-il.

— Le Maillet de Mort, murmura George, songeur.

Il le balança plusieurs fois de droite à gauche, tel un pendule macabre.

— C'est de bon augure. Tu ris, continua-t-il quand Andrew ricana, mais tu aurais bien voulu l'avoir.

Billie éclata de rire. Et elle s'esclaffa de plus belle lorsque Andrew le foudroya du regard.

— Allons, Andrew, tu sais très bien que c'est la vérité.

Levant les yeux de sa boule, Georgiana désigna du menton l'équipement rose d'Andrew.

— Qui voudrait du Maillet Pivoine et Pétunia quand il pourrait avoir le Maillet de Mort ?

Billie ne put retenir un sourire approbateur. Depuis quand sa petite sœur était-elle aussi spirituelle ?

— Mon pivoine et pétunia triomphera, rétorqua Andrew. Tu vas voir !

— Il lui manque un pétale essentiel, à ton pivoine et pétunia, fit remarquer Billie en désignant son bras en écharpe.

— Je ne suis pas sûr de comprendre de quoi nous parlons, admit M. Berbrooke.

— Ce ne sont que des bêtises, assura Georgiana en se préparant pour son premier coup. Billie et Andrew adorent se taquiner.

Elle frappa sa boule, qui franchit les deux arceaux de départ. Elle n'alla guère plus loin, mais Georgiana ne sembla pas en être affectée.

Lady Alexandra s'avança pour placer à son tour sa boule près du piquet de départ.

— C'est le lieutenant Rokesby qui joue après moi, c'est cela ? demanda-t-elle, avant de s'adresser à Billie avec un détachement feint. Je ne m'étais pas rendu compte que vous étiez plus âgée que lui, mademoiselle Bridgerton.

— Je suis plus vieille que beaucoup de gens, répliqua Billie.

Avec une grimace dédaigneuse, lady Alexandra abattit son maillet sur sa boule, qu'elle projeta au milieu de la pelouse.

— Bien joué ! s'écria M. Berbrooke. Ma foi, on voit que vous n'en êtes pas à votre premier essai.

Lady Alexandra sourit avec modestie.

— Comme je l'ai dit, lord Northwick possède un jeu.

— Et il le dispose en forme de croix, ajouta Billie à mi-voix, ce qui lui valut un coup de coude de George.

— À mon tour, annonça Andrew.

— Pivoine et pétunia à bâbord ! lança Billie.

En entendant George s'esclaffer, elle éprouva une satisfaction ridicule. Quant à Andrew, il l'ignora complètement. Après avoir laissé tomber sa boule rose, il la poussa vers le piquet du bout du pied.

— Je ne comprends toujours pas comment tu vas jouer avec un bras cassé, fit remarquer Georgiana.

— Regarde et apprends, ma chère petite, murmura-t-il.

Et, après avoir balancé plusieurs fois son maillet – allant même jusqu'à une rotation à trois cent soixante degrés –, il envoya sa boule avec une force étonnante sur la pelouse.

— Presque aussi loin que lady Alexandra, commenta Georgiana, admirative.

— Et avec un bras cassé, rappela-t-il.

Après s'être approchée des piquets de départ, Billie plaça sa boule.

— Comment est-ce arrivé, déjà ? demanda-t-elle innocemment.

— Une attaque de requin, répondit-il du tac au tac.

— Non ! s'exclama lady Alexandra.

— Un requin ? répéta M. Berbrooke. Est-ce que ce n'est pas un de ces poissons avec des dents ?

— Des tas de dents, confirma Andrew.

— Personnellement, je n'aimerais pas en rencontrer un, déclara M. Berbrooke.

— Lord Northwick a-t-il été déjà mordu par un requin ? s'enquit Billie d'un ton suave.

Lady Alexandra la regarda, les yeux étrécis, tandis que George laissait échapper un son étranglé.

— Je ne le pense pas.

— Dommage.

Billie frappa sa boule de toutes ses forces, et la projeta sur la pelouse bien plus loin que les autres.

— Bien joué ! s'exclama de nouveau M. Berbrooke. Vous êtes joliment douée, mademoiselle Bridgerton.

Il était impossible de rester indifférente face à son inaltérable enthousiasme. Billie lui adressa un sourire amical.

— Voilà plusieurs années que je joue.

— Elle triche souvent, lâcha Andrew en passant.

— Seulement avec toi.

— Bon, je crois que c'est à moi, dit M. Berbrooke, qui s'accroupit pour poser sa boule bleue à côté du piquet de départ.

Par prudence, George recula d'un pas.

M. Berbrooke observa sa boule, le front plissé par la concentration, puis il mima plusieurs coups avant d'abattre son maillet pour de bon. La boule s'envola mais, malheureusement, l'un des piquets aussi.

— Oh ! Je suis vraiment désolé !

— Ce n'est rien, assura Georgiana. Nous pouvons le remettre en place.

Dès que ce fut fait, George se mit en position. Sa boule noire termina sa course quelque part entre lady Alexandra et Billie.

— Le Maillet de Mort, vraiment, se moqua Andrew.

— C'est une stratégie létale particulière, répliqua George avec un sourire énigmatique. J'adopte un point de vue longitudinal.

— C'est mon tour ! s'exclama Georgiana.

Elle n'eut pas loin à aller pour rejoindre sa boule. Cette fois, elle la frappa bien plus fort, et la boule traversa la pelouse, s'arrêtant à environ six pas de l'arceau suivant.

— Bien joué ! ne manqua pas de s'écrier M. Berbrooke.

— Merci, répondit Georgiana avec un grand sourire. Je crois que je progresse.

— À la fin de cette partie, vous nous aurez tous battus à plate couture, pronostiqua-t-il.

Lady Alexandra avait déjà pris sa place près de la boule pourpre. Elle étudia son tir pendant près d'une minute avant de donner une légère impulsion à sa boule, qui roula doucement pour s'arrêter juste devant l'arceau.

Billie ravala un gémissement de dépit. Lady Alexandra se révélait très habile.

— Tu ne viens pas de grogner ? demanda George.

Elle faillit sursauter, surprise de le découvrir si proche.

Il se tenait juste derrière elle et, sauf à détourner les yeux du jeu, elle ne pouvait le voir. Pourtant, sans même qu'il la touche, elle avait une conscience aiguë de sa proximité. Un frisson courut sur sa peau, et elle se rendit compte que son cœur battait plus vite tout à coup.

Elle sentit son souffle sur son oreille lorsqu'il chuchota :

— J'aimerais savoir exactement comment nous sommes censés former une équipe ?

— Je ne sais pas *exactement*, admit Billie tout en observant Andrew qui jouait. Je pense que cela s'imposera au fil du jeu.

— À ton tour, Billie ! cria Andrew.

— Excuse-moi, dit-elle à George.

Elle avait hâte, soudain, de mettre un peu d'espace entre eux. Quand il se tenait aussi près d'elle, elle était presque étourdie.

— Comment comptes-tu procéder, Billie ? s'enquit Georgiana.

Parvenue près de sa boule, Billie fronça les sourcils. Elle n'était pas loin de l'arceau, mais la boule pourpre de lady Alexandra lui barrait carrément le chemin.

— Un coup difficile, fit remarquer Andrew.

— Tais-toi.

— Tu pourrais utiliser la force brute. Son *modus operandi* habituel, ajouta-t-il à l'intention des autres, avant d'ajouter dans un murmure : Au Pall Mall comme dans la vie.

Un instant, Billie fut tentée d'abandonner le jeu et de lui envoyer sa boule dans les pieds.

— Est-ce que ça ne ferait pas passer la boule de lady Alexandra sous l'arceau ? hasarda Georgiana.

Andrew haussa les épaules, l'air de dire : *C'est la vie…*

Billie se concentra sur sa boule.

— Ou alors, reprit-il, elle pourrait se montrer patiente et attendre que lady Alexandra ait franchi l'arceau.

Le son qui sortit de la gorge de Billie était, cette fois, bel et bien un grognement.

— La troisième option…

— Andrew, tais-toi !

Billie leva son maillet. Il lui était impossible de faire franchir l'arceau à sa boule sans le faire franchir également à celle de lady Alexandra. En revanche, si elle repoussait cette dernière sur le côté…

Son maillet retomba, envoyant sa boule frapper la boule pourpre. Celle-ci roula vers la droite et s'immobilisa selon un angle qui rendait impossible de l'envoyer sous l'arceau au coup suivant.

À présent, la boule jaune de Billie se trouvait à l'endroit précis qu'avait occupé celle de lady Alexandra.

— Vous l'avez fait exprès ! râla cette dernière.

Billie lui jeta un regard méprisant. Franchement, à quoi s'attendait-elle ?

— Évidemment. C'est ainsi que l'on joue.

— Ce n'est pas ainsi que je joue, moi !

— Eh bien, nous ne sommes pas sur une croix, rétorqua Billie, à bout de patience.

On entendit comme un gloussement étranglé.

— Qu'est-ce que cela veut dire ? demanda lady Alexandra.

— Ce que Mlle Bridgerton veut dire, à mon avis, déclara M. Berbrooke d'un air pénétré, c'est qu'elle jouerait de manière plus pieuse si le contexte était religieux. Ce qu'il n'est pas, je pense.

Billie lui jeta un regard approbateur. Peut-être était-il plus fin qu'il n'y paraissait.

— Lord Kennard, reprit lady Alexandra en se tournant vers George, je suis certaine que vous n'appréciez pas des tactiques aussi sournoises.

George eut un léger haussement d'épaules.

— C'est ainsi qu'ils jouent, je le crains.

— Mais pas vous, bien sûr, insista lady Alexandra.

Dans l'attente de sa réponse, Billie ne le quittait pas des yeux. Elle ne fut pas déçue.

— C'est ainsi que je joue lorsque je joue avec eux.

Lady Alexandra eut un haut-le-corps.

— Ne vous inquiétez pas, intervint Georgiana, vous vous y ferez.

— Ce n'est pas dans ma nature, se défendit lady Alexandra.

— C'est dans la nature de tout le monde, assura Andrew. À qui est-ce le tour ?

M. Berbrooke sursauta.

— Je crois que c'est le mien ! Ai-je le droit de viser la boule de Mlle Bridgerton ? demanda-t-il après s'être approché de la sienne.

— Absolument, répondit Andrew. Il serait cependant peut-être préférable de…

Mais M. Berbrooke abattit son maillet sans attendre la suite des recommandations d'Andrew – qui n'auraient certainement pas été de catapulter sa boule sur celle de Billie. Ce qu'il fit.

Non seulement la boule jaune franchit l'arceau, mais elle parcourut environ trois pieds avant de s'immobiliser. La boule bleue, elle aussi, passa sous l'arceau, toutefois, ayant transféré sa force à la jaune, elle s'arrêta juste de l'autre côté.

— Bien joué, monsieur Berbrooke ! s'écria Billie.

Il se tourna vers elle avec un sourire jusqu'aux oreilles.

— Merci !

— Oh, pour l'amour du ciel, maugréa lady Alexandra, elle n'est pas sincère ! Elle est juste ravie que vous ayez fait passer sa boule à elle sous l'arceau.

— Je retire tout ce que j'ai dit précédemment, murmura Billie à l'intention de George. Oublions Andrew. C'est *elle* que nous devons écraser.

M. Berbrooke prit le reste des joueurs à témoin.

— Quoi qu'il en soit, Mlle Bridgerton serait passée sous l'arceau au tour suivant, n'est-ce pas ?

— Oui, confirma Billie. Et vous ne m'avez pas envoyée trop loin, je vous assure.

— En outre, vous avez vous-même franchi l'obstacle, ajouta Georgiana. Vous êtes donc à la deuxième place.

Cette déclaration parut faire terriblement plaisir à M. Berbrooke.

— De plus, clama Billie, regardez la manière dont vous bloquez tout le monde. Vraiment bien joué de votre part !

Lady Alexandra poussa un soupir exaspéré.

— À qui est-ce le tour ?

— À moi, je crois, dit George avec affabilité.

Billie sourit en elle-même. Elle adorait cette manière qu'il avait d'en dire beaucoup dans un simple murmure poli. Lady Alexandra n'entendrait que la réponse banale d'un gentleman, mais Billie le connaissait trop bien pour être dupe. Jamais cette fille de duc prétentieuse ne le connaîtrait aussi bien qu'elle.

Dans la voix de George, elle entendit un sourire. L'échange l'avait amusé, même s'il était trop bien élevé pour le montrer.

Elle entendit aussi un hommage. Elle avait remporté la victoire, et il la félicitait.

Elle perçut aussi une mise en garde. Il l'avertissait de ne pas aller trop loin.

Ce qu'elle aurait probablement fait. Il la connaissait tout autant qu'elle le connaissait.

— À ton tour, George, dit Andrew.

Billie le suivit du regard lorsqu'il s'avança vers sa boule. Il plissa les yeux pour évaluer la distance, ce qu'elle trouva adorable.

Quelle idée ! George Rokesby, adorable ? C'était vraiment ridicule.

Elle ne put s'empêcher de glousser juste au moment où George frappait sa boule. Ce fut un bon tir : la boule s'arrêta pile devant l'arceau.

— Sapristi ! s'exclama Georgiana. Plus personne ne pourra passer, à présent.

Elle avait raison. Quelques pouces seulement séparaient la boule bleue et la boule noire, de chaque côté de l'arceau. Quiconque essaierait de passer celui-ci ne ferait qu'ajouter à l'encombrement.

George recula vers Billie pour laisser la place aux joueurs suivants. Se penchant, il lui chuchota à l'oreille :

— C'est de moi que tu riais ?

— Un peu, avoua-t-elle, les yeux rivés sur sa sœur qui préparait son tir.

— Pourquoi ?

Alors qu'elle ouvrait la bouche, Billie se rendit compte qu'il lui était impossible de répondre honnêtement. Elle se retourna pour regarder George et, de nouveau, fut surprise de le découvrir aussi proche. Plus proche, même, que les convenances ne l'autorisaient.

Elle eut soudain conscience de son souffle chaud sur sa peau, de ses yeux d'un bleu profond plongés dans les siens, de ses lèvres incurvées sur une esquisse de sourire. De lui, tout simplement.

Quand elle murmura son prénom, il inclina la tête de côté, l'air interrogateur. Mais Billie n'avait pas d'explication, hormis qu'il lui semblait être parfaitement à sa place, là, devant lui. Et que lorsqu'il la regardait ainsi, comme s'il la trouvait remarquable, elle se sentait remarquable.

Elle se sentait belle, aussi.

Ce n'était pas possible, elle le savait, car il ne l'avait jamais considérée de cette manière. Du reste, elle ne le souhaitait pas.

Si ?

Billie ne put retenir un cri étouffé.

— Quelque chose ne va pas ? s'enquit George.

Elle secoua la tête. Rien n'allait.

— Billie ?

Elle voulait l'embrasser. Elle voulait embrasser George ! Elle qui avait atteint l'âge de vingt-trois ans sans avoir seulement eu envie de flirter avec un homme, et voilà qu'elle désirait George Rokesby ?

Il y avait de quoi en avoir le souffle coupé par la panique.

— Billie, est-ce que quelque chose ne va pas ? insista-t-il.

Elle tressaillit, puis s'obligea à respirer.

— Non, assura-t-elle avec un peu trop de force. Tout va bien.

Malgré elle, elle s'interrogea. Que ferait-il ? Comment réagirait-il si elle s'approchait de lui, nouait les bras autour de son cou et attirait sa bouche vers la sienne ?

Il lui dirait qu'elle était folle à lier, voilà ce qu'il ferait. Pour ne rien dire des quatre autres joueurs de Pall Mall qui se tenaient à une vingtaine de pas.

Mais s'ils étaient seuls ? Si le reste du monde avait disparu et qu'il n'y avait aucun témoin à sa folie ? Y succomberait-elle ?

Et George lui rendrait-il son baiser ?

— Billie ? *Billie !*

Hébétée, elle se tourna vers lui.

— Billie, que t'arrive-t-il ?

Quand elle eut battu des paupières et que le visage de George lui apparut avec netteté, elle s'aperçut qu'il avait l'air inquiet. Elle faillit rire. Oui, il pouvait être inquiet.

— Billie...

— Tout va bien, se hâta-t-elle de dire. Je t'assure. C'est... Tu n'as pas chaud ? demanda-t-elle en s'éventant de la main. Moi, j'ai très chaud.

George ne répondit pas. C'était inutile, car il ne faisait pas chaud du tout.

— Je crois que c'est mon tour ! lâcha-t-elle, alors qu'elle était loin d'en être sûre.

— Non, Andrew n'a pas encore joué. J'ai comme l'impression que lady Alexandra va se trouver en difficulté.

— Vraiment ? se contenta-t-elle de murmurer, encore troublée par son baiser imaginaire.

— Bonté divine, Billie, maintenant je sais que quelque chose ne va pas ! Je croyais que tu voulais l'écraser ?

— Oui, évidemment, répondit-elle, se ressaisissant un peu.

Juste ciel, elle ne pouvait pas se laisser ainsi déstabiliser ! George n'était pas stupide. Si elle sombrait dans l'hébétude chaque fois qu'il la regardait, il allait comprendre qu'effectivement il se passait quelque chose. Et s'il lui venait à l'esprit qu'elle était peut-être un peu… éprise…

Non ! Jamais il ne s'en apercevrait.

— À ton tour, Billie ! cria Andrew.

— J'arrive, j'arrive.

Elle se tourna vers George, quoique sans le regarder vraiment.

— Excuse-moi, lui dit-elle avant de courir vers sa boule.

Elle ne jeta qu'un coup d'œil hâtif sur le parcours avant de l'envoyer vers l'arceau suivant.

— Je crois que vous avez tiré trop loin, commenta lady Alexandra en la rejoignant.

Billie s'obligea à sourire en s'efforçant d'afficher une expression énigmatique.

— Attention ! hurla quelqu'un.

Elle recula vivement juste avant que la boule bleue ne lui percute les orteils. Lady Alexandra l'avait imitée, et toutes deux suivirent des yeux la boule de M. Berbrooke, qui s'arrêta à quelques pieds de l'arceau.

— Je suppose que ce serait bien fait pour nous si cet idiot remportait la partie, déclara lady Alexandra.

Billie la regarda avec surprise. Que cette peste échange des insultes à fleurets à peine mouchetés avec elle était une chose – elle était de taille à se défendre. Mais qu'elle dénigre ainsi M. Berbrooke, qui était peut-être l'homme le plus affable qu'elle eût jamais rencontré...

Cette fille était décidément un monstre.

Reportant les yeux sur le parcours, Billie constata que la boule pourpre était toujours derrière le premier arceau.

— C'est presque votre tour, dit-elle avec suavité.

Les yeux étrécis, lady Alexandra laissa échapper un bruit singulièrement peu gracieux et s'éloigna à grands pas.

— Que lui as-tu dit ? s'enquit George un instant plus tard.

Il venait de jouer, et il était à présent en bonne place pour franchir le deuxième arceau.

— C'est une personne horrible, marmonna Billie.

— Ce n'était pas ma question, dit-il en reportant brièvement les yeux sur lady Alexandra, mais la réponse est sans doute suffisante.

— Elle... Oh, peu importe ! Elle ne mérite pas que je gaspille ma salive pour elle.

— Certainement pas, approuva George.

Billie prit cela comme un compliment, et son cœur effectua une petite cabriole.

— George, est-ce que tu...

Elle s'interrompit, les sourcils froncés.

— Ce n'est pas Felix qui vient vers nous ?

La main au-dessus des yeux, George regarda dans la direction qu'elle indiquait.

— Si, je crois que c'est lui.

— Il a l'air pressé. J'espère qu'il n'est rien arrivé.

Ils le virent s'approcher d'Andrew, qui se trouvait plus près qu'eux de la maison. Les deux hommes échangèrent quelques mots, puis Andrew partit en courant.

— Quelque chose ne va pas, devina George.

Le maillet en main, il se dirigea vers Felix à pas de plus en plus précipités.

Billie s'élança à sa suite, mi-boitant, mi-sautillant. Sans se soucier de la douleur, elle finit par relever ses jupes pour courir et le rattrapa alors qu'il venait de rejoindre Felix.

— Un messager est venu, disait ce dernier.

George scruta son visage.

— Edward ?

Billie porta la main à sa bouche. Pas Edward ! Non, pourvu qu'il ne soit rien arrivé à Edward !

Mais Felix hocha la tête.

— Il est porté disparu.

# 16

George était déjà à mi-distance d'Aubrey Hall lorsqu'il s'aperçut que Billie lui avait emboîté le pas et qu'elle était obligée de courir pour rester à sa hauteur. Elle courait avec une cheville foulée !

Il s'arrêta net.

— Qu'est-ce que tu...

Mais il n'eut même pas besoin de réfléchir pour avoir la réponse. C'était Billie. On pouvait compter sur elle pour courir malgré une cheville foulée. Elle était entêtée, imprudente et, surtout, aimante.

Sans ajouter un mot, George se pencha, la souleva dans ses bras et poursuivit vers la maison à une allure à peine ralentie.

— Tu n'es pas obligé de me porter, dit-elle, d'une voix qui trahissait néanmoins sa souffrance.

— Si.

— Merci, souffla-t-elle.

George fut incapable de répliquer. Il était au-delà des mots, à présent. Du moins, au-delà des paroles convenues et vides. Il n'avait pas besoin de dire quoi que ce soit pour que Billie sache qu'il l'avait entendue. Elle comprendrait qu'il avait l'esprit ailleurs, là où les platitudes comme « Je t'en prie » et « Tout le plaisir est pour moi » n'avaient plus cours.

— Ils sont dans le petit salon, indiqua Felix quand ils atteignirent la maison.

George supposa qu'il parlait des membres de sa famille. Peut-être des Bridgerton, également. Car, il en prit conscience à cet instant, les Bridgerton faisaient partie de la famille, et ce, depuis toujours.

Lorsqu'il entra dans le salon, le spectacle qui s'offrit à lui était de nature à bouleverser n'importe quel homme. Assise sur le sofa, sa mère sanglotait dans les bras de lady Bridgerton, Andrew paraissait figé par la stupeur, quant à leur père...

Leur père pleurait.

Il se tenait à l'écart du groupe, sans s'être totalement détourné. Ses bras pendaient, raides, le long de son corps, et il fermait les yeux avec force, comme si cela pouvait arrêter les larmes qui coulaient lentement sur ses joues. Ou comme si le fait ne pas voir le monde autour de lui pouvait supprimer la triste réalité.

George n'avait jamais vu son père pleurer, il n'avait même jamais imaginé que ce fût possible. Il aurait voulu détourner les yeux, mais il était si stupéfait, si affecté, qu'il en fut incapable.

Son père était le solide et sévère comte de Manston, qui dirigeait la famille Rokesby d'une main ferme mais juste. Il incarnait la force, et son autorité n'était jamais contestée, même s'il arrivait à ses enfants de souffrir de ses jugements d'une impartialité scrupuleuse.

C'était par son père que George apprenait ce que signifiait être chef de famille. C'était par les larmes de son père qu'il apprenait ce que serait son propre avenir.

Bientôt, ce serait à lui de prendre la tête de la famille.

— Mon Dieu, s'exclama lady Bridgerton, remarquant enfin leur présence, qu'est-il arrivé à Billie ?

George resta coi un instant. Il avait oublié qu'il la portait.

— Rien de grave, dit-il en la déposant à côté de sa mère.

Puis il parcourut la pièce du regard. Il ne savait pas à qui s'adresser pour obtenir des informations. Où était le messager ? Était-il même encore là ?

— George.

C'était la voix de Felix. Son ami lui tendait une feuille de papier. Sans un mot, George s'en empara.

*À l'attention du comte de Manston,*

*J'ai le regret de vous informer que le capitaine Edward Rokesby a été porté disparu le 22 mars 1779 dans la colonie du Connecticut. Tout est mis en œuvre pour le retrouver sain et sauf.*

*Que la volonté de Dieu soit faite,*

*Général de brigade Garth*

— Porté disparu, murmura George. Qu'est-ce que cela veut dire ?

Personne ne put lui fournir de réponse.

Il relut la lettre du général et en étudia chaque mot. Ce message était d'une concision dramatique. Pourquoi Edward se trouvait-il dans la colonie du Connecticut ? La dernière fois qu'ils avaient eu de ses nouvelles, il était à New York, installé dans une auberge loyaliste, et il surveillait les troupes du général Washington de l'autre côté de l'Hudson.

— S'il est porté disparu, réfléchit-il à voix haute, ils doivent bien savoir.

— Savoir quoi ? demanda Billie.

Assise sur le sofa, c'était probablement la seule personne suffisamment proche pour entendre ses paroles.

Il secoua la tête, toujours perplexe. D'après les termes, certes peu précis, du message, l'armée semblait considérer qu'Edward était toujours vivant. Ce qui signifiait que le général devait avoir au moins une petite idée de l'endroit où il se trouvait.

Dans ce cas, pourquoi ne s'était-il pas contenté de le dire ?

Après s'être passé la main dans les cheveux, George se frotta le front avec vigueur.

— Comment un officier peut-il disparaître ? demanda-t-il. Aurait-il été enlevé ? Est-ce ce qu'ils essaient de nous dire ?

— Je ne suis pas certain qu'ils le sachent, répondit Felix.

— Oh, ils le savent très bien ! répliqua George. Ils ne veulent simplement pas...

— Ce n'est pas comme ici, coupa Andrew.

George lui jeta un regard irrité.

— Je sais, mais qu'est-ce que...

— Ce n'est pas comme ici, répéta Andrew d'un ton plus vif. Les villages sont très éloignés les uns des autres, de même que les fermes. Il y a de gigantesques étendues de terres qui n'appartiennent à personne. Et puis, ajouta-t-il alors que tous les yeux se tournaient vers lui, il y a des sauvages.

George se plaça devant lui de manière à éviter à sa mère de voir le visage torturé de son frère.

— Ce n'est pas le moment, chuchota-t-il avec force.

Certes, Andrew était sous le choc, mais ils l'étaient tous. Il était temps qu'il grandisse, bon sang, et qu'il apprenne à contrôler ses émotions.

Il ne manquerait plus qu'à cause de lui les autres perdent le peu de calme qu'ils parvenaient à conserver.

Malheureusement, Andrew s'entêta.

— Il serait facile de disparaître, là-bas.

— Tu n'y es jamais allé, rétorqua George.

— Je l'ai entendu dire.

— Tu l'as « entendu dire » ?

— Sur mon bateau, il y a des hommes qui se sont battus dans les colonies, riposta Andrew.

— Oh, voilà qui va nous aider à retrouver Edward ! lança George, cinglant.

— Sur ce sujet, j'en sais plus que toi.

George tressaillit. Comme il détestait ce sentiment d'impuissance... d'inutilité... Alors qu'il jouait au Pall Mall sur la pelouse d'un château, on ne trouvait plus trace de son frère, disparu dans une lointaine contrée perdue.

— Je suis toujours ton frère aîné, siffla-t-il, et je serai à la tête de cette famille...

— Tu ne l'es pas encore.

Il aurait tout aussi bien pu l'être. George jeta un coup d'œil à leur père, qui n'avait toujours pas prononcé un mot.

— Que c'est subtil, ironisa Andrew.

— Ferme-la ! Je te demande simplement de la...

— Arrêtez !

Deux mains s'insinuèrent entre eux et les écartèrent l'un de l'autre. C'était Billie, qui poussa quasiment Andrew dans un fauteuil.

— Ça n'aide en rien, dit-elle.

George cilla, s'efforçant de recouvrer son sang-froid. Pourquoi s'en prenait-il ainsi à Andrew ? Il baissa les yeux sur Billie, qui se tenait toujours entre eux tel un petit soldat.

— Tu ne devrais pas être debout, lui rappela-t-il.

Elle en demeura un instant bouche bée.

— C'est tout ce que tu trouves à dire ?

— Tu t'es probablement blessée de nouveau.

Elle le dévisagea. George savait qu'il avait l'air idiot, mais, bon sang, sa cheville était la seule chose pour laquelle il pouvait faire quelque chose.

— Tu devrais t'asseoir, lui conseilla-t-elle à voix basse.

Il secoua la tête. Il ne voulait pas s'asseoir. Ce qu'il voulait, c'était agir, faire quelque chose – n'importe quoi – qui permette de ramener son frère à la maison sain et sauf. Sauf qu'il était pieds et poings liés, enchaîné depuis toujours à cet endroit, à cette terre, à ces gens.

— Je peux y aller, déclara Andrew d'une voix étranglée.

Tous les regards se rivèrent sur lui. Il occupait toujours le fauteuil dans lequel Billie l'avait poussé. À voir son visage défait, sa mine abasourdie, George devina que l'expression de son frère reflétait la sienne.

Il y avait néanmoins une énorme différence : Andrew croyait pouvoir être utile, lui.

— Aller où ? finit par demander quelqu'un.

Andrew leva les yeux. Sur ses traits, le désespoir céda peu à peu le pas à une détermination farouche.

— Dans les colonies d'Amérique. Je demanderai à être affecté sur un autre bateau. Il y en a probablement un qui partira le mois prochain.

— Non ! s'écria lady Manston.

George n'avait jamais rien entendu de tel. Son cri ressemblait à celui d'un animal blessé. Andrew se leva.

— Mère...

— Non, répéta-t-elle plus distinctement en se dégageant de l'étreinte affectueuse de lady Bridgerton. Je ne le permettrai pas. Je ne perdrai pas un autre fils.

Andrew se tenait droit et raide. George ne lui avait jamais vu une allure aussi martiale.

— Ce n'est pas plus dangereux que là où je suis actuellement.

George ferma les yeux. Ce n'était pas la chose à dire.

— Tu ne peux pas, balbutia lady Manston en se redressant avec difficulté. Tu ne peux pas.

Sa voix se brisa, et George maudit l'absence de tact d'Andrew.

— Mère, dit-il en s'avançant vers elle.

Elle le fixa d'un regard chargé d'angoisse.

— Il ne peut pas. Tu dois le lui dire... Il ne peut pas.

George la prit dans ses bras. Après avoir croisé le regard d'Andrew par-dessus sa tête, il murmura :

— Nous en discuterons plus tard. Mère, vous devriez peut-être vous allonger...

— Mieux vaudrait rentrer chez nous, déclara lord Manston.

Toutes les têtes pivotèrent dans sa direction. C'étaient les premiers mots qu'il prononçait depuis que l'on avait apporté le terrible message.

— Nous serons mieux à la maison, ajouta-t-il.

Ce fut Billie qui réagit le plus promptement.

— Bien sûr, dit-elle en le rejoignant. Une maison pleine d'invités n'est pas ce qu'il vous faut.

George, à qui ces derniers mots s'adressaient, retint un grognement. Il avait tout oublié des festivités. La simple pensée d'avoir à s'entretenir avec n'importe laquelle des personnes présentes était insoutenable. Elles allaient poser des questions, offrir des condoléances, alors même qu'aucune d'elles ne connaissait Edward.

Sapristi, tout cela – la réception, les festivités, les invités – lui paraissait tellement vain. Ne comptaient plus à ses yeux que les gens réunis dans cette pièce.

Quand il se tourna vers Billie, elle l'observait toujours, le visage assombri par l'inquiétude.

— Quelqu'un a-t-il prévenu Mary ? demanda-t-elle.

— Je m'en occupe, répondit Felix. Nous vous rejoindrons à Crake House. Je suis certain qu'elle voudra être avec sa famille. Nous n'avons pas de raison de rentrer dans le Sussex sur-le-champ.

— Qu'allons-nous faire ? murmura lady Manston d'un air hagard.

George interrogea son père du regard. C'était à lui d'en décider.

Mais le comte paraissait tout aussi égaré que sa femme. Apparemment, suggérer de retourner à Crake House avait eu raison de ses forces.

Après avoir pris une profonde inspiration, George déclara d'un ton ferme :

— Nous allons prendre un peu de temps pour essayer de recouvrer nos esprits, puis nous déciderons de la marche à suivre.

Andrew ouvrit la bouche, mais George refusa de le laisser aller plus loin. Le regard dur, il ajouta :

— Il n'y a certes pas de temps à perdre. Nous sommes toutefois bien trop éloignés du théâtre des opérations pour qu'un jour de plus ou de moins fasse une différence.

— Il a raison, approuva Billie.

Tous la regardèrent, surpris – y compris George.

— Aucun de nous n'est en état de prendre une décision judicieuse pour le moment. Rentrez chez vous, enchaîna-t-elle à l'adresse de George. Restez en famille. Je viendrai demain afin de voir en quoi je peux aider.

— Mais que pouvons-nous faire ? demanda lady Bridgerton, dubitative.

— Tout ce qui sera nécessaire, rétorqua sa fille avec une calme détermination.

George déglutit, déconcerté de sentir ses yeux soudain brûlants. Son frère était porté disparu, son père était anéanti, et voilà qu'il craignait de se mettre à pleurer ?

Il aurait dû dire à Billie qu'ils n'avaient pas besoin d'aide, qu'ils appréciaient son offre, mais que celle-ci n'était pas nécessaire. Ç'aurait été la réponse à faire par politesse, et c'était celle-ci qu'il aurait faite à n'importe qui d'autre.

À Billie, toutefois, il répondit simplement :

— Je te remercie.


Billie se rendit à Crake House le lendemain, dans un simple cabriolet attelé d'un seul cheval. Elle ignorait comment sa mère s'était débrouillée, mais le séjour des invités avait été raccourci de plusieurs jours, et ceux qui n'avaient pas encore quitté Aubrey Hall partaient le lendemain matin.

Elle avait passé un temps ridicule à choisir sa toilette. Les pantalons étaient exclus, bien sûr. Quoi qu'en pense sa mère, elle savait s'habiller selon les circonstances, et jamais elle ne porterait ses vêtements de travail pour se rendre en visite.

Celle-ci n'avait cependant rien d'une visite mondaine ordinaire. S'il aurait été malvenu de porter des couleurs vives, le noir ne convenait pas non plus. Ni même le gris, le mauve et tout ce qui rappelait le deuil. Edward n'était pas mort, se répétait-elle avec force.

Finalement, elle avait choisi une robe de jour confortable, achetée un an auparavant. C'était sa mère qui avait choisi l'étoffe – une mousseline crème à motif floral dans des tons de vert, de rose et d'orange. Billie l'avait aimée d'emblée. Elle lui évoquait un jardin sous un ciel nuageux, ce qui lui paraissait tout à fait pertinent pour sa visite chez les Rokesby.

Lorsqu'elle arriva à Crake House, il y régnait un silence inhabituel qui la prit de court. Crake House était une demeure immense. Comme à Aubrey Hall, on pouvait théoriquement passer plusieurs jours sans croiser un autre membre de la famille. C'était néanmoins une maison joyeuse, animée, et qui, malgré sa taille imposante, était un véritable foyer.

À cet instant, cependant, elle semblait éteinte. Même les domestiques, qui vaquaient à leurs occupations avec diligence et discrétion, paraissaient plus silencieux qu'à l'accoutumée. Personne ne souriait ni ne parlait.

Alors qu'elle s'apprêtait à se rendre dans le salon, George apparut dans le grand hall – de toute évidence, on l'avait averti de son arrivée.

— Bonjour, Billie, dit-il, la saluant d'un signe de tête. Je suis heureux de te voir.

Elle faillit lui demander s'ils avaient des nouvelles, puis se ravisa. C'était impossible, évidemment. Il ne s'agissait pas d'attendre un messager venu de Londres à bride abattue ; Edward était bien trop loin. Il faudrait sans doute des mois avant qu'ils ne soient informés de son sort.

— Comment va ta mère ? demanda-t-elle.

— Aussi bien que possible vu les circonstances, répondit-il avec un sourire triste.

Billie le suivit dans le salon.

— Et ton père ?

George s'arrêta, sans toutefois se tourner vers elle.

— Il reste assis dans son bureau, à regarder par la fenêtre.

Billie sentit son cœur se serrer. Elle n'avait pas besoin de voir le visage de George pour savoir à quel point il souffrait. Il adorait Edward. Comme elle et comme eux tous.

— Il n'est bon à rien.

En entendant ces mots sévères, elle demeura un instant sans voix. Mais elle comprit qu'il n'y avait là aucun mépris de la part de George. D'ailleurs, il précisa :

— Il est comme paralysé... La douleur...

— Je ne crois pas qu'aucun de nous sache comment il réagira en cas de crise avant d'y être confronté.

Une ombre de sourire sur les lèvres, il murmura :

— Depuis quand es-tu devenue si sage ?

— Ce n'est pas de la sagesse que de répéter des platitudes.

— C'est de la sagesse que de savoir lesquelles valent la peine d'être répétées.

À sa grande surprise, Billie eut envie de rire.

— Tu es décidé à me complimenter ?

— C'est le seul moment joyeux de la journée.

C'était le genre de commentaire qui, en temps ordinaire, lui aurait fait battre le cœur. Mais comme eux tous, Billie était trop assommée par le chagrin et l'inquiétude. Edward avait disparu, et George souffrait...

Elle s'obligea à prendre une inspiration. Il ne s'agissait pas de George. George allait bien, il était là, devant elle, en bonne santé.

Non, évidemment, il ne pouvait s'agir de George.

Sauf que, ces derniers temps… tout revenait toujours à George, semblait-il. Elle pensait à lui constamment – Seigneur, n'était-ce pas seulement la veille qu'ils jouaient au Pall Mall, et qu'elle l'avait presque *embrassé* ?

Le ciel était témoin qu'elle en avait eu très envie ! S'il avait montré le moindre intérêt – et s'il n'y avait pas eu quatre personnes armées de maillets de Pall Mall croisant dans les parages –, elle l'aurait fait. Elle n'avait encore jamais embrassé qui que ce soit, mais ce n'était pas le genre de considération susceptible de l'arrêter. N'avait-elle pas franchi sa première barrière à l'âge de six ans, alors même qu'elle n'avait jamais sauté par-dessus un buisson ? Il lui avait suffi d'un coup d'œil à l'obstacle de cinq pieds de haut pour savoir qu'elle devait sauter par-dessus. Elle avait donc enfourché sa jument et l'avait fait. Parce qu'elle le voulait.

Et aussi parce que Edward l'avait défiée.

Cela dit, elle se serait abstenue si elle ne s'en était pas sentie capable. Et si elle n'avait pas été persuadée qu'elle adorerait cela.

Déjà elle pressentait qu'elle n'était pas comme les autres filles. Jouer du pianoforte ou travailler à sa broderie ne l'intéressait pas. Ce qu'elle aimait, c'était être dehors, galoper dans la campagne sur sa jument et, le cœur battant, savourer la caresse du soleil et du vent sur sa peau.

Elle voulait alors s'élever dans les airs.

Et le voulait toujours.

Si elle embrassait George... s'il l'embrassait...
Était-ce ce qu'elle ressentirait ?

Elle laissa courir lentement ses doigts sur le dossier du canapé pour se donner une contenance. Mais elle commit alors l'erreur de lever les yeux...

George fixait sur elle un regard intense mêlé de curiosité. Et d'autre chose aussi, qu'elle ne parvenait pas à identifier.

Quoi que ce fût, cependant... elle le ressentit. Son cœur bondit, son souffle s'accéléra, et il lui apparut que c'était exactement la même chose que lorsqu'elle galopait sur sa jument. Cette sensation d'être haletante, ivre, farouche... elle était là, dans sa poitrine, prête à jaillir.

Tout cela parce qu'il la regardait.

Bonté divine, qu'adviendrait-il d'elle s'il l'embrassait vraiment ?

D'un geste nerveux, elle tambourina du bout des doigts sur le dossier du canapé, avant de désigner un fauteuil d'une main hésitante.

— Je devrais m'asseoir...

— Si tu veux.

Mais les pieds de Billie refusèrent de bouger.

— J'ai l'impression de ne pas savoir quoi faire de moi, avoua-t-elle.

— Bienvenue au club, murmura-t-il.

— Oh, George...

— Tu veux boire quelque chose ? demanda-t-il soudain.

— Maintenant ?

Il était à peine 11 heures.

Ce fut presque avec insolence qu'il haussa les épaules, et Billie ne put s'empêcher de s'interroger. Avait-il déjà beaucoup bu ?

Ce ne fut toutefois pas vers la table où se trouvait la carafe de cognac qu'il se dirigea. Après s'être approché de la fenêtre, il resta immobile, les yeux fixés sur le jardin. Il s'était mis à pleuvoir, une petite pluie fine qui rendait l'atmosphère grise et lourde.

Billie attendit un long moment, mais il ne se retourna pas. Il gardait les mains croisées dans le dos, comme souvent les hommes. Il y avait toutefois une raideur dans son maintien, une tension dans ses épaules, qu'elle ne lui avait jamais vues.

— Que vas-tu faire ? s'obligea-t-elle à demander lorsque le silence se fit par trop pesant.

Il bougea légèrement, puis il tourna la tête, quoique pas suffisamment pour la regarder.

— Aller à Londres, je suppose.

— À Londres ?

— Il n'y a pas grand-chose d'autre que je puisse faire, rétorqua-t-il.

— Tu ne veux pas te rendre dans les colonies pour partir à sa recherche ?

— Bien sûr que si ! s'exclama-t-il en faisant brusquement volte-face. Mais ce n'est pas ce que je vais faire.

Billie en demeura muette de surprise. Elle avait l'impression d'entendre la pulsation effrénée de son sang dans ses veines. L'emportement de George était inattendu et sans précédent.

Certes, elle l'avait déjà vu se mettre en colère. Il lui aurait été difficile de fréquenter ses frères sans être témoin de certaines altercations. En revanche, elle ne l'avait jamais vu dans cet état.

Il était impossible d'ignorer le mépris qui transparaissait dans sa voix – un mépris entièrement dirigé contre lui-même.

— George, commença-t-elle, s'efforçant d'adopter un ton calme et raisonnable, si tu veux...

Il s'avança vers elle, le regard dur et furieux.

— Ne me dis pas que je peux faire ce que je veux. Parce que si tu crois cela, tu es tout aussi naïve que les autres.

— Je n'allais pas...

Heureusement, il la coupa d'un ricanement sarcastique, car c'était précisément ce qu'elle s'apprêtait à dire. Et elle comprit, à cet instant seulement, à quel point ç'aurait été ridicule. Il ne pouvait tout simplement pas partir pour les colonies ; tous le savaient.

En raison de leur ordre de naissance, George ne serait jamais aussi libre que ses frères. Il hériterait du titre, de la maison, des terres et de la plus grande partie de la fortune. Mais ce privilège s'accompagnait de responsabilités. Il était lié à cet endroit. Il avait Crake House dans le sang, tout comme elle avait Aubrey Hall.

Elle aurait aimé savoir si cela lui pesait. Aurait-il volontiers échangé sa place avec Andrew ou Edward si ç'avait été possible ?

Elle ne pouvait toutefois l'interroger à ce sujet tant que le sort d'Edward était incertain. Aussi se contenta-t-elle de lui demander :

— Que feras-tu à Londres ?

Il eut une espèce de haussement d'épaules à peine marqué.

— Je parlerai aux gens. Je me renseignerai. Je suis très bon pour parler aux gens et pour me renseigner, précisa-t-il avec un rire amer.

— C'est vrai. Cela te permet ensuite de savoir comment agir.

— Je sais surtout comment faire agir les autres, dit-il d'un ton moqueur.

Billie pinça les lèvres pour ne pas proférer une insanité du genre : « C'est une qualité précieuse. »

C'était bel et bien une qualité précieuse, même si elle-même ne la possédait pas. Elle ne déléguait jamais aucune responsabilité à l'intendant de son père. C'était sûrement l'employé le mieux rémunéré du royaume pour un travail qu'il n'accomplissait pas. Billie avait toujours agi avant de réfléchir. Et elle ne supportait pas de laisser quelqu'un accomplir une tâche, sachant qu'elle serait mieux à même de l'exécuter.

Ce qui était quasiment toujours le cas.

— J'ai besoin de boire quelque chose, marmonna soudain George.

Billie n'osa pas lui faire de nouveau remarquer qu'il était un peu tôt pour boire de l'alcool.

Après s'être avancé vers la petite table où se trouvait la carafe, il se versa un verre de cognac et en but une gorgée. Une longue gorgée.

— Tu en veux un ?

Elle refusa d'un signe de tête.

— Étonnant, grommela-t-il d'un ton dur, presque méchant.

Billie se raidit.

— Je te demande pardon ?

Mais George se contenta de rire en arquant les sourcils d'un air moqueur.

— Oh, franchement, Billie ! Tu ne vis que pour la provocation. Je peux difficilement croire que tu refuses un cognac lorsqu'on t'en offre un.

Elle serra les dents. George n'était pas lui-même.

— Il n'est même pas midi, se contenta-t-elle de répondre.

Il haussa carrément les épaules avant d'avaler d'un trait le reste de son cognac.

— Tu ne devrais pas boire…

— Et toi, tu ne devrais pas me dire ce que je dois faire.

Billie se força à rester immobile, raide même, et laissa le silence exprimer sa désapprobation. Finalement, elle lâcha avec froideur :

— Lady Alexandra t'envoie ses amitiés. Elle part aujourd'hui, précisa-t-elle lorsqu'il lui adressa un regard incrédule.

— Comme c'est aimable de ta part de me transmettre ses salutations.

Après avoir ravalé la réplique cinglante qui lui montait aux lèvres, Billie s'exclama :

— C'est ridicule ! Je ne vais pas rester ici à parler pour ne rien dire. Je suis venue offrir mon aide.

— Tu ne peux en rien aider.

— Pas quand tu es dans cet état, c'est certain, riposta-t-elle.

Il reposa bruyamment son verre et s'avança vers elle.

— Que viens-tu de dire ?

Il avait l'air si furieux que Billie faillit reculer d'un pas.

— Combien de cognacs as-tu bus ?

— Je ne suis pas ivre, articula-t-il d'une voix sourde. Celui-ci, ajouta-t-il en désignant son verre, était mon premier et unique cognac de la journée.

Sans doute était-elle censée lui présenter des excuses. Mais elle ne put s'y résigner.

— Si seulement j'étais ivre ! reprit-il.

Il se rapprocha d'elle avec la grâce silencieuse d'un chat.

— Tu ne parles pas sérieusement.

— Ah non ? lança-t-il avant de partir d'un rire strident. Ivre, je pourrais ne pas me souvenir que mon frère est perdu dans une contrée sauvage dont

243

les habitants ne sont pas vraiment bien disposés à l'égard des soldats anglais.

— George...

Il ne la laissa pas poursuivre.

— Ivre, répéta-t-il avec force, je pourrais ne pas avoir remarqué que ma mère a passé la matinée entière à pleurer dans sa chambre. Et, surtout...

Il s'appuya lourdement des deux mains sur une petite table et regarda Billie avec une fureur mêlée de désespoir.

— ... si j'étais ivre, je pourrais aussi oublier que je suis dépendant du reste du monde. Si on retrouve Edward...

— Quand on le retrouvera, rectifia Billie avec férocité.

— Quoi qu'il en soit, ce ne sera pas grâce à moi !

— Que veux-tu donc faire ? s'enquit-elle à voix basse.

Elle avait le sentiment qu'il n'en savait rien. Il prétendait vouloir se rendre dans les colonies, mais devait-elle le croire ? Elle n'en était pas certaine. Elle doutait qu'il se soit seulement autorisé à réfléchir à ce qu'il voulait faire. Il était si obsédé par ce qui l'entravait qu'il n'arrivait pas à lire clairement dans son propre cœur.

— Ce que je veux faire ? répéta-t-il, déconcerté. Je veux... je veux...

Il cligna des yeux, puis plongea son regard dans le sien.

— C'est toi que je veux.

Billie cessa de respirer.

— C'est toi que je veux, répéta-t-il.

Elle eut l'impression que la pièce entière basculait. L'expression de George n'était plus égarée, mais d'une intensité presque dangereuse.

Incapable de prononcer un mot, Billie le regarda s'approcher. L'air entre eux devint brûlant.

— Tu ne veux pas faire cela, s'entendit-elle murmurer.

— Oh, que si !

Mais ce n'était pas vrai, elle le savait. Et son cœur se brisa parce qu'elle, elle le voulait. Elle voulait qu'il l'embrasse comme si elle était la seule femme qu'il rêvait d'embrasser, comme s'il risquait de mourir s'il ne posait pas ses lèvres sur les siennes.

— Tu ne sais pas ce que tu fais, dit-elle en reculant d'un pas.

— C'est ce que tu crois ? murmura-t-il.

— Tu as bu.

— Juste assez pour que ce soit parfait.

Billie cilla. Elle ignorait ce que cela signifiait.

— Allez, Billie, dit-il d'un ton moqueur. Pourquoi hésiter autant ? Cela ne te ressemble pas.

— Cela ne te ressemble pas, à toi, rétorqua-t-elle.

— Tu n'imagines pas à quel point.

Il la rejoignit, les yeux brillants de quelque chose qu'elle était terrifiée de nommer. Il leva la main et lui toucha le bras – un doigt sur sa peau, mais ce fut suffisant pour lui arracher un frisson.

— Quand t'est-il arrivé de refuser un défi ?

Malgré les battements effrénés de son cœur, Billie carra les épaules et le regarda droit dans les yeux.

— Jamais.

Il sourit, et son regard se fit brûlant.

— Voilà bien ma Billie, murmura-t-il.

— Je ne suis pas…

— Tu le seras, gronda-t-il, et, avant qu'elle puisse ajouter un mot, il s'empara de sa bouche avec fougue.

# 17

Il l'embrassait !

C'était pure folie.

Il embrassait *Billie Bridgerton*, la dernière femme au monde qu'il aurait dû désirer. Mais, bonté divine, quand elle l'avait foudroyé du regard, puis qu'elle avait levé le menton avec un imperceptible tremblement, il n'avait vu que ses lèvres, n'avait senti que son parfum.

Et il n'avait été sensible à rien d'autre qu'à la chaleur de sa peau sous son doigt. Il en voulait davantage.

Davantage d'elle.

Sans réfléchir, il avait alors enroulé le bras autour d'elle, l'avait attirée durement contre lui et s'était emparé de sa bouche.

Il voulait la dévorer, la posséder, l'étreindre farouchement et l'embrasser jusqu'à ce qu'enfin elle devienne raisonnable, qu'elle cesse de faire des choses insensées, de prendre des risques insensés, qu'elle adopte une conduite féminine tout en restant elle-même et...

La plus grande confusion régnait dans son esprit. Dans le brasier de cet instant, sa seule pensée était qu'il en voulait davantage. Il voulait *plus* de Billie.

Il encadra son visage de ses mains pour l'immobiliser. En vain. Les lèvres de Billie bougeaient sous les siennes, et elle lui rendait son baiser avec son impétuosité coutumière. Elle montait à cheval avec impétuosité, elle jouait avec impétuosité, et elle embrassait de même, comme si George représentait une victoire et qu'elle était décidée à en jouir.

C'était aussi fou qu'aberrant, et pourtant si délicieusement parfait. Toutes les sensations du monde lui paraissaient rassemblées en une seule femme, et il avait d'elle une soif inextinguible.

Il fit glisser sa main jusqu'à son épaule, puis dans son dos, pour l'attirer contre lui jusqu'à ce que son ventre se presse contre le sien. Elle était petite, solide, mais elle possédait des courbes là où il fallait.

George n'était pas un moine. Il avait embrassé des femmes, des femmes qui savaient comment lui rendre ses baisers. Il n'en avait cependant jamais désiré aucune comme il désirait Billie.

Rien d'autre ne comptait que ce baiser.

Ce baiser… et tout ce qui s'ensuivrait.

— Billie, gronda-t-il. Billie…

Elle émit un son qui pouvait être son prénom.

Et cela suffit pour que la raison lui revienne d'un seul coup. George recula abruptement, trébuchant presque.

Bonté divine ! Que diable venait-il de se passer ?

Il prit une inspiration, ou plutôt, il essaya, ce qui était totalement différent.

Billie lui avait demandé ce qu'il voulait. Et il lui avait répondu qu'il la voulait, elle. Il n'avait même pas eu besoin de réfléchir. Du reste, s'il y avait réfléchi, rien ne serait arrivé.

George se passa une main dans les cheveux, puis l'autre. Puis il enfonça ses doigts dans son crâne jusqu'à étouffer un cri de douleur.

— Tu m'as embrassée, finit par murmurer Billie.

Il eut juste assez de présence d'esprit pour ne pas rétorquer qu'elle lui avait rendu son baiser. C'était lui qui l'avait initié, et tous deux savaient que jamais elle ne s'y serait risquée.

Il secoua la tête d'un geste machinal, sans pour autant parvenir à recouvrer sa lucidité.

— Je suis désolé, dit-il avec raideur. Ce n'était pas... Je veux dire...

Il jura entre ses dents, incapable d'aller plus loin.

— Tu m'as embrassée, répéta-t-elle, cette fois d'un air soupçonneux. Pourquoi...

— Je ne sais pas.

Il jura de nouveau et se détourna. Bon sang ! Bon sang de bon s...

— C'était une erreur, dit-il.

— Quoi ?

Sur cette seule syllabe, il ne pouvait juger de son ton. Ce qui valait peut-être mieux. Pivotant face à elle, il s'adjura de la regarder, tout en refusant de la voir.

Il ne voulait pas voir sa réaction ni savoir ce qu'elle pensait de lui.

— C'était une erreur, répéta-t-il, parce qu'il le fallait. Tu comprends ?

Elle plissa les yeux et son visage se durcit.

— Parfaitement.

— Pour l'amour du ciel, Billie, ne te sens pas offensée...

— Ne te sens pas offensée ? répéta-t-elle. Ne te sens pas offensée ? Tu...

Elle s'interrompit, jeta un coup d'œil en direction de la porte ouverte, puis continua dans un chuchotement furieux :

— Ce n'est pas moi qui ai commencé !

— J'en ai bien conscience.

— Mais à quoi as-tu pensé ?

— Je n'ai pas pensé, de toute évidence.

Ses yeux s'arrondirent, un éclair de douleur les traversa et elle se retourna, les bras refermés autour de son buste.

George comprit alors la pleine signification du mot « remords ». Il exhala lentement, se passa une fois de plus la main dans les cheveux.

— Je te présente mes excuses. Je t'épouserai, bien sûr.

— Quoi ? s'exclama-t-elle en pivotant. Non !

— Je te demande pardon ? dit-il en se raidissant.

— Ne sois pas idiot, George. Tu ne veux pas m'épouser.

C'était la vérité, mais il n'était pas stupide au point de le dire à voix haute.

— Et tu sais que je ne veux pas t'épouser.

— Cela me paraît de plus en plus évident.

— Tu ne m'as embrassée que parce que tu étais bouleversé...

Cette fois, ce n'était pas la vérité, mais il s'abstint de nouveau d'ouvrir la bouche.

— ... j'accepte donc tes excuses.

Elle leva le menton.

— Et nous n'en reparlerons plus jamais.

— D'accord.

Ils restèrent un instant face à face, figés dans l'embarras. George aurait dû sauter de joie. Dans cette situation, n'importe quelle autre jeune femme aurait pris le ciel à témoin, appelé son père, puis le pasteur, et enfin, exigé une dispense de bans pliée en forme de nœud coulant.

Pas Billie. Non, Billie se contenta de le regarder avec hauteur et déclara :

— J'espère que toi aussi, tu accepteras mes excuses.

— Tes exc... commença George avant de s'interrompre, interdit.

Pourquoi diable devrait-elle lui présenter des excuses ? Ou essayait-elle simplement de reprendre l'avantage ? Elle avait toujours été douée pour le désarçonner.

— Je ne peux pas prétendre ne pas t'avoir rendu ce... euh...

Elle avala sa salive avec peine, et George ne nia pas le plaisir qu'il éprouva à la voir rougir.

— Ce... euh...

— Ça t'a plu, dit-il sans tenter de dissimuler son sourire.

La provoquer dans un tel moment était d'une imprudence extrême, pourtant il ne put s'en empêcher.

Billie se tortilla.

— Il faut bien recevoir un premier baiser.

— Dans ce cas, je suis flatté, dit-il en s'inclinant avec courtoisie.

Elle resta bouche bée de surprise. Peut-être même de consternation. George se félicita d'avoir repris la main.

Mais son contentement se mua en agacement lorsqu'elle répliqua :

— Je ne m'attendais pas que ce soit toi, bien sûr.

— Tu espérais peut-être quelqu'un d'autre ?

— Personne en particulier, admit-elle avec un brusque haussement d'épaules.

Il préféra ne pas s'attarder sur la vague de plaisir que cette déclaration fit déferler en lui.

— J'ai toujours imaginé, sans doute, que ce serait l'un de tes frères. Andrew, peut-être...

— Pas Andrew !

— Peut-être pas, effectivement, acquiesça-t-elle, l'air pensif. Mais il fut un temps où cela paraissait plausible.

La relative satisfaction de George se mua en une irritation croissante. Certes, Billie ne paraissait pas insensible à la situation, mais elle était loin d'être aussi bouleversée qu'elle aurait dû l'être selon lui.

— Cela n'aurait pas été pareil, s'entendit-il dire.

Elle cligna des yeux.

— Je te demande pardon ?

George esquissa un pas vers elle, conscient du bourdonnement dans ses oreilles.

— Si tu en avais embrassé un autre. Cela n'aurait pas été pareil.

— Eh bien... hésita-t-elle, l'air délicieusement troublée. Je suppose que non. Je veux dire... quelqu'un de différent...

— De très différent.

Elle ouvrit la bouche, mais plusieurs secondes s'écoulèrent avant qu'un son n'en sorte.

— Je ne suis pas certaine de savoir à qui tu te compares.

— À n'importe qui, dit-il en se rapprochant. À tout le monde.

— George ?

Elle avait les yeux écarquillés, mais elle ne protestait ni ne reculait.

— Veux-tu que je t'embrasse de nouveau ?

— Bien sûr que non ! répondit-elle avec trop de hâte.

— Tu en es sûre ?

Elle déglutit, puis murmura :

— Ce serait une très mauvaise idée.

— Oui, très mauvaise, acquiesça-t-il à voix basse.

— Alors, nous… nous ne devrions pas ?

Il lui effleura la joue et, cette fois, ce fut en chuchotant qu'il répéta :

— Veux-tu que je t'embrasse de nouveau ?

Elle esquissa un signe presque imperceptible de la tête. S'agissait-il d'un *oui* ou d'un *non* ? Il la soupçonna de ne pas le savoir elle-même.

— Billie ? murmura-t-il, et il était si près que son souffle lui effleura le visage.

Elle prit une inspiration saccadée.

— J'ai dit que je ne voulais pas t'épouser.

— En effet.

— Enfin, j'ai dit que tu n'étais pas obligé de m'épouser. Ça resterait vrai.

— Si je t'embrassais encore ?

Elle acquiesça.

— Cela ne signifierait donc rien ?

— Non…

Une divine sensation de chaleur lui gonfla la poitrine. C'était totalement faux. Et Billie le savait.

— C'est juste que… qu'il n'y aura pas de conséquences, ajouta-t-elle, les lèvres tremblantes.

Il lui frôla la joue de ses lèvres.

— Pas de conséquences, répéta-t-il.

— Aucune.

— Je pourrais t'embrasser de nouveau…

Il posa la main au creux de ses reins, mais n'exerça qu'une légère pression. Billie pouvait s'écarter à tout moment pour se soustraire à son étreinte, traverser la pièce et sortir. Il avait besoin qu'elle le sache, et il avait besoin de savoir qu'elle le savait. Ainsi, elle ne pourrait pas se reprocher de s'être laissé emporter par sa passion à lui.

Si elle était emportée, ce serait par son propre désir.

— Je pourrais t'embrasser de nouveau, répéta-t-il tout contre son oreille.

— De nouveau, souffla-t-elle.

Il referma les lèvres sur le lobe de son oreille et le mordilla doucement.

— Je pense…

— Que penses-tu ? demanda-t-il.

Il sourit contre sa peau. L'instant était si exquis qu'il ne parvenait pas à y croire. Il avait connu des baisers passionnés, des élans irrépressibles et des désirs impétueux. Il y avait tout cela, mais avec quelque chose en plus.

Quelque chose de joyeux.

— Je pense… reprit-elle avant de marquer une hésitation. Je pense que tu devrais m'embrasser de nouveau.

Lorsqu'elle releva la tête, ses yeux étaient étonnamment vifs.

— Et je pense que tu devrais fermer la porte.

Jamais George n'avait fait preuve d'une telle célérité. Il envisagea même un instant de coincer une chaise sous la poignée de la porte pour bloquer son ouverture.

— Cela ne signifie toujours rien, dit-elle lorsqu'il l'enlaça.

— Absolument rien.

— Il n'y a pas de conséquences.

— Aucune.

— Tu n'es pas obligé de m'épouser.

— Je ne suis pas obligé, non.

Cependant, il le pourrait. Il fut le premier surpris lorsque cette pensée lui traversa l'esprit. Oui, rien ne l'empêchait d'épouser Billie. Hormis, peut-être, la préservation de sa santé mentale. Mais il avait l'impression d'être devenu fou à l'instant où ses lèvres s'étaient posées sur les siennes.

Elle se hissait sur la pointe des pieds, le visage tendu vers le sien.

— Si tu m'as donné mon premier baiser, dit-elle avec un sourire espiègle, autant que tu me donnes le second.

— Peut-être même le troisième, répliqua-t-il avant de s'emparer de sa bouche.

— Il est important de savoir, dit-elle entre deux baisers.

— De savoir ?

Quand ses lèvres glissèrent sur son cou, elle se cambra contre lui.

Elle hocha la tête, avant d'émettre un petit cri étouffé lorsqu'il fit descendre sa main le long de son buste.

— De savoir embrasser, précisa-t-elle. C'est une compétence.

— Et tu aimes être compétente, dit-il en souriant.

— Oui.

De son cou, il déposa une pluie de baisers sur sa gorge, et remercia silencieusement la mode qui, favorisant les décolletés ronds et profonds, dévoilait sa chair laiteuse.

— Je te prédis de grandes choses, murmura-t-il.

La seule réaction de Billie fut un tressaillement dont il ne détermina pas exactement la cause. Peut-être était-il dû à sa langue, qui taquinait la peau sensible le long de la bordure de dentelle de son corsage. Ou à ses dents qui lui mordillaient le creux du cou.

George n'osa pas la renverser sur la méridienne. Il ne se faisait pas à ce point confiance. Il la repoussa cependant contre le canapé, puis la souleva légèrement pour l'installer sur le haut du dossier.

D'instinct, Billie sut que faire. Elle ouvrit les jambes et, lorsqu'il retroussa ses jupes, elle les referma autour de lui. Peut-être était-ce simplement pour conserver son équilibre, mais il s'en moquait. Malgré les épaisseurs d'étoffes qui les séparaient, il sentait son corps, et son sexe durci savait où il voulait aller. Billie était une fille de la campagne. Elle n'ignorait sans doute pas ce que cela signifiait. Toutefois, en proie à une passion semblable à la sienne, elle attira George encore plus près en resserrant les jambes autour de ses hanches.

Bonté divine, à ce rythme-là, il allait se répandre comme un jouvenceau !

Il prit une inspiration saccadée et s'obligea à s'écarter.

— C'est trop, articula-t-il.

— Non, se contenta-t-elle de riposter.

Elle referma alors les mains sur sa nuque pour qu'il continue de l'embrasser, malgré la légère distance entre eux.

Il l'embrassa donc, longuement, quoique avec précaution, conscient qu'il était de jouer avec le feu. Avec tendresse, également, car il pressentait, sans en connaître la raison, que personne ne songeait jamais à se montrer tendre avec Billie.

— George…

Il s'arracha à ses lèvres, quoique à peine.

— Mmmm…

— Nous devons… nous devons arrêter.

— Mmmm, acquiesça-t-il, mais il n'en fit rien.

Il l'aurait pu, cependant, puisqu'il était à présent maître de son désir. Sauf qu'il n'en avait pas envie.

— George, reprit-elle, j'entends des gens.

Il releva la tête, prêta l'oreille et jura.

— Va ouvrir la porte, murmura Billie d'un ton pressant.

Il s'exécuta aussitôt. Rien n'éveillait plus le soupçon qu'une porte fermée.

— Tu pourrais peut-être... commença-t-il.

Il s'éclaircit la voix et esquissa un signe vers sa propre tête. Sans être un spécialiste des coiffures féminines, il était à peu près certain que celle de Billie méritait d'être rectifiée.

Billie pâlit et entreprit de replacer fébrilement les épingles qui avaient glissé.

— C'est mieux ?

George fit la grimace. Derrière son oreille droite, une boucle châtaine paraissait lui sortir du crâne.

— George ? fit une voix dans le hall.

Sa mère ! Dieu du ciel !

— George !

— Dans le salon, maman, cria-t-il en se dirigeant vers la porte.

Il parviendrait peut-être à retenir sa mère quelques secondes. Il se retourna vers Billie et ils échangèrent un dernier regard affolé. Elle enfonça une ultime épingle, puis tendit les mains, comme pour dire : « Alors ? »

Mais le sort en était jeté.

— Mère, dit-il en s'avançant dans le hall, vous êtes levée...

Elle lui présenta sa joue, qu'il embrassa en fils affectueux.

— Je ne vais pas rester éternellement dans ma chambre.

— Non, bien sûr. Vous avez néanmoins le droit de prendre un peu de temps pour…

— Pour le pleurer ? le coupa-t-elle. Je refuse de le pleurer. Pas avant d'avoir reçu des nouvelles définitives.

— J'allais dire « vous reposer ».

— Je me suis reposée.

« Bien joué, lady Manston », songea George. Décidément, la capacité de sa mère à remonter la pente ne cessait de le surprendre.

Elle passa devant lui pour entrer dans le salon.

— J'ai pensé que… commença-t-elle. Oh, bonjour, Billie ! Je ne savais pas que tu étais là.

— Bonjour, lady Manston, répondit Billie en la saluant d'une révérence. J'espérais pouvoir être d'une aide quelconque.

— C'est très gentil de ta part. Je ne sais pas exactement ce que l'on peut faire, mais je suis toujours heureuse de ta compagnie. Il y a beaucoup de vent ? enchaîna-t-elle en inclinant la tête.

— Comment ? Euh… oui, un peu, balbutia Billie en portant la main à ses cheveux. J'ai oublié mon chapeau.

Tous les regards se posèrent sur le chapeau qu'elle avait laissé sur une table.

— Ce que je voulais dire, c'est que j'ai oublié de le mettre. Ou, plutôt, pour dire la vérité, je n'ai pas oublié. L'air était tout simplement trop agréable.

Elle ponctua sa déclaration d'un petit rire nerveux. George espéra de tout cœur que sa mère ne remarquait rien.

— Je ne le dirai pas à ta mère, promit lady Manston avec un sourire indulgent.

Billie hocha la tête pour la remercier, puis un silence embarrassé tomba dans la pièce. Mais peut-être que George était le seul à le trouver embarrassé – parce qu'il savait à quoi pensait Billie, parce qu'il savait à quoi lui-même pensait, et parce qu'il lui semblait impossible que sa mère pensât à autre chose.

C'était pourtant le cas. Elle se tourna vers lui avec un sourire manifestement forcé pour demander :

— Finalement, tu te rendras à Londres ?

— Sans doute. Je connais quelques personnes au ministère de la Guerre.

— George pensait aller à Londres pour tâcher d'en savoir plus, expliqua lady Manston à Billie.

— Il m'en a parlé, en effet. C'est une excellente idée.

— Ton père connaît des gens, lui aussi, poursuivit lady Manston en se tournant à George, mais…

— Je peux y aller, se hâta-t-il de dire pour épargner à sa mère le chagrin d'avoir à avouer dans quel état de prostration se trouvait son mari.

— Vous connaissez sans doute les mêmes personnes, tous les deux, fit remarquer Billie.

— Exactement, acquiesça George.

— Je crois que je t'accompagnerai, reprit sa mère.

— Non, mère, vous devriez rester ici, déclara George. Père aura besoin de vous, et il me sera plus facile d'agir si je suis seul.

— Ne dis pas de bêtises. Ton père n'a besoin de rien d'autre que de nouvelles de son fils, et je peux difficilement faire quoi que ce soit pour en obtenir en restant ici.

— Et vous en obtiendrez à Londres ?

— Probablement pas, admit-elle. Mais au moins, j'essaierai.

— Je ne pourrai rien faire si je dois m'inquiéter pour vous.

Sa mère haussa ses sourcils à l'arc parfaitement dessiné.

— Dans ce cas, ne t'inquiète pas.

George serra les dents. Il était impossible de discuter avec elle lorsqu'elle était dans ce genre de disposition. Et en toute honnêteté, il n'était même pas sûr de savoir pour quelle raison il ne voulait pas que sa mère vienne avec lui. Il s'agissait juste du sentiment étrange et taraudant qu'il valait mieux faire certaines choses seul.

— Tout va s'arranger, assura Billie, soucieuse d'adoucir la tension entre la mère et le fils.

George lui adressa un regard reconnaissant, mais il douta qu'elle s'en soit aperçue. Finalement, elle ressemblait davantage à sa propre mère qu'on ne l'imaginait. À sa manière, elle œuvrait pour la paix.

Elle prit la main de lady Manston dans la sienne et la pressa doucement.

— Je sais qu'Edward nous reviendra sain et sauf.

Un sentiment de fierté presque affectueuse gonfla le cœur de George. Il aurait juré sentir qu'à lui aussi elle serrait la main avec compassion.

— Tu es si gentille, Billie, murmura sa mère. Edward et toi avez toujours été très proches.

— C'est mon meilleur ami, rappela Billie. En plus de Mary, évidemment.

George croisa les bras.

— N'oublie pas Andrew.

Elle eut le temps de lui jeter un regard réprobateur avant que sa mère se penche vers elle pour l'embrasser sur la joue.

— Que ne donnerais-je pas pour vous voir de nouveau réunis, Edward et toi.

— Vous nous verrez réunis, assura Billie d'un ton ferme. Il reviendra à la maison – peut-être pas tout de suite, mais un jour ou l'autre. Nous serons de nouveau réunis, insista-t-elle avec un sourire rassurant. Je le sais.

— Nous serons *tous* réunis, lança George d'un air maussade.

Le regard que Billie lui coula s'accompagna, cette fois, d'un froncement de sourcils clairement désapprobateur.

— Je ne cesse de voir son visage, reprit lady Manston. Chaque fois que je ferme les yeux.

— Moi aussi, reconnut Billie.

George vit rouge. Il venait de l'embrasser, que diable ! Et il était à peu près certain qu'elle avait fermé les yeux.

— George ? dit sa mère.

— Quoi ?

— Tu as fait un drôle de bruit.

— Je me suis raclé la gorge, mentit-il.

Billie pensait-elle à Edward lorsqu'elle l'embrassait ? Non, elle ne ferait pas une chose pareille. Cela dit, qu'en savait-il ? Et pourrait-il le lui reprocher ? Si elle avait pensé à Edward, ce n'était pas intentionnel – ce qui rendait la chose encore pire.

Il l'observa tandis qu'elle s'entretenait avec sa mère. Était-elle amoureuse d'Edward ? Non, impossible. Parce que si elle l'était, Edward, sauf à être idiot, lui aurait rendu son affection. Et dans ces conditions, ils seraient à présent mariés.

En outre, Billie lui avait dit n'avoir jamais été embrassée. Et elle n'était pas du genre à mentir.

Edward était un gentleman – peut-être même plus que George, à en juger par ce qui s'était passé aujourd'hui. Il n'empêche que s'il avait été amoureux de Billie, il ne serait certainement pas parti pour l'Amérique sans l'avoir embrassée.

— George ?

Il leva les yeux. Sa mère l'observait avec une curiosité inquiète.

— Tu n'as pas l'air bien, dit-elle.

— Je ne me sens pas bien, répliqua-t-il sèchement.

Lady Manston ne trahit sa surprise que par un infime tressaillement.

— Je suppose que c'est notre cas à tous.

— J'aimerais aller à Londres, déclara soudain Billie.

— Tu plaisantes ? s'écria George, effaré.

Ce serait un désastre. S'il estimait déjà que la présence de sa mère risquait de le distraire...

Billie se raidit, visiblement offensée.

— Pourquoi plaisanterais-je ?

— Tu détestes Londres.

— Je n'y suis allée qu'une fois, rétorqua-t-elle.

— Comment est-ce possible ? s'exclama lady Manston. Je sais que tu n'as pas assisté à une seule saison mondaine, mais se rendre à Londres prend à peine une journée.

— Ma mère, commença Billie, avait quelques réticences après ce qui s'était passé lors de ma présentation à la Cour.

Lady Manston fit la grimace, puis se ressaisit aussitôt en déclarant avec enthousiasme :

— Eh bien, cela arrangera tout, dans ce cas. Nous ne pouvons pas vivre dans le passé.

Saisi d'un pressentiment funeste, George demanda à sa mère :

— Cela arrangera quoi, exactement ?

— Billie doit se rendre à Londres.

# 18

C'est ainsi que moins d'une semaine plus tard, Billie se retrouva en petite tenue, livrée aux mains de deux couturières qui jacassaient en français tout en la menaçant d'une nuée d'épingles.

— J'aurais pu porter l'une de mes robes, dit-elle à lady Manston pour la cinquième fois au moins.

Celle-ci ne leva même pas les yeux de la revue de mode qu'elle parcourait.

— Non, Billie.

Avec un soupir, Billie reporta les yeux sur le riche brocart qui tapissait les murs de cette maison de couture renommée, devenue son deuxième foyer depuis son arrivée à Londres. Une boutique très courue, lui avait-on dit. L'enseigne discrète, au-dessus de la porte, indiquait simplement : *Mme Delacroix, couturière*. Mais lady Manston n'évoquait la fringante petite Française que sous le nom de Crossy, et Billie avait été priée de faire de même.

Dans des circonstances ordinaires, avait fait remarquer lady Manston, Crossy et ses petites mains seraient venues à domicile ; dans la mesure où elles disposaient de peu de temps pour constituer une garde-robe correcte à Billie, il avait semblé plus efficace de se rendre au magasin.

Billie avait tenté de protester. Elle ne venait pas à Londres pour la saison mondaine – qui n'avait d'ailleurs pas encore commencé – et certainement pas pour assister à des fêtes et à des bals.

En vérité, elle n'était pas certaine de connaître la raison de sa présence ici. L'annonce de lady Manston l'avait laissée interdite, et son expression avait dû la trahir, car cette dernière avait ajouté :

— Tu viens de dire que tu voulais aller à Londres. Et je ne suis pas entièrement désintéressée, je l'avoue. Moi aussi, je souhaite y aller, et j'ai besoin d'une compagne.

George s'était récrié. Ce qui, vu les circonstances, avait paru à Billie à la fois raisonnable et insultant. Mais lady Rokesby était demeurée inébranlable.

— Je ne peux pas emmener Mary, elle est bien trop malade, avait-elle argué. De toute manière, je doute que Felix le lui permettrait.

Elle s'était alors tournée vers Billie.

— Il est très protecteur.

— En effet, avait marmonné Billie, faute de savoir quoi dire.

Elle s'était ensuite traitée d'idiote. Elle ne se sentait jamais aussi peu sûre d'elle que face à l'autorité d'une dame de la haute société, même si elle connaissait celle-ci depuis toujours. La plupart du temps, lady Manston était sa voisine bien-aimée ; de temps à autre, cependant, l'aristocrate mondaine reprenait le dessus, et elle donnait des ordres, distribuait des directives et se montrait experte en toute chose. Billie ne savait comment s'affirmer. C'était du reste la même chose avec sa propre mère.

— Pardonne-moi, Billie, avait dit George sans la regarder, mais sa présence constituerait une distraction, avait-il enchaîné à l'adresse de sa mère.

— Une distraction bienvenue, avait assuré cette dernière.

— Pas pour moi, avait rétorqué George, cette fois bien plus insultant que raisonnable.

— George Rokesby ! s'était écriée sa mère, outrée. Présente immédiatement des excuses à Billie.

— Elle sait ce que je veux dire.

— Vraiment ? avait répliqué Billie, n'y tenant plus.

George avait pivoté vers elle en affichant une expression vaguement irritée – et clairement condescendante.

— Tu n'as pas réellement envie d'aller à Londres.

— Edward était mon ami, avait-elle dit.

— Il n'y a pas de « était » à son sujet, avait riposté George.

Billie l'aurait frappé. Il le faisait exprès !

— Pour l'amour du ciel, George, tu sais ce que je veux dire !

— Vraiment ? avait-il répété, ironique.

— Que diable se passe-t-il ? s'était exclamée lady Manston. Je sais que vous n'avez jamais été proches, tous les deux, mais ce n'est pas une raison pour vous conduire ainsi. Bonté divine, on a l'impression que vous avez trois ans !

Ce fut ainsi que la conversation s'était terminée. Billie et George, gênés, avaient été réduits au silence. Quant à lady Manston, elle avait aussitôt entamé la rédaction d'un billet à l'attention de lady Bridgerton, dans lequel elle expliquait que Billie avait gracieusement accepté de l'accompagner dans la capitale.

Naturellement, lady Bridgerton avait trouvé l'idée excellente.

Billie avait cru qu'elle passerait ses journées à visiter les lieux les plus remarquables, et aurait peut-être même l'occasion d'assister à une représentation théâtrale. Mais dès le lendemain de leur arrivée, lady Manston avait reçu une invitation à un bal donné par une amie très chère et, à la grande surprise de Billie, elle avait décidé d'accepter.

— Êtes-vous certaine d'avoir le cœur à sortir ? avait hasardé Billie.

Il faut préciser que son motif était purement altruiste car, à ce moment-là, elle ignorait encore qu'elle serait littéralement traînée à ladite soirée.

— Mon fils n'est pas mort, avait répliqué lady Manston avec une brusquerie qui l'avait déconcertée. Je ne vais pas me conduire comme s'il l'était.

— Non… Non, bien sûr, mais…

— En outre, avait poursuivi lady Manston comme si Billie n'avait rien dit, Ghislaine est une amie très chère, et il serait impoli de décliner son invitation.

Les sourcils froncés, Billie avait contemplé l'impressionnante pile de cartons d'invitations, mystérieusement apparus dans une coupe de porcelaine posée sur le secrétaire de lady Manston.

— Et comment sait-elle que vous êtes à Londres ?

Avec un haussement d'épaules, lady Manston avait passé en revue les autres invitations.

— Je suppose que George l'en a informée.

Billie avait eu un sourire contraint. George était arrivé à Londres deux jours avant elles. Il avait parcouru tout le chemin à cheval, l'heureux homme ! Depuis, Billie l'avait vu très précisément trois fois. Une fois au dîner, une fois au petit déjeuner, et une fois dans le salon, où il était venu se servir un cognac alors qu'elle était en train de lire.

Il s'était montré d'une politesse irréprochable, quoique un peu distante. Sans doute était-il pardonnable car, pour ce qu'elle en savait, il s'employait à obtenir des nouvelles d'Edward, et elle ne souhaitait certainement pas le distraire de cet objectif. Elle n'avait cependant pas imaginé que la phrase « Pas de conséquences » se traduirait par « Oh, je suis désolé, c'est toi, là, dans ce fauteuil ? ».

Elle ne croyait pas que leur baiser l'avait laissé indifférent. Elle n'avait guère d'expérience des hommes – et même aucune –, mais elle connaissait George, et elle savait qu'il avait désiré ce baiser autant qu'elle.

Et Dieu qu'elle l'avait voulu ! Et le voulait encore.

Chaque fois qu'elle fermait les yeux, elle voyait le visage de George. Chose étonnante, ce n'était pas le baiser qu'elle revivait indéfiniment, c'était l'instant juste avant, lorsque son cœur palpitait follement et qu'elle aspirait à mêler son souffle à celui de George. Si le baiser avait été magique, l'instant qui l'avait précédé, la fraction de seconde durant laquelle elle avait su…

Elle avait été transformée. George avait éveillé en elle quelque chose dont elle ignorait l'existence, quelque chose de farouche et d'égoïste, dont elle voulait davantage.

Elle ignorait malheureusement tout de la manière de l'obtenir. S'il existait un moment pour recourir aux ruses féminines, celui-ci était probablement venu. Hélas, elle était hors de son élément, à Londres. Elle savait comment se comporter dans le Kent. Peut-être n'incarnait-elle pas l'idéal de féminité tel que le concevait sa mère, mais quand elle était chez elle, à Aubrey Hall ou à Crake House, elle savait qui elle était. Si elle disait quelque chose de curieux ou agissait différemment des autres jeunes filles, cela n'avait pas d'importance car elle était Billie Bridgerton, et tout le monde savait ce que cela signifiait – y compris elle-même.

Dans cet hôtel particulier solennel, en revanche, avec ses domestiques inconnus et ses visiteuses aux lèvres pincées, elle était perdue. Elle doutait de chacun des mots qu'elle prononçait.

— La fille de Ghislaine a dix-huit ans, je crois, avait repris lady Manston en saisissant de nouveau l'invitation de son amie. Peut-être dix-neuf. En tout cas, l'âge de se marier. Une fille charmante, avait-elle poursuivi lorsque Billie avait gardé le silence. Très jolie, bien élevée...

Lady Manston avait relevé la tête avec un grand sourire.

— Dois-je insister pour que George m'y accompagne ? Il est grand temps qu'il commence à se chercher une femme.

— Je suis certaine qu'il serait ravi de vous accompagner, avait répondu Billie avec diplomatie.

Mais en esprit, elle imaginait déjà la fille de Ghislaine avec des cornes et une fourche.

— Et tu viendras aussi, avait ajouté lady Rokesby.

Billie avait sursauté.

— Oh, je ne crois pas...

— Il faudra que nous te trouvions une robe.

— Ce n'est vraiment pas...

— Et des chaussures, je suppose.

— Mais, lady Manston, je...

— Je me demande si nous pouvons sortir sans perruque. Si tu n'as pas l'habitude d'en porter, cela peut être un peu délicat.

— Je n'aime pas du tout porter une perruque, avait déclaré Billie.

— Dans ce cas, tu n'y seras pas obligée.

Ce fut seulement à cet instant que Billie s'était rendu compte qu'elle avait été adroitement manipulée.

Cette conversation s'était déroulée deux jours auparavant. Deux jours... et cinq essayages. Six, si l'on comptait celui en cours.

— Billie, retiens ton souffle un instant, lui recommanda lady Manston.

— Pardon ?

Il lui était difficile de prêter attention à autre chose qu'aux deux couturières qui s'agitaient dans son dos. Elle avait entendu dire que la plupart d'entre elles contrefaisaient un accent français afin de paraître plus sophistiquées, mais ce n'était manifestement pas le cas de ces deux-là. Billie ne comprenait pas un mot de ce qu'elles racontaient.

— Elle ne parle pas français, confia lady Manston à Crossy. Il faudra que j'en demande la raison à sa mère. Ton souffle, ma chérie, continua-t-elle en revenant à Billie. Elles doivent serrer ton corset.

Par-dessus son épaule, Billie jeta un coup d'œil aux aides de Crossy qui attendaient, les extrémités des lacets en main.

— Deux personnes sont nécessaires ?

— C'est un très bon corset, expliqua lady Manston.

— Le meilleur, confirma Crossy avec un accent épouvantable.

Billie soupira.

— Non, inspire, lui dit lady Manston. Inspire !

Billie obéit et rentra le ventre, de manière à permettre aux deux couturières d'accomplir une espèce de resserrement chorégraphique du corset, qui eut pour résultat une courbure inédite de sa colonne vertébrale. Ses hanches pointaient vers l'avant et sa tête paraissait être remarquablement rejetée en arrière. Elle douta d'être capable de marcher ainsi.

— Ce n'est pas très confortable, murmura-t-elle.

— Ce n'est pas fait pour, confirma lady Manston avec indifférence.

Après avoir dit quelque chose en français, l'une des demoiselles poussa les épaules de Billie vers l'avant et son ventre vers l'arrière.

— C'est mieux ? demanda-t-elle.

Billie inclina la tête sur le côté, avant de faire légèrement pivoter son torse, à gauche, puis à droite. Oui, c'était mieux. Encore un élément de la féminité distinguée qu'elle ne maîtrisait absolument pas : le port du corset. Ou, plutôt, le port du « bon » corset. Apparemment, ceux dont elle s'était contentée jusqu'à présent manquaient de tenue.

— Merci, dit-elle à la jeune femme, avant de s'éclaircir la voix. Euh… *Merci*, répéta-t-elle, cette fois en français.

— Pour vous, le corset ne devrait pas être trop inconfortable, déclara Crossy après avoir inspecté son chef-d'œuvre. Vous avez un joli ventre plat. Le problème, ce sont vos seins.

Billie releva la tête, alarmée.

— Mes…

— Ils manquent de chair, soupira Crossy en secouant tristement la tête.

C'était déjà embarrassant d'entendre discuter de ses seins comme s'il s'agissait de cuisses de poulet, mais c'est alors que Crossy les empoigna !

— Il faut les pousser vers le haut, vous ne trouvez pas ? dit-elle à lady Rokesby en joignant le geste à la parole.

Billie aurait voulu mourir sur place.

— Hmmm ? fit lady Rokesby, le visage plissé par la réflexion. Je pense que vous avez raison. Ils sont bien mieux ainsi.

— Je suis sûre qu'il n'est pas nécessaire... commença Billie.

Puis elle abandonna. Elle n'avait pas voix au chapitre.

Crossy donna de nouvelles instructions à ses assistantes et, avant de savoir ce qui lui arrivait, Billie fut délacée, relacée et, quand elle baissa les yeux, sa poitrine n'était absolument plus au même endroit que quelques instants plus tôt.

— Bien mieux, approuva Crossy.

— Mon Dieu, murmura Billie.

Il lui aurait suffi de hocher la tête pour toucher ses seins du menton.

Crossy se pencha vers elle et, avec un clin d'œil complice :

— Il sera incapable de vous résister.

— Qui ?

— Il y a toujours un « il », gloussa la couturière.

Billie s'efforça de ne pas penser à George, en vain. Que cela lui plût ou non, il était son « il ».


Tandis que Billie s'efforçait de ne pas penser à George, lui-même s'efforçait de ne pas penser au poisson. Aux harengs fumés, pour être précis.

Il avait passé la plus grande partie de la semaine au ministère de la Guerre pour essayer d'obtenir des informations au sujet d'Edward. Cela avait entraîné un certain nombre de repas avec lord Arbuthnot qui, avant d'être atteint de la goutte, était général dans l'armée de Sa Majesté. Si la goutte était une « sacrée cochonnerie » – selon ses propres termes –, cela signifiait aussi qu'il était de retour sur le sol britannique, où un homme pouvait prendre un petit déjeuner convenable tous les jours.

Et apparemment, lord Arbuthnot rattrapait encore ses années de petits déjeuners indignes de ce nom. Lorsque George se joignit à lui pour dîner, le repas fut constitué de plats servis d'ordinaire le matin : œufs à la coque ou brouillés, bacon, pain grillé... et harengs fumés. Des tas de harengs fumés, auxquels lord Arbuthnot fit plus qu'honneur.

George n'avait rencontré le vieux militaire qu'une seule fois auparavant, mais Arbuthnot et le père de George avaient été condisciples à Eton, de même que George et le fils d'Arbuthnot. Peut-être y avait-il des relations plus importantes à faire jouer pour obtenir des renseignements, mais il ignorait lesquelles.

— Ma foi, j'ai mené mon enquête, annonça Arbuthnot tout en découpant avec enthousiasme un morceau de jambon. Et je n'ai pas pu découvrir grand-chose au sujet de votre frère.

— Quelqu'un doit pourtant savoir où il se trouve.

— Dans la colonie du Connecticut. C'est l'indication la plus précise que j'aie obtenue.

Sous la table, George serra les poings.

— Il n'est pas censé se trouver dans la colonie du Connecticut, objecta-t-il.

Après avoir mastiqué une bouchée, Arbuthnot observa George, les yeux étrécis.

— Vous n'avez jamais été militaire, n'est-ce pas ?

— Non, à mon grand regret.

L'homme hocha la tête. Cette réponse avait, de toute évidence, son approbation.

— Les militaires se trouvent rarement où ils sont censés être. Du moins, les militaires comme votre frère.

George s'efforça de conserver une expression impassible.

— Je crains de ne pas vous comprendre.

Arbuthnot s'adossa à sa chaise. Tout en tambourinant légèrement du bout des doigts sur la table, il étudia George d'un œil songeur.

— Votre frère n'est pas un simple soldat, lord Kennard.

— Un capitaine doit néanmoins suivre des ordres, j'imagine.

— Et aller là où on lui commande d'aller ? Bien sûr. Mais cela ne signifie pas qu'il se retrouve là où il est « censé » être.

George demeura silencieux un moment. Puis il demanda, incrédule :

— Essayez-vous de me dire qu'Edward est un genre d'espion ?

C'était inimaginable. L'espionnage était une activité déshonorante. Les hommes comme Edward portaient leur uniforme avec fierté.

Arbuthnot secoua la tête.

— Non. Du moins, je ne le pense pas. Cela n'a rien de ragoûtant, l'espionnage. Votre frère ne serait pas obligé de faire cela.

Il ne ferait *pas* cela, point final, songea George.

— Cela n'aurait aucun sens, de toute façon, poursuivit Arbuthnot. Pensez-vous réellement que votre frère puisse se faire passer pour autre chose qu'un gentleman anglais ? À mon avis, les rebelles ne croiraient jamais que le fils d'un comte soit susceptible d'épouser leur cause.

Après s'être tamponné les lèvres avec sa serviette, Arbuthnot tendit la main vers les harengs.

— Je pense que votre frère est éclaireur.

— Éclaireur, répéta George.

Arbuthnot acquiesça d'un signe de tête tout en lui présentant le plat.

— Vous en voulez encore ?

George retint à grand-peine une grimace.

— Non, je vous remercie.

Sans hésiter, Arbuthnot fit glisser le reste du poisson dans son assiette.

— Sapristi, que j'aime les harengs ! Impossible d'en avoir, dans les Antilles. Pas comme ceux-là, en tout cas.

— Un éclaireur, répéta de nouveau George pour tenter de revenir à leur sujet. Qu'est-ce qui vous fait penser cela ?

— Ma foi, personne ne me l'a vraiment dit, et pour être honnête, je ne crois pas que quiconque ici connaisse l'histoire dans son entier. Cependant, si l'on additionne différents petits faits... cela semble plausible.

Arbuthnot enfourna un morceau de hareng, le mastiqua, l'avala puis reprit :

— Je ne suis pas du genre à parier, mais si je l'étais, je dirais que votre frère a été envoyé loin de sa base pour étudier le terrain. Il n'y a pas eu beaucoup d'action dans le Connecticut. Pas depuis cette bataille avec Je-ne-sais-plus-comment Arnold à Ridgefield, en 1777.

George ne connaissait pas Je-ne-sais-plus-comment Arnold, et n'avait pas la moindre idée d'où se situait Ridgefield.

— Il y a des ports sacrément intéressants sur cette côte, poursuivit Arbuthnot, qui reporta son attention sur son assiette le temps de couper un morceau de viande. Je ne serais pas surpris que les rebelles les utilisent. Et je ne serais pas surpris que le capitaine Rokesby ait été envoyé là-bas pour se renseigner.

Il releva la tête et ses sourcils broussailleux se rapprochèrent lorsqu'il ajouta :

— Votre frère a-t-il des talents de cartographe ?

— Pas que je sache.

— Ce n'est pas grave s'il n'en a pas, je suppose, dit Arbuthnot avec un haussement d'épaules. Ils ne recherchent peut-être pas quelque chose d'aussi précis.

— Mais ensuite, que s'est-il passé ?

Le vieux général secoua la tête.

— Hélas, je l'ignore ! Je mentirais si je disais que j'ai trouvé une personne susceptible d'en savoir davantage.

George avait beau s'être préparé à ne pas obtenir de réponses, il n'en fut pas moins déçu.

— C'est diablement loin les colonies, mon garçon, reprit lord Arbuthnot avec une gentillesse inattendue. Les nouvelles n'arrivent jamais aussi vite qu'on le souhaiterait.

George ne put qu'acquiescer d'un signe de tête. Il allait devoir emprunter un autre chemin pour obtenir des renseignements, mais pour être franc, il ignorait lequel.

— Au fait, ajouta Arbuthnot d'un ton presque trop désinvolte, vous n'auriez pas l'intention d'assister au bal de lady Wintour, demain soir, par hasard ?

— Si, répondit George.

Il se serait volontiers abstenu, mais sa mère s'était lancée dans une histoire compliquée dont la conclusion avait été qu'il devait absolument être présent à cette soirée. Il n'avait pas eu le cœur de la décevoir alors qu'elle se faisait tant de souci pour Edward.

Et puis, il y avait Billie – également enrôlée. Il avait vu son expression affolée lorsque sa mère l'avait arrachée à son petit déjeuner pour l'escorter chez la couturière. Un bal londonien représentait peut-être l'enfer personnel de Billie Bridgerton, et il était hors de question qu'il l'abandonne au moment où elle avait le plus besoin de lui.

— Connaissez-vous Robert Tallywhite ? s'enquit lord Arbuthnot.

— Un peu.

À Eton, Tallywhite précédait George de deux classes. Il se rappelait un garçon tranquille, au front haut, aux cheveux blond-roux, toujours plongé dans ses livres.

— C'est le neveu de lady Wintour, et il sera certainement présent. Vous rendriez un grand service à ce ministère si vous pouviez lui transmettre un message.

George haussa un sourcil interrogateur.

— C'est un oui ? s'enquit lord Arbuthnot, ironique.

George hocha la tête.

— Dites-lui : « Pic et pic et colégram ».

— « Pic et pic et colégram », répéta George, déconcerté.

Arbuthnot détacha un morceau de pain et le plongea dans le jaune de son œuf.

— Il comprendra.

— Qu'est-ce que cela veut dire ?

— Avez-vous besoin de le savoir ? demanda Arbuthnot.

S'adossant à sa chaise, George le dévisagea posément.

— Oui, je préférerais.

Le vieux général éclata d'un rire sonore.

— Et voilà pourquoi, mon cher garçon, vous feriez un très mauvais militaire ! Un militaire se doit de suivre les ordres sans poser de questions.

— Pas si l'on commande.

— Trop vrai, acquiesça Arbuthnot avec un sourire, sans toutefois expliquer le message. Pouvons-nous compter sur vous ?

Il s'agissait du ministère de la Guerre, songea George. S'il acceptait de faire passer des messages, il était au moins assuré d'agir pour la bonne cause.

En outre, il *ferait* quelque chose.

Il regarda lord Arbuthnot droit dans les yeux.

— Vous le pouvez.

# 19

Le silence régnait dans Manston House lorsque George rentra, ce soir-là. Deux chandeliers éclairaient le hall, mais les autres pièces semblaient plongées dans l'obscurité. Il fronça les sourcils. Il n'était pas si tard que cela ; quelqu'un devait encore être debout.

— Ah, Temperley ! dit George lorsque le majordome apparut pour prendre son chapeau et son manteau. Ma mère est-elle sortie pour la soirée ?

— Lady Manston a fait monter un plateau dans sa chambre, monsieur, répondit Temperley.

— Et Mlle Bridgerton ?

— Je crois qu'elle a fait de même.

George n'aurait pas dû être désappointé. Après tout, il avait passé la plus grande partie de ces derniers jours à les éviter l'une et l'autre.

Ce soir, elles semblaient lui avoir épargné cette peine.

— Voulez-vous que je vous fasse également monter un plateau, milord ?

— Pourquoi pas ? répondit George après réflexion.

De toute évidence, il n'aurait pas de compagnie ce soir. En outre, il n'avait pas mangé grand-chose chez lord Arbuthnot.

Ce devait être les harengs fumés. Pour dire la vérité, leur odeur l'avait rebuté durant tout le repas.

— Prendrez-vous d'abord un cognac au salon ? s'enquit Temperley.

— Non, je vais monter directement. La journée a été longue.

Comme tout majordome qui se respecte, Temperley hocha la tête avec componction.

— Pour nous tous, monsieur.

— Ma mère vous aurait-elle épuisé, Temperley ? demanda George, pince-sans-rire.

— Pas du tout, répondit le majordome, une ombre de sourire éclairant son visage grave. Je faisais allusion aux dames. Si je peux avoir l'audace de faire part de mes observations, elles paraissaient fatiguées lorsqu'elles sont rentrées. Surtout Mlle Bridgerton.

— Je crains que ma mère ne l'ait épuisée, elle, déclara George avec un demi-sourire.

— Sans doute, monsieur. Lady Manston n'est jamais aussi heureuse que lorsqu'elle doit s'occuper de marier une jeune fille.

George se pétrifia, puis il dissimula son trouble en enlevant ses gants avec un soin inhabituel.

— Cela semble assez ambitieux, vu que Mlle Bridgerton n'a pas l'intention de rester en ville pour la saison, fit-il remarquer.

Temperley s'éclaircit la voix.

— De nombreux paquets sont arrivés.

Autrement dit, tous les effets requis pour qu'une jeune fille se lance avec succès dans la foire au mariage londonienne avaient été achetés et livrés.

— Je suis certain que Mlle Bridgerton sera très appréciée, déclara George d'un ton égal.

— C'est une jeune fille pleine de vie, acquiesça Temperley.

George prit congé avec un sourire contraint. Il avait du mal à imaginer comment Temperley était parvenu à cette conclusion. Les rares fois où George avait croisé le chemin de Billie dans Manston House, elle était d'un calme inhabituel.

Sans doute aurait-il dû faire un effort, l'emmener manger une glace ou quelque chose de ce genre. Mais il avait été trop occupé à quêter des renseignements au ministère de la Guerre. Il trouvait si gratifiant de faire quelque chose, pour une fois, même si les résultats se révélaient décevants.

Après avoir esquissé quelques pas vers l'escalier, il s'arrêta et se retourna. Temperley n'avait pas bougé.

— J'ai toujours pensé que ma mère espérait un mariage entre Mlle Bridgerton et mon frère Edward, lança-t-il d'un ton délibérément léger.

— Lady Rokesby n'a pas jugé bon de s'en entretenir avec moi, répondit Temperley.

— Non, bien sûr que non.

George secoua la tête. Il était tombé bien bas. En être réduit à tenter de soutirer des commérages au majordome.

— Bonne nuit, Temperley.

Il venait de poser le pied sur la première marche lorsque Temperley reprit :

— Lady Rokesby et Mlle Bridgerton parlent de lui, néanmoins.

George se retourna, et Temperley se racla la gorge, puis :

— Je ne pense pas être indiscret en vous rapportant qu'elles parlent de lui au petit déjeuner.

— Non, pas du tout.

Il y eut un long silence avant que Temperley ne conclue :

— Nous prions tous pour M. Edward. Il nous manque.

C'était la vérité. Même si George s'interrogeait. Pourquoi Edward lui manquait-il davantage maintenant qu'il avait disparu que lorsque tous deux étaient simplement séparés par un océan ?

Il gravit lentement l'escalier. Manston House était beaucoup plus petite que Crake House, et les huit chambres se trouvaient toutes au même étage. Billie n'avait pas été logée dans la plus luxueuse des chambres d'invités, mais dans celle qui était à peine un peu plus modeste, ce que George trouvait ridicule. Sa mère insistait toujours pour garder libre la plus prestigieuse des chambres à coucher parce que, comme elle aimait à le répéter : « On ne sait jamais. Il pourrait y avoir une visite inattendue. » À quoi George répondait immanquablement : « Le roi est-il passé ? »

Cela lui valait généralement un regard noir, suivi d'un sourire. Sur ce sujet, sa mère était belle joueuse, même s'il s'ensuivait que la plus élégante des chambres était restée vide ces vingt dernières années.

George s'arrêta au milieu du palier, pas vraiment devant la porte de Billie, quoique plus près de celle-ci que de n'importe quelle autre. L'interstice sous le battant était juste suffisant pour laisser passer un rai de lumière. Que faisait-elle ? Il était vraiment trop tôt pour se coucher.

*Elle lui manquait.*

Cette pensée le foudroya. Il était ici, dans la même maison qu'elle, et trois portes seulement séparaient leurs chambres. Et pourtant, Billie lui manquait.

Il ne pouvait s'en prendre qu'à lui puisqu'il l'avait délibérément évitée. Mais comment aurait-il pu faire autrement ?

Il l'avait embrassée ; il l'avait embrassée à en perdre la tête, et maintenant, on s'attendait qu'il parle avec elle de la pluie et du beau temps à la table du petit déjeuner ? Devant sa mère ?

Non, il en était incapable.

Il devrait l'épouser. Cette idée lui plaisait, si insensée aurait-elle pu paraître un mois plus tôt. Lorsque, à Crake House, Billie avait dit : « Tu n'es pas obligé de m'épouser », tout ce qu'il avait pensé, c'était : « Mais je le pourrais. »

Il n'avait guère eu le temps de réfléchir, d'analyser, juste celui de ressentir.

Et ce qu'il avait ressenti alors était délicieux. D'une douceur printanière.

Puis sa mère était entrée en scène. Elle avait commencé à se répandre sur l'entente charmante entre Billie et Edward, sur le couple parfait qu'ils formaient, et Dieu sait quoi d'autre d'une mièvrerie consternante.

Et voilà que, selon Temperley, cette conversation se prolongeait au petit déjeuner, tartinée sur le pain avec la marmelade d'orange.

*Tartinée sur le pain avec la marmelade ?* George secoua la tête. Il devenait idiot !

Et il était tombé amoureux de Billie Bridgerton.

C'était clair comme de l'eau de roche. Il aurait éclaté de rire si la plaisanterie n'avait pas été à ses dépens.

S'il était tombé amoureux d'une autre – de quelqu'un qui n'était pas partie prenante de ses souvenirs –, aurait-ce été aussi clair ? Avec Billie, les sentiments qu'il éprouvait constituaient une telle volte-face, un tel retournement après une vie entière à la comparer à un caillou dans sa chaussure, qu'il était bien obligé de les voir.

Était-elle amoureuse d'Edward ? Leur mère semblait le penser. Certes, elle ne l'avait pas dit ouvertement, mais elle possédait un talent remarquable pour s'assurer d'être bien comprise sans jamais avoir à développer.

C'était néanmoins suffisant pour rendre George follement jaloux.

Lui, amoureux de Billie... Quelle aberration !

Après avoir expiré longuement, il se dirigea vers sa chambre. Toutefois, pour la rejoindre, il devait passer devant la porte de Billie, avec son rai de lumière tentateur. Incapable de s'en empêcher, il ralentit le pas.

C'est alors que la porte s'ouvrit.

— George ?

Billie passa la tête dans l'entrebâillement. Elle portait toujours ses vêtements de jour, mais ses cheveux étaient attachés en une longue natte épaisse qui reposait sur son épaule.

— Il m'avait semblé entendre quelqu'un, expliqua-t-elle.

— Avec raison, dit George en s'inclinant avec un sourire forcé.

— J'étais en train de dîner, poursuivit-elle en ouvrant plus grande la porte. Ta mère était fatiguée. Et moi aussi, ajouta-t-elle d'un air contrit. Je ne suis pas très douée pour les emplettes. Je n'imaginais pas que cela impliquerait de rester à ce point immobile.

— Rester immobile est infiniment plus fatigant que marcher.

— Oui ! approuva-t-elle. Je l'ai toujours dit.

Au moment où George s'apprêtait à répondre, un souvenir lui revint. Il se rappela ce jour où il avait ramené Billie à la maison dans ses bras, après la mésaventure du chat sur le toit. Il avait essayé de lui décrire cette sensation curieuse que l'on éprouve lorsqu'une de nos jambes faiblit et menace de plier sans raison aucune.

Billie avait parfaitement compris.

L'ironie de la chose, c'était que George n'avait ressenti aucune faiblesse dans la jambe, mais qu'il avait inventé cela pour dissimuler autre chose. Il ne se rappelait même plus quoi.

En revanche, il se rappelait que Billie avait compris.

Et il gardait le souvenir précis de la manière dont elle l'avait regardé, avec un petit sourire qui disait son plaisir à être comprise, elle aussi.

Il se rendit soudain compte qu'elle le fixait d'un air vaguement interrogateur. Bien sûr, c'était à lui de parler. Mais comme il ne pouvait guère révéler ce à quoi il pensait, il choisit de souligner l'évidence.

— Tu es encore habillée.

Elle baissa brièvement les yeux sur sa robe. C'était celle, ornée de petites fleurs, qu'elle portait lorsqu'il l'avait embrassée. Elle lui allait très bien. Elle aurait toujours dû porter des robes fleuries.

— J'envisageais de redescendre après avoir mangé, avoua-t-elle. Aller dans la bibliothèque, peut-être, pour y chercher quelque chose à lire.

Comme George se contentait de hocher la tête, elle ajouta :

— Ma mère dit toujours qu'une fois que l'on est en robe de chambre on ne quitte plus sa chambre de la nuit.

— Elle dit cela ? demanda George avec un sourire.

— Elle dit énormément de choses, en fait. Mais j'en oublie la moitié.

George resta immobile, conscient qu'il aurait dû lui souhaiter une bonne nuit, et cependant incapable de prononcer les mots. Cet instant passé à la lueur vacillante d'une bougie était plaisamment intime et chaleureux.

— Tu as mangé ? s'enquit-elle.

— Oui. Enfin, non, rectifia-t-il en songeant aux harengs fumés. Pas exactement.

Billie haussa les sourcils.

— Voilà qui est intrigant.

— Pas vraiment. En fait, on va me monter un plateau dans ma chambre. J'ai toujours détesté dîner seul en bas.

— Moi aussi.

Après un instant de silence, elle reprit :

— C'est de la tourte au jambon. Elle est très bonne.

— Parfait. Eh bien, je devrais y aller, continua-t-il après s'être raclé la gorge. Bonne nuit, Billie.

Il pivota à contrecœur.

— George, attends !

Tout en se le reprochant, il retint son souffle.

— George, c'est idiot !

Il se retourna. Elle se tenait toujours sur le seuil de sa chambre, la main posée sur le chambranle.

Avait-elle toujours eu un visage aussi expressif ? Oui, certainement. Billie n'avait jamais été du genre à dissimuler ses sentiments sous un masque d'indifférence. C'était l'une des choses qu'il trouvait si agaçante chez elle lorsqu'ils étaient plus jeunes. Elle refusait qu'on l'ignore.

Mais c'était alors. Aujourd'hui... tout était différent.

— Idiot ? répéta-t-il.

Il ignorait ce qu'elle entendait par là. Il ne voulait pas faire de suppositions.

Elle esquissa un sourire hésitant.

— Nous pouvons être amis, sûrement.

George garda le silence.

*Amis ?*

— C'est-à-dire... Je sais que...

— Que je t'ai embrassée ? dit-il.

Elle émit un cri étouffé, puis chuchota avec force :

— Je n'allais pas le dire aussi abruptement. Pour l'amour du ciel, George, ta mère ne dort pas encore.

Tandis qu'elle jetait un coup d'œil affolé sur le palier, George, renonçant à une existence entière de soumission aux règles de la bienséance, entra dans sa chambre.

— George !

— Apparemment, on peut chuchoter et hurler en même temps, lui fit-il remarquer.

— Tu ne peux pas être ici, protesta-t-elle tout en refermant la porte.

— J'ai pensé que tu ne souhaiterais pas poursuivre ce genre de conversation sur le palier, rétorqua-t-il avec un grand sourire.

Ce fut avec un regard sarcastique qu'elle riposta :

— Il me semble qu'il y a deux salons et une bibliothèque au rez-de-chaussée.

— Mais quand on voit ce qui est arrivé la dernière fois que nous étions ensemble dans un salon...

Elle rougit. Après quelques instants, durant lesquels elle serra les dents et parut s'exhorter au calme, elle demanda :

— Tu as appris quelque chose au sujet d'Edward ?

L'humeur badine de George s'en trouva aussitôt balayée.

— Rien de très substantiel.

— Mais quelque chose quand même ? insista-t-elle.

Pour différentes raisons, il ne voulait pas parler d'Edward. Toutefois Billie méritait une réponse.

— Juste les suppositions d'un général en retraite.

— Je suis désolée. Ce doit être terriblement décourageant. J'aimerais tant pouvoir faire quelque chose pour aider.

Elle s'adossa à l'une des colonnes du lit, les sourcils froncés.

— C'est tellement difficile de ne rien faire. Je déteste cela !

George ferma les yeux. Une fois de plus, ils étaient parfaitement d'accord.

— Il m'arrive de penser que j'aurais dû naître garçon, ajouta-t-elle.

— Non ! protesta-t-il aussitôt, et avec force.

Elle laissa échapper un petit rire.

— C'est très gentil de ta part. Je suppose que tu es obligé de dire cela après... eh bien... ce que tu sais...

Oui, il le savait. Et comment !

— Je rêverais d'être propriétaire d'Aubrey Hall, reprit-elle avec une pointe de regret. J'en connais chaque recoin. Je suis capable de dire ce qui pousse dans n'importe quel champ, je connais le nom de chacun des métayers et, pour la moitié d'entre eux, la date de leur anniversaire.

George la dévisagea avec un étonnement mêlé d'admiration. Elle possédait une personnalité tellement plus riche que celle qu'il lui avait toujours prêtée.

— J'aurais fait une excellente vicomtesse Bridgerton.

— Ton frère apprendra son rôle, répliqua doucement George.

Il s'assit dans le fauteuil près du bureau. Elle-même n'était pas assise, mais elle n'était pas non plus vraiment debout. Comme il était seul avec elle derrière une porte fermée, il se persuada que le fait de s'asseoir en sa présence n'offensait pas les convenances.

— Oh, je sais ! répondit-elle. Edmund est très intelligent, quand il oublie de se montrer exaspérant.

— Il a quinze ans. Il ne peut pas s'empêcher d'être exaspérant.

Elle le regarda d'un air malicieux.

— Si je me souviens bien, tu étais déjà un dieu parmi les hommes lorsque tu avais son âge.

Une telle déclaration appelait un tas de répliques comiques, mais George décida de les garder pour lui et de profiter simplement de cet instant de complicité.

— Comment le supportes-tu ? demanda-t-elle.

— Comment je supporte quoi ?

— Cela, répondit-elle en levant les mains. Ce sentiment d'impuissance.

George se redressa dans son fauteuil pour scruter son visage.

— Tu le ressens, n'est-ce pas ? insista-t-elle.

— Je ne suis pas sûr de bien te comprendre, murmura-t-il tout en pensant le contraire.

— Je sais que tu regrettes de ne pas avoir pu entrer dans l'armée. Je le vois sur ton visage chaque fois que tes frères en parlent.

Était-ce donc si évident ? Il avait espéré que non. Mais en même temps…

— George ? Tu es bien silencieux, dit-elle lorsqu'il releva les yeux.

— Je réfléchissais, c'est tout.

Devant son sourire indulgent, il se sentit autorisé à réfléchir à voix haute.

— Non, je ne regrette pas de ne pas être entré dans l'armée.

Elle tressaillit, manifestement surprise.

— Ma place est ici, poursuivit-il.

Ce qui brilla dans les yeux de Billie fut peut-être de la fierté.

— On dirait que tu viens juste d'en prendre conscience ?

— Non, répondit-il, songeur. Je l'ai toujours su.

— Mais tu ne l'avais pas accepté ?

Il eut un petit rire ironique.

— Si, je l'avais accepté. Je pense simplement que je ne me permettais pas...

Il plongea son regard dans ses beaux yeux sombres, et resta silencieux le temps de trouver comment formuler ce qu'il avait en tête.

— Je ne me permettais pas d'être satisfait de cette situation.

— Et à présent ?

— À présent, si, dit-il fermement. Si je n'attachais pas d'importance... Si *nous* n'attachions pas d'importance à ce pays et à ses habitants, corrigea-t-il, à quoi cela servirait qu'Edward et Andrew se battent ?

— S'ils risquent leur vie pour le roi et la patrie, dit-elle doucement, nous nous devons d'œuvrer pour que le roi et la patrie en vaillent la peine.

Leurs regards se croisèrent et Billie sourit, juste un peu. Ils ne parlèrent pas, car ils n'en avaient pas besoin.

Jusqu'à ce qu'elle déclare :

— On va bientôt monter ton repas.

Il haussa les sourcils.

— Tu essaies de te débarrasser de moi ?

— J'essaie de protéger ma réputation, rétorqua-t-elle. Et la tienne.

— Si tu te souviens bien, je t'ai demandée en mariage.

— Non, absolument pas. Tu as dit : « Bien sûr, je vais t'épouser », ce qui n'est pas du tout pareil.

— Je pourrais mettre un genou en terre.

— Arrête de me taquiner, George. Ce n'est vraiment pas gentil de ta part.

Lorsqu'il entendit le léger tremblement dans sa voix, il éprouva comme un serrement dans la poitrine. Au moment où il ouvrait la bouche pour répondre, Billie s'écarta du lit et alla se planter devant la fenêtre, les bras croisés, les yeux rivés sur le jardin baigné d'obscurité.

— Ce n'est pas une chose avec laquelle on plaisante, ajouta-t-elle.

Ses paroles sonnaient bizarrement, comme si elles venaient du plus profond de sa gorge.

George se leva précipitamment.

— Billie, je suis désolé. Sois bien sûre que jamais je ne...

— Tu devrais t'en aller.

Comme il ne bougeait pas, elle répéta d'une voix plus forte :

— Tu devrais t'en aller. Ils vont être là avec ton plateau d'un instant à l'autre.

Elle le congédiait, mais c'était un acte à la fois sensé et charitable. Elle l'empêchait de se ridiculiser. Si elle avait voulu qu'il la demande en mariage, n'aurait-elle pas attrapé l'hameçon qu'il lui avait jeté avec tant de désinvolture ?

— Comme tu voudras, répondit-il.

Il la salua bien qu'elle ne le regardât pas, la vit hocher la tête et quitta la pièce.

Bonté divine, qu'avait-elle fait ?

Il aurait pu la demander en mariage. Ici et maintenant. *George.*

Et elle l'en avait empêché. Parce que... Bon sang, elle ne savait même pas pourquoi !

N'avait-elle pas passé la journée entière dans une brume bleutée, à se demander pourquoi il l'évitait et comment elle pourrait l'inciter à l'embrasser de nouveau ?

Le mariage ne lui assurerait-il pas d'autres baisers ? N'était-ce pas précisément ce qu'il lui fallait pour obtenir ce qu'elle souhaitait – et qui, elle l'admettait, n'était guère convenable pour une jeune fille ?

Mais il était resté là, calé dans le fauteuil du bureau comme si l'endroit lui appartenait (ce qui était, ou plutôt serait un jour le cas), et elle n'avait pu déterminer s'il pensait ce qu'il disait. La taquinait-il ? S'amusait-il ? George n'avait jamais été cruel, et il ne la blesserait pas intentionnellement. Mais s'il pensait qu'elle-même considérait cela comme une plaisanterie, alors il pouvait se sentir autorisé à prendre la chose à la légère...

C'est ce qu'aurait fait Andrew. Non pas qu'Andrew l'aurait embrassée ou qu'elle l'aurait souhaité, mais si, pour une raison quelconque, ils avaient plaisanté au sujet du mariage, il aurait certainement proposé quelque chose d'aussi ridicule que de mettre un genou en terre.

Avec George cependant... elle avait été incapable de dire s'il était sérieux. Que se serait-il passé si elle avait dit oui ? Si elle lui avait répondu qu'elle rêvait de le voir mettre un genou en terre et lui jurer un amour éternel ?

Et si elle avait découvert ensuite qu'il plaisantait ?

Rien que d'y penser, elle avait les joues en feu.

Néanmoins, elle ne le croyait pas capable de la taquiner sur un sujet pareil. Cela dit, il s'agissait de George – du noble et honorable lord Kennard, fils aîné du comte de Manston. S'il devait demander la main d'une femme, il était absolument exclu qu'il le fasse à la va-vite. Il se serait muni au préalable d'une bague, il aurait répété des paroles poétiques, et il ne l'aurait certainement pas laissée décider, elle, s'il devait mettre un genou en terre.

Ce qui signifiait donc qu'il n'était pas sérieux. Car jamais George ne se montrerait aussi peu sûr de lui.

Billie alla s'asseoir sur le lit et pressa les mains contre sa poitrine pour tenter de calmer les battements précipités de son cœur. C'était l'une des choses qu'elle avait haïe chez lui : sa confiance en lui inébranlable. Lorsqu'ils étaient enfants, il savait toujours tout. Sur tous les sujets. Et c'était exaspérant. Elle comprenait à présent que, plus âgé qu'eux de cinq ans, il ne pouvait qu'en savoir davantage. Ils n'avaient aucun espoir de rivaliser avec lui avant d'être eux-mêmes parvenus à l'âge adulte.

Mais maintenant… Maintenant, elle aimait son assurance tranquille. Il n'était jamais imbu de lui-même, jamais vantard. Il était simplement… George.

Et elle l'aimait.

Elle l'aimait et, Seigneur, elle venait juste de l'empêcher de la demander en mariage !

Qu'avait-elle fait ?

Et, plus important : comment pouvait-elle rattraper cette erreur ?

# 20

George était toujours le premier à descendre pour le petit déjeuner, pourtant, lorsqu'il entra dans la salle à manger, sa mère était déjà là et buvait une tasse de thé.

Ce ne pouvait être une coïncidence.

— George, je dois te parler, dit-elle dès qu'il apparut.

— Bonjour, mère, murmura-t-il en s'approchant du buffet pour remplir une assiette.

Peu importait de quoi il s'agissait, il ne se sentait pas d'humeur. Il était fatigué et irritable. Il se pourrait qu'il ait *presque* fait une demande en mariage la veille au soir, et elle avait été rejetée sans la moindre ambiguïté.

Ce n'était pas le genre d'épisode dont un homme rêvait, ni qui favorisait une bonne nuit de sommeil.

— Comme tu le sais, attaqua aussitôt sa mère, le bal de lady Wintour a lieu ce soir.

George déposa des œufs brouillés dans son assiette.

— Je vous assure que cela ne m'a pas quitté l'esprit.

Sa mère pinça les lèvres, mais choisit de ne pas relever le sarcasme et attendit, avec une patience ostentatoire, qu'il l'ait rejointe à table.

— C'est au sujet de Billie, reprit-elle. Je me fais beaucoup de souci pour elle.

George aussi, mais il doutait que ce fût pour les mêmes raisons. Il se força à sourire.

— Quel est le problème ?

— Elle va avoir besoin de toute l'aide possible, ce soir.

— Ne soyez pas ridicule.

Il savait cependant à quoi sa mère faisait allusion. Billie n'était pas faite pour Londres. De la pointe des orteils jusqu'à la racine des cheveux, c'était une fille de la campagne.

— Elle manque d'assurance, George. Les vautours s'en apercevront d'emblée.

— Vous êtes-vous déjà demandé pourquoi nous choisissons de les fréquenter, ces vautours ?

— Parce que, en réalité, la moitié d'entre eux sont des colombes.

— Des colombes ? répéta George, qui la dévisagea avec incrédulité.

Elle eut un geste de la main.

— Peut-être des pigeons ramiers. Mais là n'est pas la question.

— Je n'aurais pas cette chance.

Le coup d'œil qu'elle lui adressa signifiait que, si elle avait entendu son commentaire, elle choisissait gracieusement de l'ignorer.

— Son succès est entre tes mains.

Tout en pressentant qu'il regretterait d'en savoir plus, il ne put s'empêcher de répliquer :

— Je vous demande pardon ?

— Tu sais aussi bien que moi que le meilleur moyen d'assurer le succès d'une débutante, c'est qu'un bon parti – tel que toi – s'intéresse à elle.

293

Pour une raison obscure, cette déclaration irrita fortement George.

— Depuis quand Billie est-elle une débutante ?

— À ton avis, pour quelle autre raison l'aurais-je amenée à Londres ?

— D'après ce que j'avais compris, vous souhaitiez qu'elle vous tienne compagnie, non ?

D'un geste de la main, sa mère balaya ce qu'elle considérait manifestement comme une absurdité.

— Cette jeune fille a besoin d'être un peu dégrossie.

« Certainement pas », songea George en plantant avec férocité sa fourchette dans sa saucisse.

— Elle est très bien comme elle est, assura-t-il.

Sa mère observa un instant son muffin avant de décider qu'il méritait une lichette de beurre.

— C'est gentil de ta part, George, mais je t'assure qu'aucune femme ne souhaite être « très bien ».

George s'exhorta à la patience.

— Où voulez-vous en venir, mère ?

— Simplement au fait que j'aurai besoin de ta participation ce soir. Tu dois danser avec elle.

À l'entendre, George ne pouvait considérer cette perspective que comme une corvée.

— Je danserai avec elle, bien sûr.

Tout bien réfléchi, ce serait plutôt embarrassant. Ce qui n'empêcha pas George de s'en réjouir d'avance. Il mourait d'envie de danser avec Billie depuis cette matinée, à Aubrey Hall, où, les mains sur les hanches, elle lui avait demandé : « As-tu déjà dansé avec moi ? »

Sur le moment, il avait eu du mal à croire qu'il n'en avait jamais rien fait. Après toutes ces années de proche voisinage, comment aurait-il pu ne pas avoir dansé avec elle ?

À présent, il ne comprenait pas qu'il ait pu en être persuadé. Car s'il avait dansé avec Billie, s'il avait placé sa main sur sa hanche... il ne l'aurait certainement pas oublié.

Il attendait ce moment avec impatience. Il voulait s'emparer de sa main, l'accompagner dans les figures imposées par la danse et éprouver sa grâce innée. Mais, plus que tout, il voulait lui faire sentir qu'elle était tout aussi féminine et élégante que les autres femmes et qu'à ses yeux elle était parfaite, pas simplement « très bien ». Et s'il pouvait seulement...

— George ! Si tu veux bien m'écouter, dit sa mère lorsqu'il releva les yeux.

— Je vous prie de m'excuser, murmura-t-il.

Il ignorait combien de temps il était resté perdu dans ses pensées, mais de manière générale, une à deux secondes de rêverie, c'était encore trop pour sa mère.

— J'étais en train de dire, reprit-elle d'un ton acerbe, que tu allais devoir danser deux fois avec Billie.

— Considérez que c'est chose faite.

Elle plissa les yeux. Manifestement, la facilité avec laquelle elle avait gain de cause la rendait méfiante.

— Tu dois aussi t'assurer de laisser s'écouler quatre-vingt-dix minutes, au moins, entre les deux danses.

George leva les yeux au ciel sans même chercher à s'en cacher.

— Comme vous voudrez.

— Tu dois paraître attentionné, ajouta-t-elle après avoir mis un morceau de sucre dans son thé.

— Mais pas trop ?

— Ne te moque pas de moi.

George reposa sa fourchette.

— Mère, je vous assure que je suis tout aussi soucieux que vous du bonheur de Billie.

Ces mots parurent l'apaiser quelque peu.

— Très bien. Je suis contente que nous soyons d'accord. Je souhaite arriver au bal à 21 h 30. Cela nous permettra de faire une entrée convenable, mais il sera encore suffisamment tôt pour qu'il ne soit pas trop difficile de procéder aux présentations. Ensuite, ce genre de réception devient tellement bruyante…

Dès que George eut acquiescé, elle enchaîna :

— Je pense qu'il nous faudra partir d'ici à 21 heures. Il y aura sûrement beaucoup de voitures qui feront la queue devant Wintour House, et tu sais le temps que cela peut prendre. En conséquence, si tu pouvais être prêt à 20 h 45…

— Ah, non, je suis désolé ! l'interrompit George, qui venait de se souvenir du message ridicule qu'il était censé délivrer à Robert Tallywhite. Je ne peux pas vous accompagner. Il faudra que je me rende au bal de mon côté.

— Ne dis pas de bêtises. Nous avons besoin de toi pour nous escorter.

— Je regrette vraiment de ne pas pouvoir, assura-t-il, sincère.

Rien ne lui aurait davantage plu que de faire son entrée à Wintour House avec Billie à son bras. Mais après avoir beaucoup réfléchi à l'organisation de la soirée, il en était venu à la conclusion qu'il lui fallait impérativement arriver seul. Car s'il accompagnait les dames, il devrait les abandonner sitôt le seuil passé. Et Dieu sait qu'il aurait alors droit à un interrogatoire de la part de sa mère.

Mieux valait qu'il soit là plus tôt afin de rencontrer Tallywhite et de régler cette affaire avant leur arrivée.

— Que peut-il y avoir de plus important que de nous accompagner, Billie et moi ? s'enquit sa mère.

— J'avais déjà pris un engagement, répondit-il en portant sa tasse de thé à ses lèvres. Et il m'est impossible de l'annuler.

Sa mère pinça la bouche avant de déclarer sèchement :

— Je ne suis pas contente du tout.

— Je suis navré de vous décevoir.

Elle commença à tourner sa cuillère dans sa tasse avec vigueur.

— Tu sais, je peux me tromper complètement. Peut-être qu'elle remportera un succès immédiat. Nous pourrions être entourés de messieurs dès notre arrivée.

— À vous entendre, on a presque l'impression que ce serait une mauvaise chose, fit remarquer George.

— Bien sûr que non. Mais tu ne seras pas là pour le voir.

En vérité, c'était bien la dernière chose qu'il souhaitait voir. Billie, entourée d'une meute d'hommes suffisamment perspicaces pour deviner de quel trésor il s'agissait ? Un cauchemar !

Qui ne risquait toutefois pas de se produire.

— En fait, il est fort probable que j'atteigne Wintour House avant vous, dit-il à sa mère.

— Dans ce cas, je ne vois pas pourquoi tu ne pourrais pas revenir nous chercher après ton rendez-vous.

George combattit son envie de se pincer la racine du nez.

— Mère, s'il vous plaît, restons-en là. Sachez que je vous retrouverai au bal, et que je danserai avec une telle assiduité avec Billie que les gentlemen feront la queue pour se jeter à ses pieds.

— Bonjour.

Tous deux tournèrent la tête. Billie se tenait sur le seuil. George se leva pour l'accueillir. Il ignorait ce qu'elle avait pu entendre, à part son ton sarcastique, et il craignait énormément qu'elle ne le prenne mal.

— C'est très gentil de ta part d'accepter de veiller sur moi ce soir, dit-elle d'un ton si agréable, si suave, qu'il ne sut juger de sa sincérité.

Elle se dirigea vers le buffet et saisit une assiette.

— J'espère sincèrement que ce ne sera pas une corvée trop pénible.

Voilà, il savait à quoi s'en tenir !

— Au contraire, répliqua-t-il, j'attends avec impatience d'être ton cavalier.

— Quoique pas au point de consentir à nous escorter, marmonna sa mère.

— Arrêtez, s'il vous plaît.

Billie se retourna et observa les deux Rokesby avec une curiosité non dissimulée.

— Je regrette de t'informer que j'avais un engagement prévu ce soir, lui expliqua George. En conséquence, je ne pourrai pas faire le trajet jusqu'à Wintour House avec vous. Mais je vous retrouverai là-bas. Et j'espère que tu me réserveras deux danses.

— Bien sûr, murmura-t-elle en allant s'asseoir.

Évidemment, il lui était difficile de dire autre chose.

— Puisque tu ne peux pas nous escorter… commença lady Manston.

George se retint pour ne pas jeter sa serviette sur la table.

— … peut-être pourrais-tu te rendre utile d'une autre manière.

— Je vous en prie, dites-moi comment.

Billie laissa échapper ce qui ressemblait à un grognement amusé. George n'en était pas certain, mais il aurait été bien dans son caractère de trouver divertissant l'agacement grandissant que sa mère faisait naître en lui.

— Tu connais la plupart des jeunes gens mieux que moi, reprit lady Manston. Y en a-t-il que nous devrions éviter ?

« Tous », aurait-il volontiers répondu.

— Et y en a-t-il dont nous devrions particulièrement rechercher la compagnie ? Sur lesquels Billie doit prévoir de jeter son dévolu ?

— Que je dois prévoir de... *quoi* ?

Billie était vraiment stupéfaite, car elle laissa tomber trois tranches de bacon sur le sol.

— De jeter ton dévolu, ma chérie, répondit lady Manston. C'est une expression. Tu l'as sûrement déjà entendue.

— Oui, bien sûr. Je ne vois cependant pas en quoi elle s'applique à moi. Je ne suis pas venue à Londres pour chercher un mari.

— Tu dois toujours être à la recherche d'un mari, Billie, déclara lady Manston, qui se tourna aussitôt après vers George. As-tu un avis sur le fils Ashbourne ? Pas l'aîné, bien sûr. Il est déjà marié, et si délicieuse que tu sois...

Elle adressa ces dernières paroles à Billie, toujours abasourdie.

— ... je ne pense pas que tu puisses prétendre à l'héritier d'un duché.

— Je suis à peu près certaine que je n'en veux pas, répliqua Billie.

— C'est très sage de ta part. Cela représente beaucoup d'apparat.

— Dit la femme d'un comte, commenta George.

— Ce n'est pas du tout la même chose, assura sa mère. Et tu n'as pas répondu à ma question, George. Le fils Ashbourne ?

— Non !

— Non ? répéta sa mère. Non, tu n'as pas d'avis ?

— Non, parce que non, il n'est pas pour Billie.

Laquelle, ne put s'empêcher de remarquer George, observait l'échange mère-fils avec un mélange de curiosité et d'inquiétude.

— Tu as une raison particulière de l'écarter ? insista lady Manston.

— C'est un joueur, mentit George.

Enfin, peut-être n'était-ce pas un mensonge. Tous les messieurs jouaient. Il ignorait complètement si celui-ci s'adonnait au jeu de manière excessive.

— Et l'héritier Billington ? Il me semble qu'il...

— De nouveau, non.

Comme sa mère le dévisageait, impassible, il ajouta en espérant que ce soit vrai :

— Il est trop jeune.

— Vraiment ? dit lady Manston, qui fit la moue. Peut-être, effectivement. Je ne me le rappelle pas assez bien.

— Je suppose que moi, je n'ai rien à dire sur le sujet ? intervint Billie.

Lady Manston lui tapota la main.

— Bien sûr que si. Mais pas maintenant.

Si Billie ouvrit la bouche, elle ne parvint pas à trouver de réplique.

— Comment le pourrais-tu, poursuivit lady Manston, alors que tu ne connais personne d'autre que nous ?

Billie mit un morceau de bacon dans sa bouche et commença à le mastiquer avec une énergie suspecte. George la soupçonna de vouloir éviter de dire quelque chose qu'elle regretterait.

— Ne t'inquiète pas, ma chérie, dit lady Manston.

George but une gorgée de thé.

— Elle ne me semble pas inquiète.

Si Billie lui adressa un regard reconnaissant, sa mère ne prêta aucune attention à sa remarque.

— Tu ne tarderas pas à connaître tout le monde, Billie. Et alors, tu pourras décider avec qui tu souhaites entretenir des relations.

— Je ne crois pas avoir l'intention de rester suffisamment longtemps ici pour me former une opinion, que ce soit dans un sens ou dans l'autre, déclara Billie d'une voix remarquablement calme et égale – de l'avis de George.

— Ne dis pas de sottises, trancha lady Manston. Laisse-moi m'occuper de tout.

— Vous n'êtes pas sa mère, lui rappela George.

La comtesse arqua les sourcils.

— Je le pourrais.

George et Billie la regardèrent, bouche bée de stupéfaction.

— Oh, allons ! Vous n'ignorez quand même pas, tous les deux, que j'espère depuis longtemps une alliance entre les Rokesby et les Bridgerton.

— Une alliance ? répéta Billie.

George ne put s'empêcher de penser que ce terme était terrible, fonctionnel, et qu'il ne pourrait jamais décrire les sentiments qu'il en était venu à éprouver.

— Union, mariage, quel que soit le nom que vous voulez lui donner, répliqua lady Manston. Les Bridgerton sont nos amis les plus chers. Il est logique que j'aie envie que nous formions une seule et même famille.

— Si cela peut changer quelque chose, fit remarquer Billie, sachez que je vous considère déjà comme ma famille.

— Oh, je le sais, ma chérie ! C'est la même chose pour moi. J'ai simplement toujours pensé qu'il serait merveilleux que ce soit officiel. Mais peu importe. Il y a toujours Georgiana.

Billie s'éclaircit la voix.

— Elle est encore très jeune.

— Nicholas aussi, riposta lady Manston avec un sourire entendu.

Billie afficha une expression si horrifiée que George faillit rire. Il s'en abstint cependant, car il était à peu près certain que son propre visage reflétait la même horreur.

— Je vois que je vous ai choqués. Pourtant n'importe quelle mère vous le dira : il n'est jamais trop tôt pour préparer l'avenir.

— À mon avis, mieux vaut ne pas faire allusion à cela devant Nicholas, murmura George.

— Ni devant Georgiana, j'en suis sûre, acquiesça sa mère tout en se servant de nouveau du thé. En veux-tu une tasse, Billie ?

— Euh… oui, je vous remercie.

— Ah, une autre chose dont il faut que nous parlions ! dit lady Manston. Nous devons cesser de t'appeler Billie.

— Je vous demande pardon ?

Lady Manston remplit la tasse de thé et la tendit à Billie.

— À compter d'aujourd'hui, nous t'appellerons par ton nom de baptême. Sybilla.

Billie en resta un instant muette de saisissement.

— C'est comme cela que ma mère m'appelle quand elle est fâchée, lâcha-t-elle.

— Dans ce cas, nous inaugurerons une nouvelle tradition, plus heureuse.

— Est-ce vraiment nécessaire ? risqua George.

— Je sais qu'il sera difficile de nous y habituer, mais l'effort en vaudra la peine. Comme prénom, Billie est tellement... Eh bien, je n'irais pas jusqu'à dire masculin... je ne pense cependant pas qu'il reflète la manière dont nous souhaitons te peindre.

— Il reflète ce qu'elle *est*, tout simplement, articula George avec force.

— Grands dieux, je n'imaginais pas que la chose te tenait tellement à cœur, avoua sa mère en le considérant d'un air de parfaite innocence. Ce n'est toutefois pas à toi d'en décider, évidemment.

— Je préfère que l'on m'appelle Billie, déclara Billie.

— Je ne suis pas persuadée qu'il te revienne d'en décider, à toi non plus, ma chérie.

La fourchette de George heurta bruyamment son assiette.

— À qui diable revient-il d'en décider, alors ?

À en juger par le regard de sa mère, il n'aurait pu poser question plus stupide.

— À moi, répondit-elle.

— À vous ?

— Je sais comment va le monde. J'ai déjà fait ce genre de choses, vois-tu.

— Est-ce que Mary n'a pas trouvé son mari dans le Kent ? lui rappela George.

— Seulement après avoir acquis un vernis londonien.

Bon sang, sa mère était devenue folle ! C'était la seule explication possible. Elle pouvait se montrer déterminée et exigeante pour tout ce qui touchait à la vie mondaine et à l'étiquette, mais jamais elle n'avait réussi à mêler les deux de façon aussi irrationnelle.

— Ça n'a sûrement pas une grande importance, hasarda Billie. La plupart des gens ne m'appelleront-ils pas Mlle Bridgerton, de toute manière ?

— Bien sûr, admit lady Manston. Ils nous entendront cependant parler avec toi. Ils n'ignoreront pas ton nom de baptême.

— J'ai rarement été témoin d'une conversation aussi grotesque, grommela George.

Sa mère se contenta de le foudroyer du regard, puis revint à Billie.

— Sybilla, je sais que tu n'es pas venue à Londres dans l'intention de chercher un mari, mais tu vois certainement l'avantage de le faire maintenant que tu es là. Dans le Kent, tu ne trouveras jamais autant de beaux partis rassemblés en un même lieu.

— Je ne sais pas, murmura Billie. Crake House est remplie de beaux partis quand tous les Rokesby sont réunis.

Lady Manston s'esclaffa.

— Ce n'est que trop vrai, Billie, dit-elle avec un sourire chaleureux – oubliant apparemment qu'elle était censée l'appeler Sybilla. Hélas, je n'en ai qu'un seul à la maison en ce moment !

— Deux, corrigea George avec incrédulité.

Apparemment, celui qui ne partait jamais ne comptait pas comme étant présent.

Sa mère haussa les sourcils.

— C'est de toi que je parlais, George.

Et voilà, il se sentait comme un imbécile, à présent !

— J'appellerai Billie comme elle souhaite être appelée, déclara-t-il en se levant. Et je vous verrai à Wintour House comme promis, lorsque le bal aura commencé. Si vous voulez bien m'excuser, j'ai quelques affaires à régler.

C'était un mensonge, mais il doutait d'être capable de supporter un mot de plus de la part de sa mère sur l'entrée dans le monde de Billie.

Plus tôt cette maudite journée s'achèverait, mieux cela vaudrait.


Billie suivit George des yeux sans avoir l'intention de dire quoi que ce soit. Et pourtant, alors qu'elle plongeait sa cuillère dans son porridge, elle s'entendit s'écrier :

— Attends !

Quand il s'arrêta sur le seuil, elle posa sa serviette en hâte.

— Juste un mot.

Elle ignorait quel serait ce mot, mais il y avait quelque chose en elle qui exigeait de sortir. Elle se tourna vers lady Manston.

— Je vous prie de m'excuser. Je n'en ai pas pour longtemps.

George sortit de la petite salle à manger et gagna le hall afin qu'ils aient un peu d'intimité.

Billie se racla la gorge.

— Je suis désolée.

— De quoi ?

C'était une bonne question. Elle n'était pas désolée.

— En vérité, je te remercie.

— Tu me remercies ?

— D'avoir pris mon parti. Et de m'appeler Billie.

— Je ne crois pas que je pourrais t'appeler Sybilla même si j'essayais, avoua-t-il avec un sourire ironique.

Elle lui rendit son sourire.

— Et moi, je ne suis pas sûre que je répondrais si cela venait d'une autre personne que ma mère.

Après l'avoir dévisagée un instant, il reprit :

— Ne la laisse pas te transformer en quelqu'un que tu n'es pas.

— Oh, je ne pense pas que ce soit possible ! Il est trop tard. Ma manière d'être est trop bien ancrée en moi.

— Au grand âge de vingt-trois ans ?

— C'est un très grand âge lorsqu'on est une femme, célibataire de surcroît, rétorqua-t-elle.

Peut-être aurait-elle dû s'abstenir de faire cette remarque. Il y avait trop de non-demandes en mariage entre eux. Aux yeux de Billie, une seule non-demande était déjà trop ; deux faisaient d'elle un être contre nature.

Elle ne regretta toutefois pas de l'avoir faite. Car elle voulait que l'une de ces quasi-demandes devienne réalité.

Elle ne désirait rien d'autre. Durant la moitié de la nuit – ou, en tout cas, pendant au moins vingt minutes –, elle s'était reprochée d'avoir tout fait pour que George ne lui demande pas de l'épouser. Si elle avait eu un cilice (ainsi qu'une inclination pour les gestes inutiles), elle l'aurait revêtu.

Quand George fronça les sourcils, l'esprit de Billie s'emballa. Se demandait-il pourquoi elle avait fait ce commentaire sur son état de quasi-vieille fille ? Cherchait-il une réponse ? S'interrogeait-il sur sa santé mentale ?

— Elle m'a aidée à choisir une robe ravissante pour ce soir, déclara-t-elle en hâte.

— Ma mère ?

Après avoir acquiescé, Billie parvint à esquisser un sourire malicieux.

— Cela dit, j'ai emporté une paire de pantalons, juste au cas où j'aurais besoin de la choquer.

Il éclata de rire.

— C'est vrai ?

— Non ! reconnut-elle, le cœur plus léger à présent qu'il avait ri. Mais le simple fait que j'y aie pensé n'est pas innocent, non ?

— Absolument pas.

Il plongea ses yeux, d'un bleu éclatant dans la lumière matinale, dans les siens, et son regard se fit plus sérieux.

— Permets-moi, s'il te plaît, de te présenter des excuses. Je ne sais pas quelle mouche a piqué ma mère.

— Peut-être qu'elle se sent... coupable, risqua Billie après avoir réfléchi au choix du mot le plus adapté.

— Coupable ? s'étonna George. De quoi ?

— De ce qu'aucun de tes frères ne m'a demandée en mariage.

Autre chose qu'elle n'aurait pas dû dire, sans doute. Il se trouvait juste que Billie pensait bel et bien que lady Manston se sentait coupable.

Et lorsque l'expression de George passa de la curiosité à un sentiment qui était peut-être de la jalousie... elle ne put s'empêcher d'éprouver un certain plaisir.

— Je crois donc qu'elle essaie de se racheter, continua-t-elle. Ce n'est pas que j'attendais une quelconque demande en mariage de l'un d'entre eux, mais comme, à mon avis, elle croit le contraire, elle veut à présent me présenter à...

— Assez ! s'écria George.

— Pardon ?

George se racla la gorge.

— C'est ridicule, déclara-t-il d'un ton plus mesuré.

— Que ta mère se sente coupable ?

— Qu'elle considère comme une excellente idée de te présenter une flopée de bellâtres.

Billie prit quelques instants pour savourer cette déclaration.

— Elle veut bien faire, hasarda-t-elle.

George ne fit rien pour retenir un ricanement.

— Je t'assure, insista Billie, incapable de s'empêcher de sourire. Elle veut simplement faire ce qu'elle juge bien pour moi.

— Ce qu'*elle* juge bien pour toi, souligna George.

— Certes. Il n'y a pas moyen de la faire changer d'avis. Je crains qu'il ne s'agisse d'un trait typiquement Rokesby.

— J'ai comme l'impression d'avoir été insulté.

— Pas du tout, prétendit Billie avec le plus grand sérieux.

— Je ferai semblant de n'avoir pas entendu.

— C'est très aimable à vous, monsieur.

Comme il levait les yeux au ciel, Billie, de plus en plus à l'aise, se félicita. Peut-être n'était-ce pas ainsi que flirtaient les femmes raffinées, mais elle ne savait pas faire que cela.

Et, elle en était persuadée, cela fonctionnait.

Peut-être possédait-elle un brin d'intuition féminine, finalement.

# 21

*Plus tard cette nuit-là, au bal des Wintour*

Quatre-vingt-dix minutes que George attendait, et il n'avait toujours pas vu Tallywhite.

Il tira sur sa cravate, certain que son valet de chambre l'avait nouée bien plus serrée qu'à l'accoutumée. Rien ne distinguait particulièrement la réception de printemps de lady Wintour des autres événements du même genre. George serait même allé jusqu'à dire qu'elle en était ennuyeuse à force d'être ordinaire. Pourtant, il ne pouvait se débarrasser d'une sensation étrange, désagréable, qui lui picotait la nuque. Il se retournait souvent, avec l'impression que quelqu'un l'observait avec plus d'insistance et de curiosité que son apparence ne le laissait présager.

Son imagination lui jouait des tours, bien sûr. De toute évidence, il n'était pas fait pour ce genre de mission.

Il avait choisi son heure d'arrivée avec un soin extrême. Trop tôt, il aurait attiré l'attention. Comme la plupart des célibataires de son âge, il passait toujours quelques heures à son club avant de remplir ses obligations mondaines. Et il aurait paru étrange qu'il se présente au bal à 20 heures précises. En outre, il aurait été obligé de passer les deux heures suivantes à faire la conversation à sa grand-tante dure d'oreille, dont la ponctualité était aussi légendaire que son haleine était redoutable.

Il n'avait pas voulu non plus respecter ses horaires habituels, ce qui aurait impliqué d'arriver alors que la soirée battait son plein. Il lui aurait alors été trop difficile de repérer Tallywhite dans la foule. Pire, peut-être ne l'aurait-il jamais trouvé.

Aussi, après avoir pris en compte ces diverses considérations, avait-il choisi de pénétrer dans la salle de bal des Wintour une heure après le début officiel des festivités. Ce qui était encore un peu tôt selon les critères mondains, mais suffisamment d'invités se presseraient déjà pour que son apparition reste discrète.

Une fois de plus, il se demanda s'il n'accordait pas trop d'importance à la chose. Une préparation mentale poussée à ce point était-elle vraiment nécessaire à la récitation d'une phrase tirée d'une comptine ?

Il était près de 22 heures, maintenant. Si Billie n'était pas arrivée, elle ne tarderait plus. Lady Manston avait prévu de se rendre à la soirée à 21 h 30, mais George avait entendu nombre de commentaires sur la longue file de véhicules qui attendaient pour accéder à Wintour House. Coincées dans la voiture, sa mère et Billie devaient sans doute prendre leur mal en patience.

George n'avait plus guère de temps s'il voulait s'acquitter de sa mission avant l'arrivée des deux femmes.

Arborant une expression soigneusement détachée, il continua de circuler dans la salle, murmurant les salutations appropriées chaque fois qu'il rencontrait une de ses connaissances. Il finit par prendre un verre de punch sur le plateau présenté par un valet de pied, puis balaya la salle de bal du regard tout en le portant à ses lèvres. Pas de Tallywhite en vue. En revanche... Bon sang, n'était-ce pas lord Arbuthnot ?

Pourquoi diable lui demandait-il de transmettre un message alors qu'il aurait pu le faire lui-même ?

Peut-être, pour une raison quelconque, Arbuthnot ne pouvait-il être vu en compagnie de Tallywhite. Peut-être y avait-il ici une autre personne, quelqu'un qui ne devait pas savoir que les deux hommes travaillaient ensemble. Ou alors, Tallywhite ignorait tout, et surtout qu'Arbuthnot était à l'origine du message.

Et si...

Et si Tallywhite savait qu'Arbuthnot travaillait avec lui, et qu'il s'agissait simplement d'un plan pour mettre George à l'épreuve afin de pouvoir l'utiliser ultérieurement ? Qui sait si George ne venait pas d'embrasser accidentellement une carrière d'espion ?

Il baissa les yeux sur son verre. Il lui fallait peut-être... Non, il lui fallait *impérativement* une boisson plus forte.

— Du pipi de chat, marmonna-t-il en reposant son verre.

C'est alors qu'il la vit. Et qu'il cessa de respirer.

— Billie ?

C'était une apparition. Elle portait une robe cramoisie, un choix de couleur surprenant pour une jeune femme célibataire, mais qui lui allait à la perfection. Ses yeux étincelaient dans son visage au teint laiteux, et ses lèvres... George savait qu'elle ne les fardait pas – Billie ne s'intéressait guère à ce genre d'artifice –, pourtant elles paraissaient plus pulpeuses, comme si elles avaient absorbé un peu de l'éclat rubis de sa robe.

Il avait embrassé ces lèvres. Il avait goûté à cette femme, il l'avait adorée, et il voulait la vénérer d'une manière qu'elle n'avait sans doute pas imaginée possible.

C'était cependant curieux qu'il n'ait pas entendu annoncer son arrivée. Il se tenait trop loin de l'entrée, ou peut-être était-il juste trop profondément plongé dans ses pensées. Quoi qu'il en soit, elle était là, si belle, si radieuse qu'il ne voyait personne d'autre.

Soudain, le reste du monde lui parut d'un tel ennui. Il ne voulait pas assister à ce bal, en compagnie de gens auxquels il n'avait pas envie de parler, chargé d'un message qu'il ne souhaitait pas particulièrement transmettre. Il ne voulait pas danser avec des jeunes filles qu'il ne connaissait pas, ni s'entretenir de la pluie ou du beau temps avec des personnes qu'il connaissait. Ce qu'il voulait, c'était Billie, et il la voulait toute à lui.

Oubliant Tallywhite, oubliant « Pic et pic et colégram », il traversa la salle d'un pas si décidé que la foule parut s'ouvrir devant lui.

Comment, le reste du monde n'avait pas encore remarqué Billie ? Elle était si merveilleuse, si vivante, si réelle dans cette pièce pleine de poupées de cire. Elle ne resterait pas invisible longtemps. Bientôt, il aurait à combattre une armée de jeunes gens empressés. Pour l'heure, elle était encore à lui seul.

Si elle était nerveuse, George était certain d'être le seul capable de s'en apercevoir. Parce que lui la connaissait. Elle se tenait très droite, la tête haute, mais ses yeux parcouraient la foule.

Elle le cherchait ?

— George ! s'écria-t-elle, ravie lorsqu'il s'avança. Euh… je veux dire, lord Kennard. Je suis heureuse et... pas surprise de vous voir, ajouta-t-elle avec un sourire discret.

— Bonsoir, mademoiselle Bridgerton, murmura-t-il en s'inclinant sur sa main.

Il se pencha ensuite pour déposer un baiser sur la joue de sa mère.

— Bonsoir, mère.

— Billie n'est-elle pas en beauté ?

George hocha lentement la tête, incapable de la quitter des yeux.

— Si, répondit-il, elle est... en beauté.

Mais ce terme, bien trop prosaïque, ne convenait pas. « Beauté » ne disait rien de la vivacité de son intelligence, de la profondeur de son regard, de l'esprit qui se dissimulait derrière son sourire. Elle était belle, oui, mais elle n'était pas que cela, et c'était pour cette raison qu'il l'aimait.

— J'espère que tu m'as réservé ta première danse, dit-il.

Billie adressa un regard interrogateur à lady Manston.

— Oui, tu peux danser ta première danse avec George, répondit-elle avec un sourire indulgent.

— Il y a tant de règles, fit remarquer Billie d'un air contrit. Je ne me rappelais plus si, pour une raison ou pour une autre, j'étais censée te réserver pour plus tard.

— Cela fait longtemps que tu es là, George ? s'enquit lady Manston.

— Une heure à peu près, répondit-il. Ma commission a pris moins de temps que je ne l'avais prévu.

— Ta commission ? Je croyais qu'il s'agissait d'un rendez-vous.

Si George n'avait pas été aussi captivé par Billie, il se serait donné les moyens d'être irrité par cette observation. Sa mère était en quête de renseignements. Ou, à défaut, elle tentait des reproches rétrospectifs. Mais il ne put se résoudre à y accorder de l'importance. D'autant moins que Billie le regardait, les yeux brillants.

— Tu es vraiment belle, déclara-t-il.

— Merci.

Elle eut un sourire embarrassé, et George s'aperçut qu'elle triturait nerveusement les plis de sa robe.

— Tu es très élégant, toi aussi.

À côté d'eux, lady Manston souriait jusqu'aux oreilles.

— Veux-tu danser ? reprit George.

— Maintenant ? Il y a de la musique ? demanda-t-elle avec un sourire adorable.

Il n'y en avait pas. Le fait que George ne se sentît même pas gêné prouvait à quel point il était amoureux.

— Peut-être une promenade autour de la salle ? suggéra-t-il. Les musiciens devraient bientôt être prêts.

Quand Billie se tourna vers lady Manston, celle-ci eut un geste de la main.

— Va. Mais reste en vue.

George fut brutalement tiré de sa songerie éveillée, le temps de jeter un regard glacial à sa mère.

— Je n'imagine pas faire quoi que ce soit pour compromettre sa réputation.

— Évidemment, riposta-t-elle avec insouciance. Je veux juste m'assurer qu'on la voie. Il y a beaucoup de beaux partis ici, ce soir. Plus que je n'en attendais. J'ai vu l'héritier Billington, continua-t-elle. Et à mon avis, il n'est pas trop jeune.

George esquissa une moue un peu dédaigneuse.

— Mère, je ne pense pas qu'elle souhaite devenir Billie Billington.

Billie se retint visiblement de pouffer.

— Oh, Seigneur, je n'y avais même pas pensé ! s'exclama-t-elle.

— Parfait.

— De toute manière, elle est Sybilla, désormais, répliqua la comtesse, démontrant une fois de plus son talent pour n'entendre que ce qu'elle souhaitait. Et Sybilla Billington sonne plutôt bien.

— Pas du tout, s'entêta George, les yeux rivés sur Billie.

Celle-ci pinçait les lèvres, l'air de s'amuser beaucoup.

— Son nom de famille est Wycombe, précisa lady Manston. Juste pour information.

George leva les yeux au ciel. Puis il offrit son bras à Billie.

— Nous y allons ?

Après avoir hoché la tête, elle glissa la main au creux de son coude.

— Si tu vois le fils Ashbourne…

Mais George s'éloignait déjà avec Billie.

— Je ne sais pas à quoi ressemble le fils Ashbourne, dit-elle. Et toi ?

— Il est plutôt bedonnant, mentit George.

— Dans ce cas, je ne comprends pas pourquoi ta mère pense à lui pour moi, s'étonna Billie. Elle sait que je suis très active.

George émit un vague murmure en guise d'acquiescement, heureux de sentir la pression légère de sa main sur son bras.

— Il y avait une longue file de voitures qui attendaient pour entrer, reprit Billie. Compte tenu de la douceur de l'air, j'ai proposé à ta mère de descendre et de marcher jusqu'à Wintour House, mais elle n'a rien voulu entendre.

George rit tout bas. Il n'y avait que Billie pour faire une telle suggestion.

— Franchement, poursuivit-elle, c'était à croire que j'avais demandé que l'on s'arrête chez le roi pour demander une tasse de thé.

— Eh bien, étant donné que le palais se situe de l'autre côté de la ville... la taquina George.

Elle lui décocha un coup de coude. Léger, toutefois, afin que personne ne le remarque.

— Je suis content que tu ne portes pas de perruque, avoua George.

Sa coiffure était très travaillée, comme l'exigeait la mode, toutefois il s'agissait de sa propre chevelure, et le discret voile de poudre n'en dissimulait pas la couleur chaude et lumineuse. C'était Billie au naturel, et s'il était un adjectif qui la définissait, c'était bien « naturelle ».

Si George voulait qu'elle apprécie son séjour à Londres, il ne souhaitait pas pour autant qu'elle en reparte transformée.

— C'est terriblement démodé, je le sais, dit-elle en tapotant la longue mèche bouclée qui retombait sur son épaule. Mais j'ai réussi à convaincre ta mère du risque, non négligeable, que je m'approche trop près d'une torchère et que je prenne feu.

Comme George tournait abruptement la tête pour la dévisager, elle précisa :

— Eu égard au fiasco de ma présentation à la Cour, ce n'est pas aussi déraisonnable que ça en a l'air.

Il s'efforça de réprimer son envie de rire. Sans succès.

— Oh, ne te retiens pas, je t'en prie ! lui dit-elle. Il m'a fallu tout ce temps pour réussir à en plaisanter, autant que nous nous amusions.

— Que s'est-il passé ? demanda-t-il. Ou est-ce que je préfère ne pas le savoir ?

— Si, si, tu veux le savoir, crois-moi, rétorqua-t-elle en lui lançant un regard oblique. Mais tu ne le sauras pas tout de suite. Une femme doit avoir ses petits secrets. C'est du moins ce que ta mère ne cesse de me répéter.

— À mon avis, mettre le feu à la Cour de St. James n'est pas le genre de secret auquel elle pensait.

— Vu la peine qu'elle se donne pour que l'on me considère comme une jeune femme pleine de grâce et de raffinement, il se peut que ce soit exactement ce qu'elle avait à l'esprit. Ce n'est pas lady Alexandra Fortescue-Endicott qui mettrait accidentellement le feu à quelqu'un, ajouta-t-elle d'un air malicieux.

— Non. Si elle le faisait, je suppose que ce serait volontaire.

— George Rokesby, c'est affreux de dire une chose pareille ! se récria Billie en étouffant un rire. Et probablement faux.

— Tu crois ?

— Oui, même s'il m'en coûte de l'admettre. Lady Alexandra n'est pas assez diabolique. Ou pas assez habile.

Après être resté silencieux un instant, George demanda :

— C'était vraiment un accident ? Oui, bien sûr, s'empressa-t-il de déclarer comme Billie lui coulait un regard noir.

Mais son ton n'était pas aussi convaincu qu'il aurait dû l'être.

— Bonsoir, Kennard !

En entendant son nom, George détourna les yeux de Billie à contrecœur. Deux de ses anciens condisciples à l'université, sir John William et Freddie Coventry, fendaient la foule pour le rejoindre. Tous deux étaient fort aimables, tout à fait respectables, et incarnaient à merveille le genre de gentlemen que sa mère voulait qu'il présente à Billie.

George constata cependant qu'il se sentait plutôt d'humeur à frapper l'un ou l'autre. Peu importait lequel, du moment qu'il pouvait atteindre le visage.

— Kennard, ça fait une éternité ! s'exclama sir John avec un grand sourire. Je ne pensais pas que tu étais encore en ville.

— Des affaires de famille, répondit George, volontairement vague.

Sir John et Freddie hochèrent la tête avec quelques murmures compréhensifs, puis tous deux regardèrent Billie, attendant manifestement d'être présentés.

— Voici sir John William et M. Frederick Coventry, dit George avec un sourire forcé. Messieurs, Mlle Sybilla Bridgerton d'Aubrey Hall, dans le Kent.

— Dans le Kent, dis-tu ? s'exclama Freddie tout en saluant Billie. Vous êtes donc voisins ?

— En effet, confirma Billie avec affabilité. Je connais lord Kennard depuis toujours.

George réprima une grimace. Même s'il savait qu'elle ne pouvait l'appeler par son prénom dans de telles circonstances, il n'appréciait pas cette manière formelle de le nommer.

— Tu as de la chance d'avoir une telle beauté si près de chez toi, déclara Freddie.

George jeta un coup d'œil à Billie, histoire de s'assurer qu'elle était aussi consternée que lui par la mièvrerie de ce compliment, mais elle conservait son sourire placide – la débutante incarnée, douce et convenable.

Il ricana. Douce et convenable ? Billie ? S'ils savaient !

— Vous avez dit quelque chose, lord Kennard ? s'enquit-elle.

Il lui rendit son sourire plein d'aménité.

— Simplement que j'ai effectivement de la chance.

Elle haussa les sourcils.

— C'est curieux que j'aie manqué une phrase d'une telle longueur.

Il lui glissa un regard de biais, auquel elle répondit d'un sourire secret.

Quelque chose parut s'apaiser en lui, et il se sentit de nouveau en accord avec le monde. Du moins, en accord avec l'instant. Le monde était sens dessus dessous, pourtant Billie lui souriait secrètement…

Et il était heureux.

— Voulez-vous m'accorder une danse, mademoiselle Bridgerton ? s'enquit alors sir John.

— À moi également, ajouta aussitôt Freddie.

— Bien sûr, répondit-elle, toujours aussi charmante.

De nouveau, George fit la grimace. Billie n'était décidément pas elle-même.

— Mlle Bridgerton m'a déjà promis la première danse, intervint-il. Et le cotillon.

Billie le regarda d'un air surpris, vu qu'elle ne lui avait pas promis le cotillon. Toutefois elle ne le contredit pas.

— Heureusement, il y a plus de deux danses au cours d'un bal, déclara Freddie, amusé.

— Je serai enchantée de danser avec vous deux, assura Billie, qui jeta un regard circulaire comme si elle cherchait quelque chose. Je ne crois pas qu'il y ait des carnets de bal ce soir...

— Nous survivrons très bien sans eux, assura Freddie. Tout ce que nous devons nous rappeler, c'est que lorsque vous en aurez fini avec Kennard, vous danserez avec moi.

Billie accompagna son hochement de tête d'un sourire amical.

— Et ensuite, ce sera le tour de sir John, continua Freddie. Mais je vous préviens, c'est un danseur abominable. Prenez garde à vos orteils.

Billie éclata de rire et, de nouveau, elle fut d'une beauté si incandescente que George fut tenté de jeter une couverture sur elle, uniquement pour empêcher quiconque de la désirer.

Il ne devait pas lui gâcher son plaisir, il le savait. Elle méritait d'être fêtée et adorée, et de savourer son accession – ô combien justifiée – au titre de reine du bal. Mais, bon sang, quand elle souriait à sir John ou à Freddie, on avait l'impression qu'elle était sincère.

Qui souriait ainsi sans être sincère ? Savait-elle seulement à quoi un sourire comme celui-ci pouvait mener ? Les deux hommes allaient penser qu'elle s'intéressait à eux. George eut la vision soudaine de bouquets s'amoncelant dans le hall de Manston House, et de jeunes gens faisant la queue pour avoir le privilège de baiser la main de Billie.

— Quelque chose ne va pas ? lui demanda-t-elle à voix basse.

Sir John et Freddie s'étant éloignés pour saluer une autre connaissance, ces mots s'adressaient à George seul.

— Bien sûr que non, répondit-il d'un ton plus sec qu'à l'accoutumée.

Un pli soucieux se creusa sur le front de Billie.

— Tu en es certain ? Tu...

— Je vais très bien !

— Cela se voit.

Elle avait arqué les sourcils, et George se rembrunit de plus belle.

— Si tu ne veux pas danser avec moi... commença-t-elle.

— Parce que tu crois que c'est de cela qu'il s'agit ?

— Il y a donc bien quelque chose ! dit-elle, triomphante.

Elle aurait dû avoir un maillet de Pall Mall dans la main pour compléter son attitude.

— Pour l'amour du ciel, Billie, marmonna-t-il, ce n'est pas une compétition.

— À vrai dire, je ne sais même pas ce que c'est.

— Tu ne devrais pas sourire ainsi à d'autres hommes, chuchota-t-il avec force.

— Quoi ?

Elle eut un haut-le-corps, et il n'aurait su dire s'il s'agissait d'incrédulité ou d'indignation.

— Cela va leur donner de fausses idées.

— Je croyais que ma seule mission était d'attirer l'attention des hommes, répondit-elle entre ses dents.

Il s'agissait donc d'indignation. Plutôt violente, au demeurant.

« Oui, mais pas trop », fut la réplique d'une totale ineptie qui vint aux lèvres de George. Il eut juste assez de présence d'esprit pour la ravaler et la remplacer par une mise en garde.

— Ne sois pas surprise s'ils te rendent visite demain.

— Je le répète : n'est-ce pas le but recherché ?

George ne répliqua mot, pour la bonne raison qu'il n'y avait pas de réponse. Il se conduisait en imbécile. Cela, au moins, c'était clair pour tous les deux.

Bonté divine, comment la conversation avait-elle pu se dégrader à ce point ?

— Billie, écoute, reprit-il, je veux simplement…

Il s'interrompit, les sourcils froncés. Arbuthnot venait d'apparaître dans son champ de vision.

— Tu veux simplement… quoi ?

Il secoua la tête. Billie était assez fine pour savoir que ce geste n'avait rien à voir avec elle. Elle suivit son regard, mais Arbuthnot s'était arrêté pour s'entretenir avec quelqu'un.

— Qui regardes-tu ? demanda-t-elle.

Il tourna la tête et fixa les yeux sur elle.

— Personne.

Elle accueillit ce mensonge éhonté en levant les yeux au ciel.

— Kennard, intervint alors Freddie Coventry, qui les avait rejoints tandis que sir John s'éloignait, je crois que les musiciens se mettent en place. Tu devrais emmener Mlle Bridgerton sur la piste de danse sans quoi il me faudra t'accuser de tractations suspectes.

Puis il se pencha vers Billie pour lui chuchoter d'un air faussement confidentiel :

— Je ne lui permettrai pas de réclamer votre première danse pour vous obliger ensuite à faire tapisserie.

Billie laissa échapper un petit rire que George ne trouva pas très sincère.

— Lord Kennard ne ferait jamais cela. Ne serait-ce que parce que sa mère lui arracherait les yeux.

— Oh, oh ! s'exclama Freddie. C'est donc ainsi que cela marche ?

322

George eut un sourire contraint. Il aurait volontiers étranglé Billie pour l'avoir humilié aussi efficacement devant son ami, mais il avait toujours une conscience aiguë de la proximité d'Arbuthnot qui, à quelques pas, attendait vraisemblablement de se retrouver seul.

La voix de Freddie se réduisit à un murmure taquin.

— Je ne crois pas qu'il va danser avec vous.

Billie leva la tête vers George, et lorsque leurs regards se croisèrent, il eut l'impression de revenir à lui. Après s'être incliné, il lui présenta son bras. Bon sang, n'attendait-il pas ce moment depuis ce qui lui semblait être des années ?

Évidemment, Arbuthnot surgit sur ces entrefaites.

— Bonsoir, Kennard, dit-il de ce ton chaleureux dont un homme use envers le fils d'un ami. Quel plaisir de vous voir. Qu'est-ce qui vous amène à Londres ?

— Une danse avec Mlle Bridgerton, répondit Freddie avec malice. Il semble toutefois incapable de l'escorter jusqu'à la piste.

Arbuthnot s'esclaffa.

— Oh, je suis sûr qu'il n'est pas incapable à ce point !

George regarda les deux hommes tour à tour, ne sachant lequel tuer en premier.

— Peut-être que c'est avec *vous* que je devrais danser, dit Billie à Freddie.

Finalement, c'est Billie qu'il tuerait d'abord ! À quoi diable pensait-elle ? Même pour elle, cette réplique était très effrontée. Une jeune femme n'invitait pas un homme à danser, surtout un homme qu'elle ne connaissait pas cinq minutes plus tôt.

— Une demoiselle qui parle en toute franchise...
comme c'est rafraîchissant ! commenta Freddie. Je
comprends pourquoi lord Kennard dit autant de
bien de vous.

— Il parle de moi ?

— Pas à lui, rétorqua George.

— Eh bien, il le devrait, déclara Freddie en
agitant les sourcils d'un air enjôleur. Vous consti-
tueriez certainement un sujet plus intéressant que
celui de notre dernière conversation qui, si je ne
m'abuse, portait sur l'avoine.

George était persuadé que c'était faux, mais comment protester sans paraître puéril ?

— Je trouve que l'avoine est un sujet fascinant,
riposta Billie.

George aurait pu éclater de rire s'il avait été
d'humeur, car il était le seul à savoir qu'elle ne
plaisantait pas. Les récentes moissons de son père,
très abondantes, en témoignaient.

— Une femme vraiment singulière, déclara
Freddie.

Les sons discordants d'un orchestre qui se pré-
pare à jouer se firent entendre, et Billie jeta un coup
d'œil à George. Elle s'attendait qu'il s'incline de
nouveau et la conduise, enfin, sur la piste de danse.

Mais avant qu'il ait pu s'exécuter, il entendit lord
Arbuthnot se racler la gorge. Il sut alors ce qu'il
devait faire.

— Je te cède mon tour, Coventry, dit-il en s'inclinant légèrement. Puisque tu es si désireux d'être
en compagnie de Mlle Bridgerton.

Il s'efforça de ne pas croiser le regard de Billie.
En vain. Il eut le temps de voir qu'elle était choquée, furieuse et blessée.

— La prochaine sera pour toi, lança Freddie avec bonne humeur.

Le cœur de George se serra quand il suivit des yeux le couple qui s'éloignait.

— Je suis désolé de vous priver de la compagnie de la délicieuse demoiselle Bridgerton, dit lord Arbuthnot. Mais je suis certain que vous n'êtes pas venu en ville uniquement pour danser.

Les deux hommes étaient à présent seuls, toutefois, comme Arbuthnot observait une certaine circonspection, George se contenta de répondre :

— Des affaires m'appelaient, en effet. Familiales, entre autres.

— N'est-ce pas toujours le cas ? fit remarquer Arbuthnot, la tête inclinée de côté. C'est sacrément épuisant d'être à la tête d'une famille.

— J'ai beaucoup de chance, répliqua George en songeant à son père, puisque je n'ai pas encore ce privilège.

— C'est vrai, c'est vrai.

Arbuthnot but une gorgée d'une boisson qui semblait considérablement plus forte que le punch ridicule que George avait bu un peu plus tôt dans la soirée.

— Mais vous le serez bien assez vite, et nous ne pouvons pas choisir notre famille, n'est-ce pas ?

Arbuthnot employait-il un double langage ? Si tel était le cas, George avait la confirmation qu'il n'était pas taillé pour une vie de messages mystérieux et de rencontres secrètes. Il choisit de prendre les propos du général au sens littéral.

— Si nous en avions la possibilité, j'aurais choisi la mienne.

— Dans ce cas, vous avez de la chance.

— Je le crois.

— Et comment se passe la soirée ? Fructueuse ?

— Je suppose que cela dépend de ce que l'on attend.

— Vraiment ? demanda Arbuthnot, l'air un peu irrité.

George ne s'en émut pas. Après tout, c'était lui qui avait entamé cette conversation absconse, il pouvait bien laisser George s'amuser un peu, lui aussi.

— Hélas, répliqua-t-il en regardant Arbuthnot droit dans les yeux, nous venons à ces réceptions en quête de quelque chose, non ?

— Vous êtes plutôt philosophe pour un mardi.

— D'ordinaire, je réserve mes efforts de réflexion aux soirées du lundi et aux après-midi du jeudi, riposta George.

Comme lord Arbuthnot ne dissimulait pas sa surprise, il ajouta :

— Je n'ai pas trouvé ce que je cherchais.

Bon sang, ce double langage lui donnait le vertige !

— En êtes-vous sûr ? demanda Arbuthnot, les yeux étrécis.

— Sûr et certain. La foule est très compacte.

— C'est tout à fait décevant.

— Certes.

— Peut-être devriez-vous danser avec lady Weatherby, suggéra lord Arbuthnot à voix basse.

— Je vous demande pardon ?

— La connaissez-vous ? Je peux vous assurer que c'est une femme qui n'a pas son égale.

— Nous nous sommes déjà rencontrés, oui.

Il connaissait Sally Weatherby du temps où elle était encore Sally Sandwick, sœur aînée de l'un de ses amis. Elle s'était mariée, puis avait perdu son mari quelques années plus tard. Elle venait de quitter le grand deuil. Heureusement pour elle, la couleur lavande du demi-deuil lui allait très bien.

— Weatherby était un brave homme, reprit Arbuthnot.

— Je ne le connaissais pas.

L'homme était plus âgé que lui, et Sally avait été sa seconde femme.

— Je travaillais avec lui de temps à autre, continua Arbuthnot. Un brave homme. Un très brave homme.

— Voilà des années que je ne me suis pas entretenu avec lady Weatherby, fit remarquer George. Je ne sais pas si j'aurai quelque chose à lui dire.

— J'imagine que vous trouverez. Ah, j'aperçois ma femme ! Elle fait ce signe de tête qui signifie soit qu'elle a besoin de mon aide, soit qu'elle est sur le point de mourir.

— Dans ce cas, vous devez aller la retrouver, dit George. C'est évident.

— Je suppose qu'elle aura besoin de mon aide dans les deux cas, déclara Arbuthnot avec un haussement d'épaules. Bonsoir, mon garçon. J'espère que votre soirée sera un succès.

Après avoir suivi lord Arbuthnot des yeux, George tourna les talons.

Apparemment, le moment était venu pour lui de danser avec Sally Weatherby.

# 22

M. Coventry avait beau être un danseur accompli, Billie ne parvenait pas à lui accorder beaucoup d'attention tandis qu'il l'accompagnait dans les figures compliquées de la contredanse.

Sa conversation avec l'homme plus âgé terminée, George s'inclinait à présent devant une femme d'une extrême beauté. D'une beauté si étincelante même, que c'était à se demander comment les gens autour d'elle n'éprouvaient pas le besoin de se protéger les yeux de son éclat miraculeux.

Billie sentit bouillonner en elle une sensation désagréable, et cette soirée, jusqu'alors magique, prit un goût aigre.

Elle savait qu'elle n'aurait pas dû inciter M. Coventry à danser. Si elle avait été présente, lady Manston en aurait eu une attaque. Laquelle surviendrait peut-être d'ici quelques instants, lorsque la rumeur lui reviendrait aux oreilles. C'était inévitable. Même si Billie ne s'était pas rendue à Londres depuis des années, cela ne l'empêchait pas d'avoir conscience que les commérages feraient le tour de la salle de bal en quelques minutes. Et celui de Londres dès le lendemain matin.

On allait la juger d'une effronterie inconsidérée ; on allait dire qu'elle courait après M. Coventry, qu'elle se jetait à sa tête pour des raisons dont personne ne savait rien, mais qui cachaient certainement un vilain secret, sinon pourquoi aurait-elle enfreint des siècles de bienséance en invitant un homme à danser ?

Et quelqu'un se souviendrait alors du malheureux incident qui s'était produit à la Cour quelques années plus tôt. Une histoire affreuse, répéteraient-ils tous en gloussant. Imaginez-vous, la robe de Mlle Philomène Wren avait pris feu ! Et avant que quiconque ait compris ce qui se passait, deux jeunes filles gisaient sur le sol, incapables de se relever à cause de leurs énormes jupes si encombrantes. N'y avait-il pas Mlle Bridgerton ? N'était-elle pas *sur* Mlle Wren ?

Billie dut serrer les dents pour ne pas laisser échapper un gémissement. Si elle s'était retrouvée sur Philomène Wren, c'était uniquement pour éteindre le feu. Mais cela, personne ne le mentionnait jamais.

Que Billie ait été à l'origine du feu était encore, Dieu soit loué, un secret soigneusement gardé. Et en toute honnêteté, comment pouvait-on attendre d'une femme qu'elle parvienne à se déplacer normalement, une fois engoncée dans une robe de cour ? L'étiquette en usage pour une présentation aux souverains exigeait des robes à paniers d'une largeur bien plus démesurée que celles que portaient les femmes au quotidien. En temps ordinaire, Billie savait parfaitement quelle place occupait son corps dans l'espace – il n'y avait pas moins maladroite qu'elle. Mais qui n'aurait pas éprouvé des difficultés à se mouvoir avec des hanches élargies de près de trois pieds de chaque côté ? Pire : quel idiot avait jugé bon de laisser une bougie allumée dans une pièce pleine de jeunes filles difformes ?

Le bord de sa robe s'était retrouvé si loin de son corps que Billie n'avait même pas senti qu'elle heurtait la bougie. Mlle Wren n'avait pas senti non plus que sa robe s'enflammait. Elle ne l'avait même jamais senti parce que Billie, qui en tirait une satisfaction rétrospective, avait eu l'excellent réflexe de se jeter sur elle pour étouffer le feu avant qu'il n'atteigne sa peau.

Et pourtant, une fois l'émotion retombée, personne n'avait semblé se rappeler que Billie avait sauvé Mlle Wren d'une blessure grave, voire de la mort. Non, sa mère avait été si horrifiée par l'incident qu'elle avait renoncé à toute idée de saison londonienne pour Billie. Ce qui comblait les vœux de cette dernière, puisqu'elle clamait depuis des années qu'elle refusait de faire son entrée dans le monde.

Mais jamais elle n'aurait imaginé obtenir gain de cause parce que ses parents avaient honte d'elle.

Avec un soupir, Billie se força à ramener son attention sur la contredanse et sur son cavalier. Elle ne se souvenait pas d'avoir enchaîné les figures imposées mais, apparemment, elle ne s'était pas trompée et n'avait écrasé aucun orteil. Heureusement, elle n'avait pas été obligée de soutenir une conversation suivie, car c'était le genre de danse qui séparait les deux partenaires aussi souvent qu'elle les réunissait.

— Lady Weatherby, dit M. Coventry lorsqu'il revint près d'elle.

Billie leva sur lui un regard étonné. Elle était pourtant certaine que M. Coventry connaissait son nom.

— Je vous demande pardon ?

Ils s'éloignèrent, puis se rapprochèrent.

— La femme avec qui danse lord Kennard, expliqua M. Coventry. C'est la veuve de lord Weatherby.

— Elle est veuve ?

— Depuis peu, confirma M. Coventry. Elle vient juste de quitter le grand deuil.

Billie serra les dents tout en s'efforçant d'afficher une expression affable. La belle veuve était très jeune – cinq ans de plus qu'elle, à peine. Elle portait une toilette exquise dont Billie savait à présent qu'elle était à la dernière mode, et son teint possédait cette pureté d'albâtre que Billie n'aurait pu obtenir qu'en utilisant de la crème à l'arsenic.

Elle aurait parié que jamais le moindre rayon de soleil n'avait effleuré les joues parfaites de lady Weatherby.

— Il lui faudra se remarier, continua M. Coventry. Elle n'a pas donné d'héritier au vieux Weatherby, elle dépend donc pour sa subsistance de la générosité du nouveau lord Weatherby. Ou, plus exactement...

De nouveau, les pas de la contredanse les séparèrent, et Billie faillit laisser échapper un grognement d'impatience. Pourquoi considérait-on comme une bonne idée d'avoir une conversation importante en dansant ? Personne ne se souciait donc de la délivrance morcelée des renseignements ?

Lorsqu'elle se fut de nouveau rapprochée de M. Coventry, elle reprit :

— Ou, plus exactement... ?

Il eut un sourire entendu.

— Elle doit compter sur la bonne volonté de l'épouse du nouveau lord Weatherby.

— Je suis certaine qu'elle trouvera agréable la compagnie de lord Kennard, s'obligea à déclarer Billie.

M. Coventry ne serait pas dupe. Il savait pertinemment qu'elle se consumait de jalousie. Mais elle devait au moins essayer de feindre l'indifférence.

— Je ne m'inquiéterais pas, déclara M. Coventry.

— Pardon ?

Une fois de plus, Billie dut attendre pour obtenir une réponse.

Elle contourna avec grâce une autre femme tout en maudissant cette contredanse. N'y avait-il pas, sur le continent, une nouvelle danse qui permettait à un homme et à une femme de rester ensemble pendant toute la durée d'un morceau de musique ? Beaucoup criaient au scandale, mais, franchement, était-elle la seule à juger cela plus sensé ?

— Kennard n'était pas heureux de vous voir partir à mon bras, reprit M. Coventry dès qu'il le put. S'il a invité lady Weatherby à danser, ce n'est qu'un prêté pour un rendu.

Sauf que ce n'était pas dans le caractère de George. Si son humour était parfois retors, son comportement ne l'était jamais. Il n'inviterait pas une femme à danser dans le seul but d'en rendre une autre jalouse. Peut-être avait-il été piqué au vif, peut-être était-il furieux contre Billie qui l'avait embarrassé devant ses amis, mais s'il dansait avec lady Weatherby, c'était parce qu'il le souhaitait.

Billie se sentit mal, tout à coup. Elle n'aurait pas dû essayer de forcer la situation en se proposant avec effronterie de danser avec M. Coventry. Mais elle avait été tellement désappointée !

La soirée avait pourtant si bien commencé… Quand elle avait aperçu George, resplendissant en tenue de soirée, elle en avait eu presque le souffle coupé. Elle avait tenté de se convaincre qu'il s'agissait du même homme que celui qu'elle connaissait dans le Kent, portant le même habit et les mêmes chaussures. Toutefois ici, à Londres, parmi les gens qui gouvernaient le pays, et peut-être même, le monde, il paraissait différent.

Il était à sa place.

De toute sa personne émanaient une certaine gravité, une confiance en soi et une assurance incontestables. Il y avait tout un pan de la vie de George que Billie ne connaissait pas, avec des soirées, des bals et des rendez-vous au White. Un jour, il siégerait au Parlement, alors qu'elle-même resterait l'impétueuse Billie Bridgerton. Sauf qu'au bout de quelques années « impétueuse » deviendrait « excentrique ». Puis ce serait la dégringolade vers « complètement folle ».

Non ! Les choses n'allaient pas se passer ainsi. George l'appréciait. Peut-être même l'aimait-il un peu. Elle l'avait lu dans son regard, et elle l'avait senti dans son baiser. Jamais lady Weatherby ne pourrait...

Billie écarquilla soudain les yeux. Où diable était lady Weatherby ?

Et, plus préoccupant, où était George ?


Cinq heures plus tard, George franchissait enfin le seuil de Manston House, fatigué, contrarié et, surtout, prêt à étrangler lord Arbuthnot.

Lorsque le général lui avait demandé de transmettre un message, George avait pensé : « Rien de plus facile. » Il avait de toute façon l'intention de se rendre au bal des Wintour, et Robert Tallywhite était précisément le genre de personne avec qui il pouvait converser à bâtons rompus. L'un dans l'autre, cela lui coûterait dix minutes de son existence, et ce soir-là, il irait se coucher en ayant la satisfaction d'avoir fait quelque chose pour le roi et la patrie.

Ce qu'il n'avait pas prévu, c'était que la soirée impliquerait de suivre Sally Weatherby au *Swan with no neck*, une taverne plutôt sordide à l'autre bout de la ville. C'était là qu'il avait finalement trouvé Robert Tallywhite, qui se divertissait en lançant des fléchettes sur un tricorne cloué au mur.

Les yeux bandés.

George lui avait transmis le message, dont le contenu n'avait pas paru surprendre Tallywhite le moins du monde. En revanche, lorsque George avait voulu prendre congé, il s'était vu contraint de rester pour boire une pinte de bière. Et le terme « contraint » n'avait rien d'exagéré. En effet, deux hommes à la carrure impressionnante, dont l'un arborait l'œil au beurre noir le plus spectaculaire que George eût jamais vu, l'avaient littéralement poussé vers une chaise.

Une telle meurtrissure trahissait une résistance remarquable à la douleur, et George craignait que cela n'indique une aptitude tout aussi remarquable à en infliger. Aussi, lorsque l'homme lui avait enjoint de s'asseoir et de boire, George avait-il obtempéré. Bien entendu, Sally s'était volatilisée aussitôt après l'avoir amené dans ce lieu accueillant.

Jamais il n'avait participé à une conversation plus décousue et plus inepte que celle qui s'était ensuivie avec Tallywhite et ses hommes de main. Ils avaient discuté du temps qu'il faisait, des règles du jeu de cricket, des mérites respectifs de Trinity College et de Trinity Hall à Cambridge. Ils avaient ensuite évoqué les bénéfices de l'eau salée sur la santé, la difficulté de se procurer de la glace correcte en été et le coût exorbitant des ananas – qui jouerait peut-être sur la popularité des oranges et des citrons.

À 1 heure du matin, George avait commencé à s'interroger sur l'état mental de Robert Tallywhite et, à 2 heures, sa conviction était faite. À 3 heures, il avait enfin réussi à prendre congé, non sans avoir reçu « accidentellement » le coude d'un des amis de Tallywhite dans les côtes. Il avait aussi une égratignure sur la pommette gauche, mais il n'était plus très sûr de sa provenance.

Pire que tout, songea-t-il en gravissant d'un pas pesant l'escalier de Manston House, il avait abandonné Billie. Alors que cette soirée était tellement importante pour elle. Bon sang, elle était importante pour lui aussi ! Dieu seul savait ce qu'elle pensait de son comportement.

— George…

La surprise le fit trébucher sur le seuil de sa chambre. Billie se tenait au milieu de la pièce, en robe de chambre.

*En robe de chambre !*

La ceinture n'en était que lâchement nouée, et il apercevait la soie couleur pêche de sa chemise de nuit. Elle paraissait très fine, presque arachnéenne. Un homme pouvait passer les mains sur une telle étoffe et éprouver, à travers elle, la chaleur de sa peau. Un homme pouvait penser qu'il était en droit de le faire puisque Billie se tenait à six pieds tout au plus de son lit.

— Que fais-tu là ? demanda-t-il.

Les commissures de ses lèvres se crispèrent. Elle était en colère. Elle était même, corrigea-t-il, folle furieuse.

— Je t'attendais.

— Cela, je l'avais deviné, rétorqua-t-il en tirant sur sa cravate.

Si Billie était gênée qu'il se déshabille devant elle, tant pis. Après tout, c'était elle qui avait investi sa chambre à coucher.

— Qu'est-ce qu'il t'a pris ? Tu me jettes dans les bras de ce pauvre M. Coventry et…

— Je ne le plaindrai pas trop, la coupa George. Il a eu ma danse.

— Tu la lui as donnée !

George continuait de se débattre avec sa cravate, dont il réussit finalement à se débarrasser et qu'il lança sur une chaise.

— Je n'avais malheureusement pas le choix, répliqua-t-il.

— Que veux-tu dire ?

George garda le silence un instant. Il était heureux de n'être pas face à Billie car il pensait à lord Arbuthnot. Évidemment, Billie ignorait leur accord – et elle n'en saurait jamais rien.

Les yeux fixés sur un point invisible du mur, il finit par répondre :

— Je pouvais difficilement agir autrement étant donné que tu l'avais invité à danser.

— On ne peut pas dire que je l'aie « invité ».

George lui jeta un coup d'œil par-dessus son épaule.

— Tu coupes les cheveux en quatre.

— Très bien, dit-elle en croisant les bras. Moi non plus, je n'avais guère le choix. La musique commençait et tu te contentais de rester planté là.

Il ne servait à rien de lui rappeler qu'il s'apprêtait à l'accompagner sur la piste de danse lorsque lord Arbuthnot était arrivé. Aussi tint-il sa langue.

Le silence s'étira entre eux, infiniment pesant.

— Tu ne devrais pas être dans ma chambre, finit par dire George tout en s'asseyant pour retirer ses bottes.

— Je ne savais pas où aller.

George scruta son visage. Que voulait-elle dire ?

— Je m'inquiétais pour toi, ajouta-t-elle.

— Je suis capable de prendre soin de moi.

— Moi aussi, riposta-t-elle.

Il l'admit d'un signe de tête, puis reporta son attention sur ses manchettes. Il lui fallut repousser la délicate dentelle des volants afin de pouvoir faire passer les boutons dans les brides.

— Que s'est-il passé cette nuit ? reprit-elle.

Il ferma les yeux, conscient qu'elle ne pouvait voir son expression. Ce fut la seule raison pour laquelle il s'autorisa un soupir las.

— Je ne saurais même pas par où commencer, avoua-t-il.

— Par le commencement, ce serait bien.

Il lui jeta un coup d'œil oblique et esquissa malgré lui un sourire ironique. C'était Billie crachée, ce genre de réponse.

Secouant la tête, il murmura :

— Pas ce soir. Pour l'amour du ciel, Billie, ajouta-t-il comme elle se contentait de l'observer en silence, je suis épuisé !

— Je m'en moque.

Il fut si déconcerté que, l'espace d'un instant, il la regarda en battant des paupières.

— Où étais-tu ? insista-t-elle.

George considérait depuis toujours qu'il valait mieux dire la vérité lorsque c'était possible. Aussi répondit-il :

— Dans une taverne.

Elle sursauta, puis lâcha froidement :

— Ça se sent.

Il ne put retenir un ricanement.

— N'est-ce pas ?

— Pourquoi étais-tu dans une taverne ? Qu'avais-tu donc à faire qui était plus important que...

Elle s'interrompit avec un petit cri étouffé et plaqua la main sur sa bouche.

George ne pouvait pas lui répondre, aussi demeura-t-il silencieux. Rien au monde n'était plus important qu'elle. En revanche, certaines choses étaient plus importantes que de danser avec elle, quand bien même il avait souhaité qu'il en soit autrement.

Son frère était porté disparu. Peut-être la démarche absurde de cette nuit n'avait-elle rien à voir avec Edward. Bon sang, il était presque certain qu'elle n'avait aucun rapport avec lui. Alors qu'Edward était perdu dans les immensités sauvages du Connecticut, lui-même se trouvait ici, à Londres, à réciter une comptine ridicule devant un fou.

Mais le gouvernement lui avait confié cette tâche et, plus important, il avait donné sa parole qu'il l'accomplirait.

Si jamais lord Arbuthnot lui proposait une autre mission aussi insensée, il n'hésiterait pas à refuser. Il n'était pas du genre à suivre des ordres aveuglément. Cette fois, cependant, il avait accepté, et il était donc allé jusqu'au bout.

Le silence s'épaissit. Puis Billie, qui s'était détournée en refermant les bras autour de son buste, déclara d'une toute petite voix :

— Je devrais aller me coucher.

— Tu pleures ? demanda-t-il en se levant d'un bond.

La réponse vint trop vite.

— Non !

C'était insupportable. Sans même s'en rendre compte, il fit un pas en avant.

— Ne pleure pas.

— Je ne suis pas du genre à pleurer ! répliqua Billie d'une voix étranglée.

— Non, dit-il doucement. Non, bien sûr.

D'un geste peu élégant, elle s'essuya les yeux du dos de la main.

— Je ne pleure pas, et je ne vais certainement pas pleurer à cause de toi.

— Billie...

Et avant qu'il ait compris ce qu'il faisait, elle fut dans ses bras. Il la tint contre son cœur, lui caressa le dos tandis que les larmes roulaient sur ses joues.

Elle pleurait avec une retenue inattendue. Billie ne faisant jamais les choses à moitié, il aurait cru que, chez elle, pleurer se manifesterait par de gros sanglots bruyants.

Il s'aperçut alors qu'elle avait dit vrai : elle n'était pas du genre à pleurer. Il la connaissait depuis vingt-trois ans, et jamais il ne l'avait vue verser une larme. Même lorsqu'elle s'était foulé la cheville et qu'elle avait dû descendre l'échelle, elle n'avait pas pleuré. L'espace d'un instant, elle avait failli, du moins le pensait-il, puis elle avait redressé les épaules et ravalé sa douleur.

Et maintenant, elle pleurait. À cause de *lui*.

— Je suis tellement désolé, murmura-t-il contre ses cheveux.

Il ignorait ce qu'il aurait pu faire différemment, toutefois cela ne semblait plus avoir d'importance. Billie pleurait, et à chaque reniflement, il avait l'impression d'entendre son propre cœur se briser.

— Je t'en prie, ne pleure pas, répéta-t-il, faute de savoir quoi dire d'autre. Tout ira bien. Je te le promets, tout ira bien.

Il la sentit hocher la tête ; le mouvement était presque imperceptible, mais cela signifiait qu'elle se ressaisissait.

Il lui prit le menton, la forçant à croiser son regard, et lui sourit.

— Tu vois, je te le disais. Tout va bien.

Elle prit une inspiration tremblante.

— J'étais inquiète pour toi.

— Tu étais inquiète ? répéta-t-il, pas mécontent, et incapable de le dissimuler.

— Et en colère.

— Je sais.

— Tu es parti ! lança-t-elle.

— Je sais.

Il n'allait pas lui présenter d'excuses. Elle méritait mieux.

— Pourquoi ?

Comme il restait silencieux, elle se dégagea de son étreinte et répéta sa question.

— Pourquoi es-tu parti ?

— Je ne peux pas te le dire, répondit-il à regret.

— Tu étais avec *elle* ?

Il ne fit pas mine de ne pas comprendre.

— Très brièvement.

Il n'y avait qu'un chandelier à trois branches dans la chambre, mais cela suffit pour que George surprenne l'éclair de douleur qui traversa son regard. Il vit sa gorge se contracter lorsqu'elle déglutit.

Cependant, à la manière dont elle se tenait, les bras de nouveau refermés autour de son buste en un geste protecteur, elle aurait pu tout aussi bien avoir revêtu une armure.

— Je ne te mentirai pas, dit-il à voix basse. Je peux ne pas être capable de répondre à tes questions, mais je ne te raconterai pas d'histoires.

Il s'avança vers elle et la regarda droit dans les yeux.

— Tu m'entends ? Je ne te mentirai jamais.

Elle hocha la tête, puis quelque chose changea dans son expression. Son regard s'adoucit.

— Tu es blessé.

— Ce n'est rien.

— Il n'empêche...

Elle tendit la main vers son visage et s'arrêta juste avant de le toucher.

— Quelqu'un t'a frappé ?

Il secoua la tête. Sans doute avait-il été un peu bousculé lorsqu'on l'avait forcé à s'asseoir pour boire une pinte avec Tallywhite.

— Honnêtement, je ne m'en souviens pas. Ç'a été une soirée très étrange.

Elle entrouvrit les lèvres, sans doute pour le questionner plus avant. Au lieu de quoi, elle murmura :

— Tu n'as pas dansé avec moi.

— Et je le regrette, assura-t-il, les yeux dans les siens.

— Je voulais... j'espérais...

Elle déglutit de nouveau, et il s'aperçut qu'il retenait son souffle, attendant qu'elle poursuive.

— Je ne pense pas...

Quels que soient les mots qu'elle voulait prononcer, ils refusaient de franchir ses lèvres. George comprit qu'il devait se montrer aussi brave qu'elle.

— Ç'a été horrible, chuchota-t-il.

Les yeux de Billie s'arrondirent de surprise. Il s'empara de sa main, lui embrassa la paume.

— Sais-tu combien cela m'a été difficile de dire à Freddie Coventry qu'il pouvait danser avec toi ? Imagines-tu la torture que ça a été de le voir te prendre la main et te parler à l'oreille comme s'il avait le droit d'être près de toi ?

— Oui, souffla-t-elle. Je le sais précisément.

À cet instant, tout devint clair. Il ne pouvait faire qu'une seule chose.

Il la fit donc.

Il l'embrassa.

# 23

Billie n'était pas stupide. Elle savait, lorsqu'elle avait décidé d'attendre George dans sa chambre, que cela pouvait arriver. Mais ce n'était pas pour cette raison qu'elle s'était glissée silencieusement dans la pièce, tournant la poignée avec une habileté consommée afin que le mécanisme coulisse sans bruit. Ce n'était pas pour cette raison qu'elle était restée assise dans le fauteuil de George, à guetter les bruits annonçant son retour. Et ce n'était pas non plus pour cette raison qu'elle avait gardé les yeux fixés sur son lit durant tout ce temps, douloureusement consciente que c'était là qu'il dormait, là que son corps reposait alors qu'il était le plus vulnérable, là que sa femme et lui, lorsqu'il se marierait, feraient l'amour.

Non, elle n'était venue dans cette chambre que parce qu'elle avait besoin de savoir où il était allé, et pourquoi il l'avait abandonnée à Wintour House. Elle n'ignorait pas que l'inquiétude l'empêcherait de dormir jusqu'à son retour.

Mais elle avait su que cela pouvait arriver.

Et maintenant que cela arrivait... elle admettait enfin que c'était ce qu'elle désirait depuis le début.

Quand il l'attira contre lui, elle ne joua pas la surprise ni ne feignit d'être choquée. Ils étaient, et avaient toujours été, trop honnêtes l'un envers l'autre. Elle noua donc les bras autour de son cou et lui rendit son baiser avec fièvre.

Ce fut comme la première fois qu'il l'avait embrassée, et encore plus. L'étoffe de son peignoir étant beaucoup plus fine et souple que celle de ses robes, elle avait l'impression que les mains de George étaient partout sur son corps. Lorsqu'il les referma sur ses fesses, elle sentit chaque doigt s'enfoncer dans sa chair avec une impatience qui fit chanter son cœur.

Il ne la traitait pas comme une poupée de porcelaine, mais comme une femme, et elle adorait cela.

Elle perçut son érection, dure et insistante, lorsqu'il plaqua son corps contre le sien. Dire que c'était elle, Billie Bridgerton, qui en était la cause ! La pensée qu'elle rendait George Rokesby fou de désir l'enivrait et la poussait à toutes les audaces.

Elle voulait lui mordiller l'oreille, goûter au sel sur sa peau, écouter son souffle s'accélérer lorsqu'elle s'arquait contre lui... Elle voulait connaître la forme exacte de sa bouche, non par les yeux, mais par les lèvres.

Elle voulait tout de lui et le désirait de toutes les manières possibles.

— George, murmura-t-elle.

Elle le répéta, encore et encore, en ponctuation de chacun de ses baisers. Comment avait-elle pu penser un jour que cet homme était guindé et insensible ? Lorsqu'il l'embrassait, c'était un brasier. On eût dit qu'il voulait la dévorer, la consumer... la posséder.

Et Billie, qui n'avait jamais beaucoup apprécié de se laisser faire, découvrit qu'elle ne lui reprocherait pas d'y parvenir.

— Tu es si... incroyablement... belle, dit-il d'une voix entrecoupée. Ta robe, ce soir... Je n'arrive pas à croire que tu portais du rouge.

Elle ne put réprimer un sourire espiègle.

— Je ne crois pas que le blanc m'aille très bien. « Et après cette nuit, songea-t-elle, moins que jamais ! »

— Tu ressemblais à une déesse...

Puis George s'écarta pour la couver d'un regard brûlant de passion.

— Mais sais-tu que tu me plais encore davantage en bottes et en pantalons ?

— George ! s'écria-t-elle, s'esclaffant malgré elle.

— Chuuut...

— C'est difficile de ne pas faire de bruit.

Le regard dont il l'enveloppa était celui d'un pirate sans foi ni loi.

— Je sais comment te réduire au silence.

— Oh, oui, s'il te pl...

Elle ne put achever sa phrase car il l'embrassa de nouveau, avec plus d'ardeur que jamais. Il glissa les doigts sous la ceinture de sa robe de chambre et celle-ci s'ouvrit, puis tomba sur le sol dans un frémissement soyeux.

Un frisson parcourut Billie tandis que George caressait lentement ses bras nus, depuis l'épaule jusqu'au poignet.

— Tu as un grain de beauté, murmura-t-il. Juste...

Il s'inclina pour déposer un baiser léger près de la saignée du coude.

— ... là.

— Tu l'as déjà vu, fit-elle remarquer à voix basse.

L'endroit n'avait rien d'intime, et elle portait fréquemment des robes à manches courtes.

— Mais je ne lui ai jamais rendu l'hommage qu'il méritait, répliqua-t-il avec un petit rire.

— Vraiment ?

— Mmm...

Il lui leva le bras et, le tournant à peine, feignit d'étudier la minuscule tache brune.

— C'est de toute évidence le grain de beauté le plus délicieux d'Angleterre.

Une onde de chaleur et de contentement mêlés se répandit en elle. Son corps avait beau réclamer celui de George, elle ne put s'empêcher d'encourager cette conversation taquine.

— De l'Angleterre seulement ?

— C'est-à-dire que je n'ai pas beaucoup voyagé à l'étranger...

— C'est vrai ?

— Et puis, vois-tu... il se pourrait qu'il y ait d'autres grains de beauté ici même, dans cette pièce. Tu pourrais en avoir un ici, dit-il en glissant le doigt dans le col de sa chemise de nuit. Ou là, poursuivit-il en posant sa main libre sur sa hanche.

— C'est possible, acquiesça-t-elle.

— Derrière le genou, chuchota-t-il tout contre son oreille. Tu pourrais en avoir un aussi.

Billie hocha la tête. Elle n'était pas sûre d'être encore capable de parler.

— Sur l'un de tes orteils, suggéra-t-il. Ou dans le dos.

— Tu devrais peut-être vérifier, parvint-elle à murmurer.

Il prit une inspiration profonde mais saccadée, et elle se rendit soudain compte de ce que dominer son désir lui coûtait. Alors qu'elle se grisait joyeusement de sa liberté, il livrait une bataille féroce contre lui-même. Elle pressentit, sans savoir exactement pourquoi, qu'un homme moins exceptionnel n'aurait pas eu la force de la traiter avec une telle tendresse.

— Fais-moi tienne, lui dit-elle.

Elle s'était déjà accordée à elle-même la permission de s'abandonner. À présent, elle la lui offrait à lui aussi.

Elle sentit ses muscles se contracter et, l'espace d'un instant, il parut être en proie à une vive souffrance.

— Je ne devrais pas…

— Si, tu devrais.

— Je ne serai pas capable de m'arrêter.

— Et si je ne le veux pas ?

Il s'écarta, le souffle inégal et, encadrant son visage de ses mains, il plongea son regard dans le sien.

— Tu m'épouseras, dit-il d'un ton impérieux.

Elle se contenta de hocher la tête, pressée d'en finir.

— Dis-le ! lui intima-t-il. Dis les mots.

— Je t'épouserai, chuchota-t-elle. Je te le promets.

Durant une seconde, il demeura comme pétrifié. Puis, sans même laisser à Billie le temps de prononcer son prénom, il la souleva dans ses bras et la jeta quasiment sur le lit.

— Tu es mienne, gronda-t-il.

S'appuyant sur les coudes, elle le regarda tandis qu'il tirait sa chemise de ses pantalons. Quand il la fit passer par-dessus sa tête et qu'elle découvrit son torse, elle cessa de respirer. George était beau, d'une beauté presque sculpturale. Elle savait qu'il ne passait pas ses journées à labourer la terre ou à bâtir des maisons ; il devait néanmoins se livrer à une activité physique régulière, car il était svelte et magnifiquement découplé. À la lueur des bougies, elle voyait ses muscles jouer sous sa peau.

Elle s'assit et lui tendit la main. Ses doigts la démangeaient de le caresser, de vérifier que sa peau était aussi lisse et chaude qu'elle le paraissait. Mais il se tenait juste hors de sa portée et l'enveloppait d'un regard avide.

— Tu es si belle, murmura-t-il.

Il s'approcha, toutefois, avant qu'elle puisse le toucher, il lui saisit la main et la porta à ses lèvres.

— Quand je t'ai vue dans cette salle de bal, ce soir, je crois que mon cœur s'est arrêté de battre.

— Et maintenant ? chuchota-t-elle.

Il posa la main de Billie sur son torse. Elle sentit les battements vigoureux de son cœur sous sa paume et eut l'impression qu'ils se répercutaient dans son propre corps. George était fort, solide, magnifiquement viril.

— Tu sais ce que je rêvais de faire ? reprit-il.

Elle secoua la tête, trop captivée par sa voix rauque pour répondre.

— Je rêvais de te faire pivoter et repasser la porte avant que quiconque t'ait remarquée. Je ne voulais pas te partager. Je ne le veux toujours pas, acheva-t-il, avant de dessiner de l'index le contour de ses lèvres.

Un flot brûlant déferla en elle, et elle se sentit soudain plus audacieuse, plus féminine.

— Je ne veux pas te partager non plus.

Esquissant un sourire, il promena les doigts le long de son cou, puis sur sa gorge, jusqu'à atteindre le ruban qui fermait l'encolure de sa chemise de nuit. Les yeux toujours attachés aux siens, il tira sur l'une des extrémités avec une lenteur délibérée.

Fascinée, Billie regarda ses doigts saisir délicatement le bord de l'étoffe soyeuse et la repousser d'abord sur ses épaules, puis sur le haut de ses bras. George n'allait pas tarder à la voir nue, mais elle n'éprouvait aucune pudeur, aucune crainte. Uniquement de la passion, et le désir incoercible d'aller jusqu'au bout.

Alors qu'elle relevait les yeux, il fit de même. Et dans son regard elle lut une interrogation à laquelle, sachant exactement ce qu'il lui demandait, elle répondit d'un hochement de tête. Après avoir pris une inspiration tremblée, il repoussa sa chemise de nuit sur ses seins, et la loi de la gravité fit le reste. La soie pâle s'amoncela autour de la taille de Billie, mais elle s'en aperçut à peine. George la contemplait avec une adoration qui lui coupa le souffle.

Il tendit une main tremblante, la referma sur son sein. Le frôlement de la pointe contre sa paume provoqua en elle une telle sensation qu'elle poussa un cri étouffé. Comment une telle caresse pouvait-elle lui crisper ainsi le ventre ? Elle était affamée, quoique pas de nourriture, et l'endroit secret entre ses cuisses se contractait sous l'effet de ce qui était sans doute du désir.

Était-ce ce qu'elle était censée ressentir ? Comme si elle était incomplète sans lui ?

De nouveau, elle regarda la main de George tandis qu'il la caressait. Elle était si grande, si vigoureuse, si terriblement masculine contre sa peau claire. La lenteur sensuelle de ses doigts formait un contraste étonnant avec la fièvre de ses baisers, quelques instants plus tôt. Billie avait l'impression d'être une œuvre d'art dont il étudiait chaque courbe.

Elle se mordit la lèvre, puis laissa échapper un petit gémissement quand il fit glisser l'extrémité de ses doigts sur son sein, jusqu'à n'en plus toucher que la pointe.

— Tu aimes cela, constata-t-il.

Elle acquiesça et leurs regards se croisèrent de nouveau.

— Tu aimeras encore plus ceci, murmura-t-il avant de s'incliner pour aspirer son téton entre ses lèvres.

Billie ne put retenir une exclamation de surprise. Comme il le titillait de la langue, elle le sentit durcir – ce qui ne lui arrivait que lors des froides journées d'hiver.

Jamais, cependant, elle n'avait été aussi loin d'avoir froid ! Son corps se cambra, jusqu'à ce qu'elle soit contrainte de poser les mains sur le lit, derrière elle, pour ne pas tomber.

— George ! s'écria-t-elle.

— Chuut, murmura-t-il contre sa peau. Tu ne retiens jamais une leçon, n'est-ce pas ?

— C'est toi qui me fais crier…

— Ce n'était pas un cri, répliqua-t-il avec un sourire effronté.

— Il ne s'agissait pas d'une provocation de ma part, assura-t-elle, alarmée.

Il rit, mais bien plus discrètement qu'elle.

— Je me préoccupe simplement de l'avenir, lorsque le bruit ne sera plus un problème, répondit-il.

— Il y aura quand même les domestiques !

— Qui sont à mon service.

— George !

— Lorsque nous serons mariés, poursuivit-il en entrelaçant ses doigts aux siens, nous ferons autant, ou aussi peu de bruit que nous le voudrons.

Billie sentit son visage s'empourprer.

Il lui effleura la joue d'un baiser taquin.

— Je t'ai fait rougir ?

— Tu le sais très bien, marmonna-t-elle.

— Je ne devrais sans doute pas en concevoir une telle fierté, admit-il, l'air très content de lui.

— Mais cela ne t'arrête pas.

Il porta la main de Billie à ses lèvres.

— Non, en effet.

Elle contempla son visage, heureuse, malgré les exigences taraudantes de son corps, de prendre le temps de le regarder, tout simplement. Elle lui caressa la joue, qu'un chaume de barbe rendait rugueuse. Elle suivit du doigt la ligne de ses sourcils, droite, ferme, et pourtant capable de s'arquer impérieusement, puis elle frôla ses lèvres si incroyablement douces. Combien de fois avait-elle regardé sa bouche lorsqu'il parlait sans jamais soupçonner qu'elle pouvait procurer un tel plaisir ?

— Que fais-tu ? s'enquit-il.

Ce ne fut que lorsqu'elle répondit qu'elle le sut.

— Je te mémorise.

Le souffle de George se suspendit un instant, puis, de nouveau, il captura ses lèvres, et la légèreté de l'instant céda le pas à la passion. Il fit courir sa bouche le long de son cou, laissant une traînée de feu dans son sillage et Billie se retrouva allongée sur le lit. Et soudain sa chemise de nuit glissa le long de ses jambes, et elle fut nue sous lui. Elle n'en ressentit pourtant aucune gêne. Il s'agissait de George, et elle lui faisait confiance.

Il s'agissait de George, et elle l'aimait.

Elle sentit qu'il essayait de se déboutonner puis, jurant entre ses dents, il roula sur le côté pour – ce furent ses mots – « se débarrasser de ces foutus pantalons ». Billie ne put réprimer un gloussement. Elle devina qu'il avait davantage de mal à les ôter qu'à l'accoutumée.

— Ça te fait rire ? dit-il en la défiant du regard.

— Tu devrais te féliciter de n'avoir pas eu à défaire ma robe. Trente-six boutons recouverts de tissu, rien que pour le dos.

— Je n'aurais pas survécu, rétorqua-t-il, l'œil féroce.

Alors que Billie s'esclaffait, un des boutons sauta et roula au sol, et George parvint enfin à se dégager.

Billie resta bouche bée. Au sourire carnassier de George lorsqu'il revint sur le lit, elle supposa qu'il prenait sa stupéfaction comme un compliment.

Sans doute était-ce le cas. Il s'y mêlait, cependant, une bonne dose d'effroi.

— George, commença-t-elle avec circonspection, je sais que ce sera possible parce que, bonté divine, ç'a été possible pendant des siècles. Mais je dois avouer que cela n'a pas l'air facile... pour moi, précisa-t-elle.

Il l'embrassa à la commissure des lèvres.

— Fais-moi confiance.

— Je te fais confiance, assura-t-elle. C'est de *cela* que je doute.

Billie songeait à ce qu'elle avait vu dans les écuries au fil des années. Aucune des juments n'avait jamais semblé passer un moment agréable.

En riant, George s'allongea de nouveau sur elle.

— Fais-moi confiance, répéta-t-il. Il faut simplement être sûr que tu es prête.

Billie ne savait pas vraiment de quoi il parlait ; elle éprouvait quelque difficulté à réfléchir, car il faisait des choses affolantes avec ses doigts.

— Tu l'as déjà fait avant, n'est-ce pas ?

— Quelques fois, murmura-t-il, mais là, c'est différent.

À sa question muette, il répondit simplement :

— C'est comme cela.

Il l'embrassa de nouveau tandis que sa main remontait le long de sa cuisse.

— Tu es si forte, murmura-t-il. C'est ce que j'aime chez toi.

La respiration de Billie se fit saccadée. La main de George était à présent en haut de sa cuisse, les doigts bien écartés, et son pouce frôlait sa chair intime.

— Fais-moi confiance, chuchota-t-il.

— Tu ne cesses de le répéter.

Il appuya son front contre le sien, et elle eut l'impression qu'il s'efforçait de ne pas rire.

— Je ne cesse de vouloir te convaincre. Détends-toi, ajouta-t-il, alors que ses lèvres dessinaient un chemin de baisers le long de son cou.

Billie doutait que ce fût possible jusqu'au moment où, avant de refermer de nouveau ses lèvres sur la pointe d'un sein, il lui dit :

— Arrête de penser.

Ce fut un ordre qu'elle n'eut aucun mal à suivre car lorsqu'il la caressait ainsi, elle perdait la tête.

Son corps prit le dessus et elle oublia toutes ses craintes. Ses jambes s'écartèrent, George se positionna entre elles et… oh… elle sentit son sexe contre le sien, et c'était si excitant, si divin, qu'elle n'aspira qu'à aller plus loin.

Elle n'avait jamais connu cette tension qui exigeait d'être satisfaite. Elle voulait l'enlacer plus étroitement, elle voulait le dévorer. Elle s'accrocha à ses épaules.

— George, gémit-elle, je veux…

— Que veux-tu ? murmura-t-il en glissant un doigt en elle.

Billie se cabra violemment.

— Je veux... Je veux, c'est tout !

— Moi aussi, gronda-t-il.

Il écarta les pétales de sa féminité avec les doigts, et elle le sentit se presser doucement à l'orée de son sexe.

— Il paraît que c'est douloureux, murmura-t-il d'un air désolé, quoique pas très longtemps.

Elle hocha la tête. Sans doute dut-elle se raidir car, de nouveau, il murmura :

— Détends-toi.

Lentement, il entra en elle. La sensation était plus étrange qu'agréable, mais même lorsqu'elle perçut un tiraillement douloureux, Billie fut submergée par le besoin de l'attirer encore plus près, au plus profond de son intimité.

— Ça va ? demanda-t-il.

Elle hocha la tête.

— Tu en es sûre ?

Quand, de nouveau, elle hocha la tête, il donna un coup de reins pour s'enfoncer davantage.

Elle devina néanmoins qu'il se retenait.

Il avait les dents serrées, et son visage exprimait presque de la souffrance. En même temps, il psalmodiait son prénom comme si elle était une déesse et ce qu'il lui faisait – avec son sexe, ses doigts, ses lèvres, ses paroles – attisait un brasier qui menaçait de la consumer.

— George... s'il te plaît... implora-t-elle, haletante.

Le mouvement de ses hanches se fit plus rapide, et Billie éprouva le besoin irrépressible de l'accompagner.

— Billie... je ne peux plus...

Et à l'instant précis où elle se croyait incapable d'en supporter davantage, la chose la plus étrange se produisit. Son corps entier se raidit brusquement, des spasmes violents la secouèrent, et elle vola en éclats, le souffle coupé.

Ce fut indescriptible. Et parfait.

Les coups de reins de George devinrent effrénés, puis il pressa le visage au creux de son cou en étouffant un cri alors qu'il plongeait une dernière fois en elle.

— Ma place est là, chuchota-t-il.

Et elle se rendit compte qu'il avait raison.

— La mienne aussi.

# 24

Lorsque George descendit pour le petit déjeuner, le lendemain matin, il ne fut pas surpris d'apprendre que Billie n'était pas levée.

Il songea, non sans satisfaction, qu'elle n'avait pas eu une nuit très reposante.

Ils avaient fait l'amour trois fois et, déjà, il ne pouvait s'empêcher de se demander s'il était possible qu'elle fût enceinte. Curieusement, il n'avait jamais beaucoup réfléchi à ses futurs enfants. Il savait qu'il en aurait, bien entendu. Il hériterait un jour de Manston et de Crake House, et un devoir sacré lui imposait de donner un héritier au comté.

Pourtant, il ne s'était jamais imaginé avec ses fils dans les bras, les aidant à lire et à écrire, leur apprenant à monter à cheval et à chasser.

Ou apprenant à monter à cheval et à chasser à ses filles. Avec Billie comme mère, elles insisteraient sûrement pour imiter leurs frères. Et même si George avait passé sa jeunesse à trouver exaspérante la volonté de Billie à égaler les garçons, lorsqu'il pensait à ses filles...

Si elles voulaient chasser, pêcher et tirer au pistolet... eh bien, elles feraient mouche à tous les coups.

Encore qu'il mettrait le holà au saut de haies à l'âge de huit ans. Billie elle-même reconnaîtrait sans doute que ç'avait été absurde.

Elle serait la meilleure des mères, songea-t-il en traversant le hall en direction de la petite salle à manger. Ce n'était pas à elle que l'on amènerait ses enfants une fois par jour pour inspection. Elle les aimerait comme sa propre mère l'avait aimée, et elle rirait, taquinerait, enseignerait et gronderait, et ils seraient heureux.

Ils seraient *tous* heureux.

George ne put retenir un sourire. Il était heureux, et il avait la certitude que son bonheur irait grandissant.

Sa mère était déjà attablée lorsqu'il pénétra dans la pièce. Une tasse de thé à la main, elle parcourait un journal fraîchement repassé.

— Bonjour, George.

Il s'inclina pour embrasser la joue qu'elle lui présentait.

— Bonjour, mère.

Elle l'observa par-dessus le rebord de sa tasse en arquant un sourcil.

— Tu as l'air d'une humeur exceptionnelle, ce matin.

Comme il lui adressait un regard interrogateur, elle expliqua :

— Tu souriais lorsque tu es entré.

— Ah, murmura-t-il avec un haussement d'épaules. Je ne peux l'expliquer, je le crains.

C'était la vérité. Il ne pouvait certainement pas expliquer à sa mère pourquoi il avait eu envie de descendre l'escalier en sautillant.

— Je suppose que cela n'a rien à voir avec ton départ prématuré, hier soir ? reprit-elle après l'avoir étudié un instant.

George, qui se servait des œufs brouillés, suspendit son geste une seconde. Il avait oublié que sa mère exigerait une explication sur sa disparition. Qu'il assiste au bal des Wintour était la seule chose qu'elle lui avait demandée...

— Je ne te demandais rien d'autre que d'assister à cette soirée, dit-elle en effet d'un ton sec.

George était de trop bonne humeur pour la gâcher par des chicaneries.

— Je vous prie de me pardonner, mère. Cela ne se reproduira plus.

— Ce n'est pas *mon* pardon que tu dois obtenir.

— Il n'empêche que j'aimerais l'avoir.

— Eh bien, dit-elle, momentanément troublée par sa contrition inattendue, cela dépendra de Billie. J'insiste pour que tu lui présentes des excuses.

— C'est déjà fait.

Elle le dévisagea d'un œil aigu.

— Quand cela ?

Aïe ! George avait répondu sans réfléchir. Il prit une profonde inspiration et reporta son attention sur son assiette.

— Je l'ai vue cette nuit.

— Cette nuit ?

Il eut un geste faussement désinvolte.

— Elle était encore debout lorsque je suis rentré.

— Et quand es-tu rentré, si je puis me permettre ?

— Je ne sais pas exactement, répondit George, qui choisit de soustraire quelques heures. Minuit ?

— Nous n'étions pas à la maison avant 1 heure du matin.

— Dans ce cas, ce devait être plus tard, répliqua-t-il d'un ton amène, non sans s'émerveiller de l'effet de la bonne humeur sur la patience d'un homme. Je n'ai pas fait attention.

— Pourquoi Billie était-elle encore debout ?

Après avoir garni son assiette de quatre tranches de bacon, George alla s'asseoir.

— Cela, je l'ignore.

Lady Manston pinça les lèvres avec force.

— Je n'aime pas beaucoup cela, George. Elle doit veiller davantage à sa réputation.

— Je suis certain qu'il n'y a pas de problème, mère.

— *Toi*, au moins, tu devrais y veiller.

— Je vous demande pardon ?

— À l'instant où tu as vu Billie, tu aurais dû gagner ta chambre.

— J'ai pensé que le moment était opportun pour lui présenter mes excuses.

— Hum, fit sa mère, à court de reparties. Il n'empêche…

Avec un sourire qui n'engageait à rien, George entreprit de découper sa viande. Quelques instants plus tard, il entendit un bruit de pas qui s'approchaient. Ils paraissaient, hélas, trop lourds pour être ceux de Billie.

À juste titre, car ce fut le majordome qui s'encadra sur le seuil.

— Lord Arbuthnot demande à vous voir, lord Kennard.

— À une heure aussi matinale ? s'exclama lady Manston.

George reposa sa serviette, les sourcils froncés. Il prévoyait d'avoir à s'entretenir avec Arbuthnot au sujet des événements de la veille, mais… *maintenant* ?

Il en savait juste assez sur les engagements de lord Arbuthnot pour deviner qu'ils étaient entachés de secrets et de danger. Il était inacceptable de sa part d'être venu en parler à Manston House, et George n'aurait aucun scrupule à le lui faire remarquer.

— C'est un ami de père, dit-il en se levant. Je vais voir ce qui l'amène.

— Dois-je t'accompagner ?

— Non, non. Je suis sûr que ce n'est pas nécessaire.

L'humeur de George s'assombrit tandis qu'il se dirigeait vers le salon. L'apparition de lord Arbuthnot ce matin ne pouvait signifier que deux choses. Soit un incident était survenu après son départ du *Swan*, la nuit passée, et il était à présent en danger – ou, pire, tenu pour responsable.

Soit, et c'était le plus plausible, hélas, Arbuthnot voulait quelque chose de lui. Qu'il transmette un autre message, probablement.

— Kennard ! le salua le général avec jovialité. Excellent travail hier soir.

— Pourquoi êtes-vous là ?

Arbuthnot parut décontenancé par sa brusquerie.

— J'avais besoin de m'entretenir avec vous. N'est-ce pas la raison pour laquelle un gentleman se rend habituellement chez un autre ?

— Il s'agit de mon domicile, siffla George.

— Est-ce une façon de dire que je ne suis pas le bienvenu ?

— Pas si votre intention est de discuter des événements de la nuit dernière. Ce n'est ni le moment ni le lieu.

— Ah. Eh bien, non, en vérité. Il n'y a rien à discuter. Tout s'est passé à merveille.

Ce n'était pas l'avis de George. Il croisa les bras et, fixant lord Arbuthnot d'un regard de défi, il attendit que celui-ci s'explique.

Après s'être raclé la gorge, le général commença :

— Je suis venu vous remercier. Et requérir votre aide pour une autre affaire.

— Non, dit George, qui n'avait pas besoin d'en entendre davantage.

Arbuthnot eut un petit rire.

— Vous n'avez même pas...

— Non, répéta George d'une voix que la fureur rendait coupante. Avez-vous la moindre idée de la manière dont cette soirée s'est terminée ?

— Il se trouve que oui.

— Vous... Pardon ?

George ne s'attendait pas à cela. Quand diable Arbuthnot avait-il eu vent de la farce qui s'était déroulée au *Swan with no neck* ?

— C'était une mise à l'épreuve, mon garçon, dit Arbuthnot en lui assénant une claque sur l'épaule. Vous l'avez passée haut la main.

— Une mise à l'épreuve...

Si l'homme l'avait mieux connu, il aurait su que l'absence totale d'inflexion dans sa voix ne présageait rien de bon.

Mais comme Arbuthnot ne le connaissait pas très bien, ce fut avec un gloussement qu'il reprit :

— Vous ne croyez quand même pas que nous confierions des informations délicates à n'importe qui ?

— Je pensais que vous me faisiez confiance.

— Nous ne faisons confiance à personne, répliqua Arbuthnot avec une curieuse solennité. Pas même à vous. Et puis, « Pic et pic et colégram » ? Accordez-nous un peu de crédit, tout de même. Nous sommes capables d'inventer mieux que cela.

George se mordit la lèvre, assez tenté de flanquer son poing dans la mâchoire de lord Arbuthnot.

— Oublions cela, reprit le général. Nous avons besoin de vous pour livrer un paquet.

— Il est temps pour vous de partir, déclara George.

Arbuthnot eut un geste de recul.

— Cette mission est capitale.

— Tout comme l'était « Pic et pic et colégram », lui rappela George.

— Vous avez certes parfaitement le droit d'éprouver quelque rancune, reconnut le général avec condescendance. Mais maintenant que nous savons pouvoir vous faire confiance, nous avons besoin de votre aide.

George croisa les bras sans répliquer.

— Faites-le pour votre frère, Kennard.

— N'ayez pas l'indécence de le mêler à cela !

— Il est un peu tard pour prendre des airs supérieurs, rétorqua Arbuthnot d'un ton beaucoup moins affable. C'est vous qui êtes venu me trouver, je vous rappelle.

— Vous auriez pu opposer une fin de non-recevoir à ma demande d'aide.

— Comment croyez-vous que nous préparons la défaite de nos ennemis ? Vous pensez que tout n'est qu'uniformes rutilants et défilés au pas ? La véritable guerre se gagne en coulisses, et si vous êtes trop lâche...

Une seconde suffit à George pour empoigner l'homme et le clouer au mur.

— Ne commettez pas l'erreur de jouer sur ma honte éventuelle pour m'obliger à devenir votre garçon de courses, gronda-t-il.

Il crispa durement sa main sur l'épaule d'Arbuthnot, puis le relâcha brusquement.

— Je pensais que vous souhaitiez soutenir votre pays, déclara Arbuthnot en tirant sur sa redingote pour la remettre d'aplomb.

George se mordit quasiment la langue pour ne pas faire une réponse qu'il regretterait. Il aurait pu dire qu'il avait passé trois années à déplorer de n'être pas avec ses frères, de ne pas se battre au fusil ou à l'épée, de ne pas se préparer à donner sa vie pour l'Angleterre.

Il aurait pu dire qu'il s'était senti inutile, et qu'il avait eu honte d'être jugé plus précieux que ses frères uniquement à cause de son rang de naissance.

Puis il songea à Billie, à Crake House et à Aubrey Hall, et à tous les gens qui dépendaient d'eux. Il pensa aux moissons, au village et à sa sœur qui mettrait bientôt au monde le premier enfant de la nouvelle génération.

Enfin, il se rappela ce que Billie lui avait dit deux jours plus tôt.

Les yeux plongés dans ceux d'Arbuthnot, il rétorqua :

— Si mes frères sont prêts à risquer leur vie pour le roi et pour la patrie, alors je veux m'assurer que ce soit pour un roi et pour une patrie qui en vaillent la peine. Et cela n'inclut pas de transmettre des messages dont j'ignore le contenu à des personnes en qui je n'ai pas confiance.

Arbuthnot l'observa avec gravité.

— Vous n'avez pas confiance en moi ?

— Je suis furieux que vous soyez venu me relancer chez moi.

— Je suis un ami de votre père, lord Kennard. Ma présence ici ne peut guère être considérée comme suspecte. Mais ce n'est pas la question que je vous ai posée. Vous ne me faites pas confiance ?

— Je vais vous dire une chose, lord Arbuthnot :
je ne pense pas que cela ait d'importance.

George était sincère. Il ne doutait pas du fait
qu'Arbuthnot avait combattu, et continuerait de se
battre, pour son pays. Et il avait beau être furieux
d'avoir été soumis à ce qui était un rite d'initia-
tion version ministère de la Guerre, il savait que
si Arbuthnot lui demandait de faire quelque chose,
ce serait une requête légitime.

Il savait aussi – il avait enfin compris – qu'il
n'était pas taillé pour ce genre de tâches. Il aurait
fait un bon soldat, mais il était meilleur lorsqu'il
s'agissait de gérer son domaine. Et avec Billie à
son côté, il serait excellent.

Il allait se marier bientôt. Très bientôt, même, si
cela dépendait de lui. Il n'avait pas à jouer les espions
et à risquer sa vie sans savoir exactement pourquoi.

— Je servirai mon pays à ma façon, conclut-il.

Arbuthnot soupira avec une moue résignée.

— Très bien. Je vous remercie de vous être prêté
au jeu cette nuit. Par ma faute, votre soirée a été
gâchée, j'en suis conscient.

Au moment où George commençait à croire qu'il
en avait enfin terminé avec lui, Arbuthnot ajouta :

— Juste une dernière requête, lord Kennard.

— Non, je...

— Écoutez-moi, l'interrompit le général. Je vous
jure que je ne vous solliciterais pas si la situation
n'était aussi critique. Mais je dois faire parvenir
un paquet dans un relais de poste du Kent. Sur la
côte. Pas très loin de chez vous, je pense.

— Arrê...

De nouveau, Arbuthnot le coupa.

— S'il vous plaît, permettez-moi de finir. Si vous
acceptez, je promets de ne plus vous ennuyer. Je

vais être honnête : la mission n'est pas sans risques. Des hommes savent que le colis est attendu et ils vont tenter de l'intercepter. Il se trouve que ce sont des documents d'une importance capitale.

Puis Arbuthnot décocha sa flèche ultime.

— Ils pourraient peut-être même sauver votre frère.

George devait le reconnaître, l'homme était doué. Même s'il était convaincu que ce paquet à destination du Kent n'avait rien à voir avec Edward, il se retint tout juste de donner son assentiment.

— Je ne suis pas votre homme, déclara-t-il tout net.

Cela aurait dû mettre un point final à la discussion.

Sauf qu'à cet instant la porte s'ouvrit brusquement. Billie se tenait sur le seuil, les yeux étincelants et la mine farouche.


Billie n'avait pas eu l'intention d'écouter à la porte. Alors qu'elle descendait pour prendre son petit déjeuner, les cheveux rassemblés un peu trop à la hâte tant elle était pressée de retrouver George, elle avait entendu sa voix dans le salon. Elle avait supposé qu'il s'entretenait avec sa mère – qui d'autre pouvait être à Manston House à une heure aussi matinale ? Puis elle avait entendu une autre voix d'homme, et celui-ci parlait de la nuit précédente.

De cette nuit dont George lui avait dit qu'il ne pouvait pas lui parler.

Elle n'aurait pas dû écouter mais, franchement, quelle femme se serait éloignée ?

Et quand l'homme avait demandé à George de livrer un colis, laissant entendre que cela pouvait aider Edward, elle n'avait pas pu se retenir. Il s'agissait d'Edward, que diable ! De son ami d'enfance ! Si elle être prête à dégringoler d'un arbre pour sauver un chat ingrat, elle se porterait évidemment volontaire pour déposer un paquet dans une auberge de la côte. Où serait la difficulté ? Et s'il y avait un danger, si cette mission requérait de la discrétion, n'était-elle pas la mieux placée pour l'exécuter ? Personne ne s'attendrait qu'une femme soit chargée de remettre ces documents.

Elle n'eut pas besoin de réfléchir davantage. Après avoir ouvert la porte à la volée, elle s'écria :

— Moi, je m'en charge !

— C'est hors de question, rugit George.

Billie se figea, visiblement déconcertée par sa réaction. Puis elle s'élança vers lui.

— George, nous parlons d'Edward, dit-elle d'un ton suppliant. Comment pourrions-nous ne pas tout faire pour...

Il la prit par le bras et la tira sur le côté.

— Tu n'as pas connaissance de tous les éléments, dit-il entre ses dents.

— Je n'ai pas besoin de tous les éléments.

— Comme à ton habitude, grommela-t-il.

Les yeux de Billie s'étrécirent dangereusement.

— Je peux le faire, insista-t-elle.

— J'en suis certain, mais tu ne le feras pas !

— Mais...

— Je te l'interdis.

Billie recula d'un pas.

— Tu me *l'interdis*...

Ce fut le moment que choisit Arbuthnot pour intervenir.

— Je ne crois pas que les présentations aient été faites en bonne et due forme, hier soir, dit-il avec un sourire bonhomme. Je suis lord Arbuthnot. Je...

— Sortez de chez moi, lui intima George.

— George ! s'écria Billie, manifestement choquée par sa grossièreté.

— Cette demoiselle paraît pleine de ressources, dit Arbuthnot à George d'un ton conciliant. Je pense que nous pourrions...

— Dehors !

— George ? Que signifient ces hurlements ?

Il ne manquait plus que sa mère !

— Oh, je suis désolée, lord Arbuthnot ! Je ne vous avais pas vu.

— Lady Manston, dit le général en s'inclinant. Veuillez pardonner cette visite matinale. J'avais des affaires à traiter avec votre fils.

— Lord Arbuthnot partait, justement, déclara George, qui resserra son étreinte sur le bras de Billie lorsque celle-ci commença à se tortiller.

— Lâche-moi, siffla-t-elle. Je peux peut-être me rendre utile.

— Ou peut-être pas.

Cette fois, elle tira avec tant de force qu'il fut contraint de la libérer.

— Arrête ! lui dit-elle. Tu n'as pas à me donner d'ordres.

— Bien sûr que si, répliqua-t-il, les yeux dans les siens.

Il allait être son mari, bon sang ! Est-ce que cela ne comptait pas ?

Elle tourna alors le dos aux autres et murmura :

— Mais je veux aider, George...

— Moi aussi, sauf que ce n'est pas le bon moyen.

— Il s'agit peut-être du seul !

George ferma les yeux. Était-ce un avant-goût de l'existence qui l'attendait une fois qu'il aurait épousé Billie Bridgerton ? S'exposait-il à vivre dans la terreur en se demandant chaque jour au-devant de quel danger elle allait se jeter ?

Le jeu en valait-il la chandelle ?

— George ? chuchota-t-elle.

Elle semblait mal à l'aise. Avait-elle lu quelque chose sur son visage ? Un doute ?

Il lui effleura la joue du revers de la main et plongea son regard dans le sien. Son monde tout entier était contenu dans ce dernier.

— Je t'aime, dit-il.

Quelqu'un poussa une exclamation étouffée. Sa mère, peut-être.

— Je ne peux pas vivre sans toi, poursuivit-il. Et même, je refuse de vivre sans toi. Alors, non, tu n'iras pas jusqu'à la côte pour accomplir une mission douteuse, et tu ne remettras pas un colis dangereux à des gens que tu ne connais pas. Parce que s'il t'arrivait quoi que ce soit...

Sa voix se brisa, mais il s'en moquait.

— S'il t'arrivait quoi que ce soit, cela me tuerait. Et j'aimerais croire que tu m'aimes trop pour prendre un tel risque.

Billie le dévisagea, émerveillée. Puis, les yeux humides, les lèvres tremblantes, elle murmura :

— Tu m'aimes ?

George se retint de lever les yeux au ciel.

— Évidemment.

— Tu ne me l'as jamais dit.

— J'aurais dû.

— Tu ne l'as pas fait. Je m'en souviendrais.

— Moi aussi, dit-il à voix basse, je m'en souviendrais si tu me l'avais dit un jour.

— Je t'aime, articula-t-elle. Je t'aime tant ! Je…

— Le ciel soit loué ! s'exclama lady Manston.

George et Billie tournèrent la tête avec un bel ensemble. Peut-être n'était-ce pas le cas de Billie, mais lui avait complètement oublié qu'ils n'étaient pas seuls.

— Avez-vous idée du mal que je me suis donné pour en arriver là ? poursuivit lady Manston. Ma parole, j'ai cru que j'allais devoir vous pousser à coups de trique !

— Quoi ? s'exclama George, stupéfait.

— Sibylla ? enchaîna sa mère à l'adresse de Billie. Franchement ? T'ai-je jamais appelée Sibylla ?

George regarda Billie à son tour, et celle-ci cligna des yeux à plusieurs reprises.

Lady Manston s'approcha de la jeune fille et coinça une mèche derrière son oreille.

— J'ai attendu longtemps de pouvoir t'appeler « ma fille ».

Billie fronça les sourcils, perplexe.

— Mais j'ai toujours cru que… que vous pensiez à Edward. Ou à Andrew.

Lady Manston secoua la tête en souriant.

— Ça a toujours été George, ma chérie. Pour moi, en tout cas.

Puis elle s'adressa à son fils d'un ton nettement moins affable.

— Tu lui as demandé sa main, j'espère.

— Il se peut même que je l'aie exigée, admit George.

Il jeta un coup d'œil circulaire dans la pièce.

— Qu'est-il arrivé à lord Arbuthnot ?

— Il a pris congé lorsque vous avez commencé à vous déclarer votre amour, expliqua sa mère.

Finalement, le vieux général était peut-être capable de davantage de discrétion que George ne l'avait pensé.

— Pourquoi était-il là, au fait ? s'enquit lady Manston.

— Rien d'important, assura George, qui se tourna ensuite vers sa fiancée.

— Rien d'important, confirma-t-elle.

— Ma foi, reprit lady Manston avec un sourire radieux, je suis très impatiente d'annoncer la nouvelle à tout le monde. Les Billington donnent un bal la semaine prochaine et...

— Ne pouvons-nous pas juste rentrer à la maison ? demanda Billie.

— Mais tu t'es tellement amusée, hier soir, répliqua lady Manston. George, elle n'a pas manqué une seule danse. Tout le monde l'a adorée.

— Je ne suis pas le moins du monde surpris, assura-t-il avec un sourire.

— Nous pouvons annoncer les fiançailles au bal des Billington, insista sa mère. Ce sera un triomphe.

Billie tendit la main pour saisir celle de George.

— C'en est déjà un.

— Tu es sûre ? lui demanda-t-il.

Il se rappelait la vive appréhension de Billie lorsqu'il avait été question de son entrée dans le monde. Rien n'aurait plu davantage à George que de rentrer dans le Kent ; elle méritait cependant de profiter de son succès.

— Certaine. C'était grisant. Et c'est agréable de savoir que si jamais je dois aller dans le monde, non seulement je me débrouillerai bien, mais j'y prendrai du plaisir. Ce n'est pas ce que j'aime, néanmoins. Je préférerais être à la maison.

— Et porter des pantalons ? demanda-t-il d'un ton taquin.

— Seulement si je dois travailler dans les champs, répliqua-t-elle avant de se tourner vers lady Manston. Une future comtesse doit savoir se conduire convenablement.

La mère de George eut un petit rire.

— Tu feras une excellente comtesse, Billie, même si j'espère que cela n'arrivera pas trop vite.

— Pas avant des années et des années, acquiesça Billie avec chaleur.

Les yeux de lady Manston étaient embués lorsqu'elle se tourna vers George.

— Quant à toi, mon fils, cela fait longtemps que je ne t'ai pas vu aussi heureux.

— Je le suis. Je regrette juste que...

— Tu peux prononcer son nom, dit doucement sa mère lorsqu'il s'interrompit.

— Je sais.

Il s'inclina pour l'embrasser sur la joue.

— Il va falloir qu'Edward se résigne à manquer notre mariage, parce que je n'attendrai pas qu'il rentre à la maison.

— Non, je pense que cela vaut mieux, déclara lady Manston, sur un tel ton que Billie rougit furieusement.

George, qui lui tenait toujours la main, la porta à ses lèvres.

— Nous le retrouverons, cependant. Je le promets.

— Je suppose donc que nous retournons dans le Kent, dit sa mère. Nous pourrions même partir aujourd'hui si vous le souhaitez.

— Oh, je ne demande pas mieux ! s'écria Billie. Vous croyez que ma mère sera surprise ?

— Pas le moins du monde.

Billie en resta un instant bouche bée.

— Quoi ? Mais je détestais George !

— Non, ce n'est pas vrai, assura-t-il.

— Tu me portais sur les nerfs !

— Et toi, tu m'horripilais.

— Eh bien, tu…

— C'est un concours ? les coupa lady Manston, l'air incrédule.

George regarda Billie, et quand elle sourit, son cœur se dilata.

— Non, murmura-t-il en l'enlaçant. Nous formons une équipe.

Un tel amour brillait dans le regard de Billie qu'il en eut presque le souffle coupé.

— Mère, continua-t-il sans quitter sa fiancée des yeux, vous souhaiterez peut-être quitter la pièce à présent.

— Je te demande pardon ?

— Je vais embrasser Billie.

Sa mère étouffa un cri.

— Tu ne peux pas faire cela !

— Je suis à peu près certain que si.

— George, vous n'êtes pas encore mariés !

— Raison de plus pour hâter les choses, murmura-t-il.

— Billie, allons-y, déclara lady Manston en reportant son attention sur ce qu'elle considérait à l'évidence comme le maillon faible.

Billie se contenta de secouer la tête.

— Je suis désolée, mais, comme George l'a dit, nous formons une équipe.

Et parce qu'il s'agissait de Billie Bridgerton, laquelle ne répugnait jamais à prendre l'initiative, elle plongea les doigts dans les cheveux de George pour attirer sa bouche vers la sienne.

Et parce qu'il s'agissait de George Rokesby et qu'il allait l'aimer pour le restant de ses jours, il lui rendit son baiser.

# Épilogue

*Crake House, quelques mois plus tard*

— Les résultats sont nets et sans bavure, déclara Billie après avoir additionné une dernière colonne de chiffres. J'ai gagné.

George leva les yeux de son livre, sans pour autant changer de position dans le lit – un grand lit confortable qu'elle avait fait recouvrir d'une étoffe verte quelques semaines après leur mariage.

Billie n'avait pas vu le titre de l'ouvrage, mais George lisait toujours avant de se coucher, et elle aimait le voir si attaché à ses habitudes. C'était une des raisons pour lesquelles ils s'entendaient parfaitement.

— De quoi s'agit-il, cette fois ? s'enquit-il.

Elle savait qu'il se montrait complaisant ; toutefois, les chiffres alignés devant elle lui faisaient tellement plaisir qu'elle choisit de ne pas y prêter attention.

— De la récolte d'orge, répondit-elle. Celle d'Aubrey Hall est supérieure de… attends…

Tout en se mordillant la lèvre inférieure, elle procéda à quelques opérations supplémentaires.

— De 1,1 pour cent !

— Quel triomphe.

Billie pinça les lèvres, quoique sans parvenir à dissimuler son amusement.

— Tu as tenu compte du fait qu'il y a davantage d'hectares plantés en orge à Aubrey Hall ? reprit-il.

— Bien sûr ! Franchement, George…

— Puis-je te rappeler, dit-il en souriant, que tu vis ici, à Crake House ? Et que ton nom est désormais Billie Rokesby ?

— Je serai toujours une Bridgerton au fond de mon cœur. Enfin, corrigea-t-elle lorsqu'il fit la grimace, une Bridgerton *et* une Rokesby.

George soupira. Quoique très discrètement.

— Je suppose que tu ne prévois pas de faire profiter Crake House de tes prodigieux talents ?

Ce n'était pas la première fois que Billie éprouvait une bouffée de reconnaissance envers George. Il n'avait pas fait d'objection lorsqu'elle lui avait annoncé qu'elle voulait continuer de travailler à Aubrey Hall. Son mari était vraiment un homme peu ordinaire. Il la comprenait, et il lui arrivait de penser qu'il était peut-être le seul.

— Mon père a encore besoin de moi, répondit-elle. Du moins jusqu'à ce qu'Edmund soit prêt à assumer ses responsabilités.

George descendit du lit pour la rejoindre.

— Ce jour-là, l'intendant de ton père sera ravi de pouvoir enfin justifier ses gages.

— Je suis meilleure que lui.

— Cela va sans dire !

Elle lui donna une petite tape sur le bras, puis soupira d'aise lorsqu'il s'inclina pour l'embrasser dans le cou.

— Je devrais te remercier, murmura-t-elle.

Elle le sentit esquisser un sourire contre sa peau.

— Me remercier de quoi ?

— De tout, en vérité. Mais surtout d'être toi.

— Dans ce cas, ne vous gênez pas, lady Kennard.

— Je vais essayer d'en faire un peu moins, promit-elle.

George avait raison. Elle n'avait probablement pas besoin de s'investir autant pour Aubrey Hall. En outre, au train où ils allaient, elle ne tarderait pas à être enceinte. De gré ou de force, il lui faudrait renoncer à son travail là-bas.

Elle écarta un peu la tête de manière à voir le visage de George.

— Cela t'ennuierait si je jouais un rôle plus actif ici, à Crake House ? Dans la gestion des terres, pas seulement de la maison ?

— Bien sûr que non ! Nous serions ravis de…

George s'interrompit lorsqu'on frappa à la porte.

— Entrez !

— Un messager, milord, annonça un valet de pied, manifestement troublé.

— À cette heure de la nuit ? s'étonna Billie.

Le domestique présenta une lettre.

— Elle est adressée à lord Manston, mais il est…

— … à Londres, acheva George à sa place en allant chercher la lettre en question. Je vais la prendre.

— Il a dit que c'était urgent. Sinon, je ne me permettrais pas…

— Il n'y a pas de problème, Thomas, assura Billie. Si c'est urgent, il est plus important d'en prendre connaissance que de chercher à joindre lord Manston.

George glissa l'index sous le cachet de cire, mais il ne rompit pas immédiatement le sceau.

— Le messager attend-il une réponse ?

— Non, milord. Je l'ai toutefois envoyé à la cuisine pour qu'on lui serve un repas chaud.

— C'est parfait, Thomas. Vous pouvez disposer.

Le valet de pied quitta la chambre, et Billie se retint de s'approcher de son mari pour lire par-dessus son épaule. Tôt ou tard, il lui ferait part du contenu de cette missive.

Elle l'observa tandis qu'il la parcourait. Mais il ne déchiffra que les premières lignes avant de relever les yeux, la bouche entrouverte. Le cœur de Billie cessa de battre, et elle sut ce qu'il allait dire avant même que ses lèvres ne forment les mots.

— Edward est vivant.

# AVENTURES & PASSIONS

### 3 janvier

## Meredith Duran
### *Les affranchies - La belle endormie*
*Inédit*

Élevé dans le scandale, convaincu que l'amour n'existe pas, lord Michael de Grey se contente des plaisirs de la séduction. Or, son frère aîné le somme de mettre fin à cette vie frivole et d'épouser la délicieuse Elizabeth Chudderley. S'il la connaît de réputation, Michael ne se doute pas que la veuve la plus radieuse de Londres dissimule une grande solitude et une détresse profonde. Mais comment deux âmes aussi passionnées pourraient-elles s'accommoder d'un mariage de raison ?

✦

## Katharine Ashe
### *Le duc diabolique - Cœur de fripouille*
*Inédit*

Une chose est certaine : lady Constance Read a du caractère. Non contente d'être la seule femme d'une organisation secrète, elle veut aussi apprendre à manier l'épée. Mais pourquoi diable faut-il que son père choisisse Evan Saint-André pour être son professeur d'escrime ? C'est le seul homme que Constance ait jamais aimé, et le seul qui lui ait brisé le cœur. Heureusement, la jeune femme est déterminée à ne pas se laisser faire…

✦

## Karen Ranney
### *Tant d'amour dans tes yeux*

Jeanne du Marchand avait été ravie de découvrir qu'elle était enceinte de Douglas MacRae. Ne lui avait-il pas promis de l'épouser ? Le menteur a disparu et la jeune fille, brisée par la mort de son enfant, a été cloîtrée dans un couvent. Des années plus tard, Jeanne, devenue une simple Lorsqu'il lui propose d'être la gouvernante de sa fille, elle accepte, sans savoir qu'il s'agit d'un piège…

## 31 janvier

### Beverly Jenkins
#### *Le droit de t'aimer*
*Inédit*

La spécialité d'Eddy ? La marmelade à l'orange. La jeune femme n'a qu'un rêve : ouvrir un jour son propre restaurant pour régaler les clients des délices qu'elle concocte. Enfin, qu'un rêve... Elle aimerait aussi faire sauter les barrières qui l'empêchent d'aimer un homme d'une autre couleur de peau. Car elle est éprise de Rhine. Et, si la vie lui a appris une chose, c'est qu'il faut savoir se battre pour obtenir ce que l'on désire.

✦

### Kerrigan Byrne
#### *Sans foi ni loi - Le brigand de Ben More*
*Inédit*

Dorian Blackwell, dit « L'âme noire de Ben More », est un bandit sans pitié, prêt à tout pour se venger de ceux qui l'ont trahi. La ravissante Farah Leigh Mackenzie, qu'il retient enfermée dans son repaire des Highlands ne fait pas exception. Or, Dorian n'a pas prévu que la jeune femme lui résisterait, attisant un désir qui les consume tous les deux...

✦

### Nicole Jordan
#### *Les amants des Highlands*

Sabrina Duncan est résignée à assurer l'avenir de son clan, quitte à sacrifier son bonheur. Son futur époux, Niall McLaren, est la coqueluche de ces dames. Mais si le devoir prime, Sarah tient à sa fierté et décide que leur union ne sera que pure convenance ! Seulement, il est difficile de résister aux charmes d'un homme qui connaît si bien les femmes et les mille et une façons de leur procurer du plaisir...

# LOVE *ADDICTION*

# illicit'

11987

*Composition*
FACOMPO

*Achevé d'imprimer en Italie*
*par* GRAFICA VENETA
*le 6 novembre 2017.*

Dépôt légal décembre 2017.
EAN 9782290142059
OTP L21EPSN001632N001

ÉDITIONS J'AI LU
87, quai Panhard-et-Levassor, 75013 Paris

*Diffusion France et étranger : Flammarion*